Helga Jursch

Tango im Dreivierteltakt

Roman

Über dieses Buch:

Paul Pfeifle hasst nichts mehr als Reisen, aber ausgerechnet seine Frau muss mit einem Argentinier nach Südamerika durchbrennen. Er ist wild entschlossen, sie zurückzuholen. Dazu wendet er sich an den Fotografen Rudi, der sich in der Welt auskennt und eigentlich viel lieber Bilder machen als eine unbekannte Frau jagen möchte. Kann die Suche nach der Frau unter diesen Voraussetzungen überhaupt gelingen? Zumal gleich zu Anfang einige Missgeschicke den Erfolg des Unternehmens in Frage stellen. Aber Paul gibt nicht auf, obwohl er sich die bange Frage stellt, ob seine Frau überhaupt bereit ist, zu ihm zurückzukehren.

Über die Autorin:

Helga Jursch wurde 1960 in Hamburg geboren und lebte schon als Kind im Ausland. Dies führte zu einem bislang unstillbaren Drang in die Ferne, der in regelmäßigen Abständen ausbricht. Wenn sie nicht auf Reisen ist, lebt sie mit ihrer Familie und einer Katze in der Nähe von Stuttgart.

Kontakt:
info@helga-jursch.de
www.helga-jursch.de

Bibliografische Information der Deutschen Natio-
nalbibliothek

Die Deutsche Nationalbibliothek verzeichnet diese Publikation in der Deutschen Nationalbiblio-
grafie; detaillierte bibliografische Daten sind im
Internet über http://dnb.dnb.de abrufbar.

Tango im Dreivierteltakt
Copyright: © Helga Jursch 2015
Umschlaggestaltung:
Büro für Grafische Gestaltung Christiane Hirsch
www.christianehirsch.de
Fotografie: ©iStock.com/Ulrich Knaupe
Herstellung und Verlag:
BoD – Books on Demand, Norderstedt
ISBN 978-3-7386-3070-1

Reiseroute

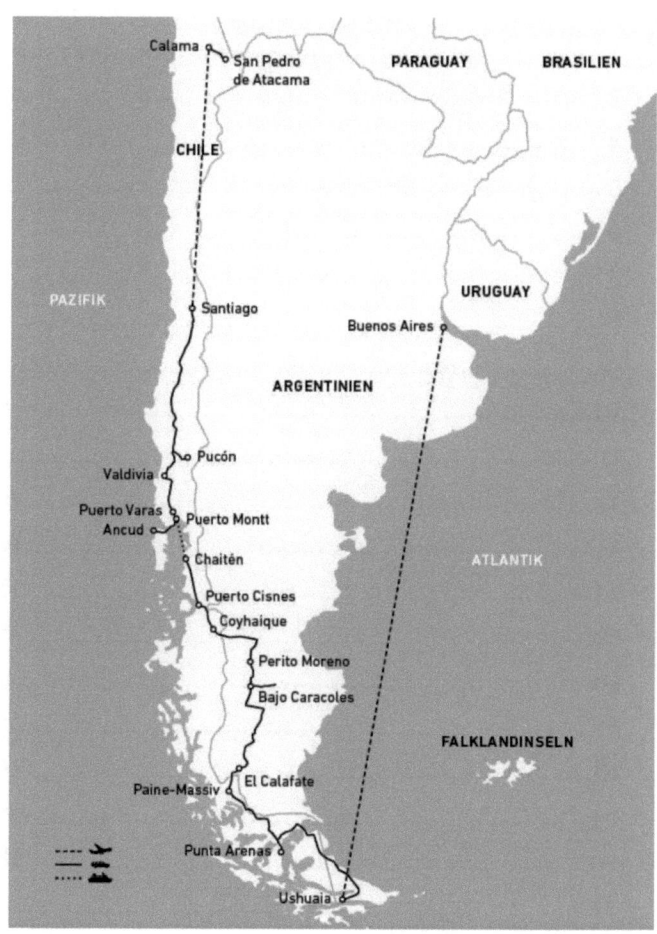

Inhalt

1

Als Frau Häberle Herrn Roderich Meyer ins Büro bat, ging es Paul Pfeifle alles andere als gut. Zwar liefen die Geschäfte der schwäbischen Ober-remser Präzisionsbohrer prächtig, aber Pfeifles Frau Merle war mit dem argentinischen Prakti-kanten verschwunden, was ihr Mann nicht ver-winden konnte. Meyer trat ins Büro und hatte den Eindruck, als habe Pfeifle gerade geweint. Seine Augen waren rot, seine sonst so gepflegten Haare strähnig und das Hemd hing halb aus der Anzug-hose heraus. Er seufzte tief. „Herr Meyer, ich habe ein Problem." Er klopfte mit einem Kugelschreiber unablässig auf die Schreibtischunterlage.

Meyer schaute sich das Desaster betreten an. „Was ... was ist mit den Bildern schiefgelaufen?"

Pfeifle seufzte abermals und ließ sich auf sei-nen Chefsessel plumpsen.

„Nichts. Mit den Bildern ist alles in Ordnung."

Meyer atmete auf. Als ständig abgebrannter, freiberuflicher Fotograf war er dringend auf die Einnahmen für den Pfeifleschen Katalog angewie-sen. Aber was sollte Pfeifle von ihm wollen? Fra-gend blickte er ihn an.

„Herr Meyer, Sie ... Sie kennen sich doch in der Welt aus?"

„Einigermaßen. Warum?"

„Sie können doch Spanisch, oder?"

„Ja."

„Herr Meyer, Sie müssen mir versprechen, dass Sie mit niemandem ...", dann machte er eine wegwerfende Handbewegung. „Ach, egal! Also, meine Frau ist durchgebrannt. Mit diesem blöden Argentinier aus der Exportabteilung."

„Das tut mir leid", sagte Meyer, obwohl es ihm kein bisschen leid tat.

„Ja. Danke. Und jetzt sind die zwei in Buenos Aires."

„Verstehe. Soll ich mit Herrn Molina telefonieren?"

„Nein. Ich will meiner Frau hinterherfliegen. Aber ich hasse reisen. Ich war ja noch nie so richtig im Ausland. Ich will, dass Sie mich begleiten."

„Aber ich muss den Katalog doch noch fertig machen."

„Die paar Tage sind egal."

„Aber ich muss mich um einen Folgeauftrag kümmern."

„Meyer, Sie müssen mir helfen!" Wie Pfeifle mit seinen verweinten Augen eine theatralische Geste machte, musste Meyer sich sehr zurückhalten, um nicht zu lachen, obwohl ihm klar war, dass die Situation hochdramatisch war. „Ich zahle auch alles. Reisekosten, Verdienstausfall, das soll Sie alles nicht kümmern."

„Und wenn wir Ihre Frau nicht finden?"

Wie vom Donner gerührt erstarrte Pfeifle. Daran hatte er überhaupt nicht gedacht. „Glauben Sie nicht, dass wir sie finden?"

„Nun, ich halte die Wahrscheinlichkeit für nicht allzu groß."

„Scheiße!" Pfleifle schlug auf den Schreibtisch. Dann atmete er tief ein und straffte seinen Oberkörper. „Egal, wir fahren! Frau Häberle hat schon Flüge gesucht und die Mädchen sind ohnehin bei meinen Schwiegereltern. Kennen Sie vielleicht ein gescheites Hotel?"

Meyer staunte über die Zielstrebigkeit seines Auftraggebers. „Nein, Hotel kenne ich keins. Wenn ich in Buenos Aires bin, gehe ich zu meiner Freundin Juana."

„Gut! Sagen Sie ihr, dass wir kommen. Vielleicht kann sie uns ja am Flughafen abholen."

Meyer blieb mit offenem Mund stehen. Pfleifle hatte seinen Laden voll im Griff und duldete allgemein keinen Widerspruch, und dass er jetzt ungefragt über seinen Freundeskreis verfügte, gefiel Meyer gar nicht. „Herr Pfeifle, ich habe noch keine Zusage gegeben, und ob ich meine Freundschaften einspannen will, weiß ich auch noch nicht."

„Also gut: Ich übernehme alle Unkosten und zahle Ihnen ein gutes Honorar. Sie helfen mir im Gegenzug, meine Frau zu finden und sind sich für nichts zu schade." Er stand auf und streckte Meyer die Hand entgegen.

Meyer fuchtelte mit seiner Hand zögerlich herum. „Wieviel zahlen Sie?"

„Soviel wie Sie fürs Fotografieren bekommen."

„Pro Stunde?"

„Pro Stunde, solange Sie sich um mich kümmern."

Meyer pfiff leise und schlug dann kraftvoll ein.

Zwei Stunden später fuhr Frau Häberle sie zum Flughafen. Pfeifle rutschte unbehaglich auf dem Sitz hin und her.

„Ist was, Herr Pfeifle?", wollte Meyer wissen.

Pfeifle schüttelte den Kopf.

„Der Herr Pfeifle fliegt nicht gern", warf Frau Häberle ein.

„Oh!", meinte Meyer. „Bei den vierzehn Stunden nonstop, die uns jetzt bevorstehen, kann ich mir vorstellen, dass es Ihnen nicht so gut geht. Wo...." Schlagartig hielt er inne. Er wollte Pfeifle fragen, ob es wirklich eine gute Idee war, seiner Frau hinterherzureisen. Aber die Aussicht, eine Reise nach Südamerika spendiert zu bekommen, ließ ihn abrupt schweigen. Pfeifle sollte gar nicht auf die Idee kommen, umzudrehen.

„Ich glaub, ich spinn!" Als sie in der Schlange zum Einchecken standen, wurde Pfeifle zunehmend nervöser. „Meyer, gucken Sie sich doch nur die vielen Kinder an! Der Flug wird der reinste Horror werden. Wer um alles in der Welt muss mit kleinen Kindern so weit wegfliegen?" Pfeifle fingerte ein Papiertaschentuch aus der Packung und wischte sich den Schweiß ab. Obwohl er es allen vor der Abfahrt eingeschärft hatte, schrieb er den Kindern, den Großeltern, den Freunden und den Mitarbeitern nochmals eine Nachricht, dass sie unter keinen Umständen Merle verraten dürften, dass er hinter ihr her wäre. Auf ihre Fragen sollten sie sagen, dass er auf Geschäftsreise wäre.

Sie bestiegen das Flugzeug. Zu allem Überfluss teilten die beiden sogar eine Sitzreihe mit einem Kind. Eine Mutter saß mit zwei Kindern in der Reihe hinter ihnen und platzierte ihr drittes Kind auf dem Gangplatz in der Reihe vor sich. Diesen Platz hatte Pfeifle sich zwar gesichert, aber Meyer bewog ihn dazu, ihn zugunsten des Kindes aufzugeben. Sonst würde das Kind die ganze Zeit über ihn klettern. Pfeifle leistete keinen Widerstand und man sah ihm an, dass es ihm schlecht ging. Während Pfeifle jedes Mal, wenn die Stewardess vorbeikam, ein alkoholisches Getränk bestellte und Meyer rappelig wurde, weil er so lange auf seine geliebten Zigaretten verzichten musste, benahmen sich die Kinder absolut vorbildlich.

Zu diesem Zeitpunkt hatte Merle Buenos Aires schon verlassen. Eigentlich hatte sie keinen Grund gehabt, mit ihrem Leben unzufrieden zu sein. Ihre beiden Töchter waren gut geraten, Haus, Garten und Autos waren schön, ihr Mann war treu und zuverlässig. Seit die Kinder größer waren, machte sie in der Firma ihres Mannes die Buchhaltung. Und trotzdem war sie nun in einem Himmelfahrtskommando nach Argentinien aufgebrochen, mit einem Mann, halb so alt wie sie. Sie versuchte selber zu verstehen, wie ihr das passieren konnte. Hin und wieder überkam sie eine unbestimmte Sehnsucht. War es das Gefühl, am Ende der Fahnenstange zu sein? Angst vorm Alter? Die Ahnung, dass ihr Leben ewig so weitergehen würde? Niemand verstand sie, am allerwenigsten sie sich selber. Alle fanden zu Recht, sie solle für das dankbar sein, was sie habe. Ganz besonders Paul, ihr Mann, der mit seinem Leben sehr zufrieden war. Ihn schreckte die Aussicht nicht, bis an sein Lebensende so weiterzumachen. Im Gegenteil. Er fand das richtig gut. Nur keine Aufregung, alles ordentlich in geregelten Bahnen. Wenn er wenigstens im Urlaub ein wenig ausbrechen würde! Immer ging's mit dem Auto nach Tirol, weil Paul das Fliegen hasste.

Merle dachte an ihre Jugend. Wie sie damals nach dem Abi nach Paris ging. Als Au-pair-Mädchen versorgte sie Kinder in einer gepflegten Vorstadt, die Oberrems gar nicht so unähnlich war, aber immerhin war man mit dem Schnellzug in einer halben Stunde am Eiffelturm, was Merle allerdings in der ganzen Zeit nur zweimal schaffte. Ansonsten putzte, kochte und bügelte sie und kümmerte sich um die Kinder, bis die erschöpften Eltern von der Arbeit kamen und von ihren Träumen erzählten, diesen grässlichen Moloch zu verlassen und sich irgendwo in einem friedlichen Provinzstädtchen niederzulassen. Merle kam kaum dazu, Ausflüge in die Stadt zu machen und hatte das Gefühl, alles zu verpassen. Doch sie würde eisern so lange in Paris bleiben, bis sie alles gesehen hätte, was sie interessierte. Bis es zum großen Knall kam. Ein idiotischer Streit um Bügelwäsche, der ungeahnte Ausmaße annahm. Merle flog achtkantig raus und die Familie weigerte sich, ihr das ausstehende Geld zu zahlen. Völlig verzweifelt ließ Merle sich von den Eltern Geld anweisen und fuhr nach Hause. Die weite Welt war eben doch gefährlich. Sie machte bei den Oberremser Präzisionsbohrern ihre Ausbildung und gab den Avancen des Juniorchefs nach.

Aber wenn sie nun in Paris ein Studium begonnen hätte, im Herzen der Stadt? Kinos, Theater, Buchhandlungen, Rotwein? Akkordeonklänge an der Seine? Immer wieder musste sie an das denken, was hätte sein können. Doch nun war ein Schlusspunkt unter ihr Leben gesetzt. Wenn es besonders schlimm war, ging sie nach Stuttgart, um etwas zum Anziehen zu kaufen. Ansonsten lebte sie ihr Leben und versuchte, dankbar zu sein.

Dann kam Ricardo, der Argentinier. Ein Jüngelchen, das sie zunächst nicht großartig zur Kenntnis nahm. Bestimmt zehn Jahre jünger als sie. Und sehr, sehr höflich und galant. Gepflegt. Muskulös. Wohlriechend. Sie musste immer öfter an ihn denken. Ihre Hormone erwachten zu neuem Leben. Paul merkte das nicht und schlief neben ihr den Schlaf der Gerechten. Selbst wenn er mit ihr schlief, merkte er nichts. Wenn Merle sich auf ihn konzentrierte, musste sie unwillkürlich an Kässpätzle denken. Mit Käse, der sich endlos zog. Wenn sie stattdessen an Ricardo dachte, wurde ihr ganz heiß. Aber Paul bemerkte das nicht.

Ricardo hingegen bemerkte sehr wohl die unterschwelligen Temperatur- und Gesichtsfarbänderungen der Gattin seines Chefs, wenn er in ihre Nähe kam. Je näher, desto deutlicher die Änderungen. Wenn sie dann, aus welchen Gründen auch immer, seinem Magnetfeld entschwand, hörte er sie seufzen, während sie sich mit den Händen das Gesicht fächelte und verstohlen an ihren Achselhöhlen roch.

Merle dachte immer öfter an Paris. Und ob sie nicht einfach zu früh aufgegeben hatte.

Als er nach Deutschland kam, hatte Ricardo etwas ganz anderes im Sinn. Berlin, München oder meinetwegen Heidelberg. Aber doch nicht Oberrems! Mitten im Nichts. Die Oberremser Präzisionsbohrer, die Leinenweberei, die Süßwarenfabrik. Zwei Tankstellen, zwei Kneipen, ein Kegel- und ein Schützenverein. Sterbenslangweilig! Zur nächsten Disco musste man zwanzig Kilometer mit dem Auto fahren, welches Ricardo nicht hatte. Nachdem der Supermarkt abends zumachte, wurden in Oberrems die Bürgersteige hochgeklappt. Und dann herrschte Stille. Ricardo fragte sich, was die Oberremser abends machten. Er war völlig schockiert, dass es in Deutschland so einsame Gegenden gab. Die Bahn war auch ganz anders, als er sich das in Argentinien gedacht hatte. Moderne, preisgünstige Züge hatte er im Kopf und nicht fehleranfällige Stahlungetüme mit einem undurchdringlichen Tarifsystem, sodass die geplanten Wochenendtrips auch nicht ganz einfach waren. Präzisionsbohrer aller Formen und Größen, Kulturschock und Langweile waren die Bestandteile seines derzeitigen Lebens. Wenn er aber versuchen würde, dem Chef die Frau auszuspannen, käme Leben in die Bude.

Die Oberremser feierten das Laternenfest. Sie setzten abends hunderte von Teelichtern in bunten Behältern auf den Dorfsee, der vom Flüsschen durchzogen wurde. Es war schon empfindlich kalt und die meisten Bäume waren bereits entlaubt. Die Oberremser hatten ihre Klappstühle dabei und tranken am Ufer Glühwein aus ihren Thermoskannen. Die Kinder wetteten auf die verschiedenen Lichter und schrien und liefen aufgeregt umher. Merle lief am Ufer auf und ab und achtete darauf, dass die Kinder sich nicht zu nass machten. Sie würden sich sonst leicht erkälten. Sie war irgendwie unruhig. In einen dicken Anorak gehüllt, ging sie automatisch getrieben hinter dem See weiter zu einer Tannenlichtung. Dort lauerte Ricardo ihr auf. Und er nahm sie einfach, ohne sie zu fragen. Er übersäte sie mit heißen, raubtierartigen Küssen und riss ihr die Klamotten vom Leib. Dann drang er in sie ein, während er keuchte. Es war wie eine versengende Windböe. Es war schnell, aber danach war alles anders.

„Entschuldige, es musste sein", sagte Ricardo, während er seinen Gürtel schloss. Merle sagte nichts. Sie war entsetzt, fasziniert und durcheinander. Sie richtete hastig ihre Kleidung zurecht und zog wieder den Reißverschluss des Anoraks zu. Dann ging sie erst schnell und dann langsamer den langen Weg links um den See zurück zur Familie. Keiner hatte ihre Abwesenheit bemerkt und keiner bemerkte ihren inneren Aufruhr. Weder Paul, noch die Kinder, noch ihre Eltern, noch ihre Schwiegermutter. Als es Schlafenszeit war, fiel Paul wie immer ins Bett und schlief sogleich mit leichtem Schnarchen ein, während Merle noch heftig daran arbeitete, sich zu sortieren.

Ricardo überfiel sie noch dreimal. Raubtiersex. Instinktive Handlungen. Lebendigkeit. Kein Vergleich mit fädigem Käse. Dann sagte Ricardo, sie solle mit ihm kommen.

„Ich kann das nicht."

„Warum nicht?"

„Meine Kinder. Mein Mann. Meine Eltern. Die Arbeit. Alles."

„Du denkst zu viel, Cariño. Man lebt nur einmal. Lass den Schwein raus."

„Nein. Das heißt die Sau raus."

„Warum nicht, und welche Sau?"

Sie lachte und klärte ihn auf. „Nein, ich kann nicht mit. Und wir müssen aufhören, sonst merkt noch jemand was."

„Ich kann nicht aufhören. So einfach. Komm mit!"

„Nein."

„Du denkst zu viel. Das Leben ist eine Fiesta."

Merle fühlte sich so lebendig wie seit fast zwanzig Jahren nicht mehr. Sie versuchte, nachzudenken, aber es gelang ihr nicht. Nachts träumte sie, sie müsse aus sehr großer Höhe in eisiges Wasser springen, in dem jede Menge spitze Felsen zu sehen waren. Sie sprang. Das Wasser war nicht eisig, sondern angenehm warm, jegliche Felsspitzen befanden sich viel zu weit unter ihr. Sie wachte auf und beschloss zu gehen.

Es war ein Glück, dass Waltraud sich für die Wellnesswoche im Schwarzwald angemeldet und überall in Oberrems verkündet hatte, dass sie am liebsten mit Merle dorthin fahren würde. Merle hatte sich zuerst geärgert, dass Waltraud das ohne zu fragen herumerzählte, aber nun schien ausgerechnet das ein großes Glück zu sein. Sie verkündete beim Abendessen, dass sie Waltraud begleiten wolle. Danach brachte sie die Mädchen zu ihren Eltern. Die zwölfjährige Franziska war aufgekratzt. Einerseits freute sie sich auf Oma und Opa, andererseits hätte sie ihre Mutter gern auf die Wellnessfarm begleitet und war sauer, dass das wegen der blöden Schule nicht ging. Die vierzehnjährige Julia hingegen war obercool und abgeklärt, ganz so, als würde sie was ahnen. Dass Paul nicht aufwachte, obwohl Merle sich die ganze Nacht aufgewühlt und schlaflos im Bett wälzte, kam ihr sehr entgegen. Sie stand vor einem Sprung. Würde sie ins eisige Wasser stürzen, wie befürchtet – oder noch schlimmer – in ein Haifischbecken? Oder würde es tatsächlich so kommen wie im Traum?

Morgens beim Frühstück übertrug sich Merles Unruhe auf Paul, ohne dass er sich dessen richtig bewusst geworden wäre. Er merkte nur, dass etwas irgendwie anders war. Nach dem Frühstück gab er ihr einen flüchtigen Kuss und machte sich auf den Weg ins Büro. Merle hob ihren Koffer ins Auto und fuhr zum Schorndorfer Bahnhof. Dort nahm sie die S-Bahn nach Stuttgart und von dort den Zug nach München. Ihre Aufregung steigerte sich mit jeder Minute. Am Flughafen traf sie Ricardo und sank in seine Arme. Als das Flugzeug abhob, atmete sie hörbar aus. Sie verbot sich, darüber nachzudenken, wie ihre Familie reagieren würde, wenn sie ihre Abwesenheit bemerkte. Ricardo bestellte Sekt für sie beide. Merle schwirrte sehr schnell der Kopf. Die ganze Aufregung, das Abenteuer und der Alkohol schlossen das Denken aus.

Als sie schließlich in Buenos Aires landeten, machte ihr Herz einen Riesensatz. Sie schaltete ihr Smartphone ein und schrieb an Paul, ihre Kinder und ihre Eltern:

Verzeiht mir. Es geht mir gut. Ich habe mir eine Auszeit in Argentinien genommen. Ich komme wieder. Ich liebe euch!

Ihre Finger zitterten, als sie das schrieb. Als sie auf die Sendetaste drückte, blieb ihr Herz kurz stehen. Dann schaltete sie ihr Handy aus und legte ihr Leben in Ricardos Hände.

2

Als Pfeifle und Meyer in Buenos Aires landeten, stürzte Letzterer sofort aus dem Flugzeug, um sich in der nächsten Raucherecke eine Zigarette anzustecken.

„Das ist gar nicht gut, Meyer, was Sie da machen."

„Nicht besser oder schlechter als die Cognacs, die Sie während des ganzen Fluges zu sich genommen haben."

„Aber ich war in einer Ausnahmesituation."

„Vielleicht bin ich ja auch in einer Ausnahmesituation."

„Wie!" Pfeifle erstarrte. „Ich dachte, Sie verreisen gerne?"

„Das muss trotzdem nicht heißen, dass das keine Ausnahmesituation ist." Dann schwieg Meyer wohlweislich und dachte sich den Rest. *Wenn du meinst, dass ich schon immer scharf darauf war, einen provinziellen Sack zu hüten, der auf dem Geld sitzt, irrst du dich.*

Pfeifle blickte ihn betreten an.

Sie holten ihre Koffer und gingen auf den Ausgang zu.

„Herr Pfeifle, Sie sollten sich zurechtmachen. Argentinier legen sehr großen Wert auf gutes Aussehen."

„Das müssen Sie mir grad sagen!", empörte sich Pfeifle, während er seine Kleidung abklopfte und sich die Haare glättete.

„Ich bin ein hoffnungsloser Fall."

„Wohl wahr."

„Das ist aber nicht sehr nett von Ihnen."

„Entschuldigung. Aber wenn ich nervös bin, ist meine Zunge zu locker."

Gut zu wissen, dachte Meyer.

Am Ausgang kam eine junge, gutaussehende Frau mit einem langen, schwarzen Zopf auf sie zu. Ihr geblümtes Kleid schwang bei jedem Schritt. Mit freudig erhobenen Armen ging sie auf Meyer zu, drückte und küsste ihn gut gelaunt. Dann wandte sie sich mit ebenfalls erhobenen Armen Pfeifle zu. Pfeifle streckte ihr aber blitzschnell und ganz entschieden die rechte Hand wie eine geladene Pistole entgegen, sodass sie brüsk innehielt und mit bestürztem Blick die ihr dergestalt aggressiv hingehaltene Hand ergriff. „Hola, soy Juana. Bienvenido en Argentina."

„I don't speak Spanish."

Verunsichert lächelte Juana, entspannte sich aber, nachdem Meyer ihr einige Erklärungen gab. Zusammen gingen sie zu Juanas uraltem Nissan Bluebird.

„Na, in Deutschland würde diese Karre aber garantiert keinen TÜV mehr bekommen."

„Was hat er gesagt?", wollte Juana wissen.

„Dass du ein schönes Auto hast", sagte Meyer.

Während Pfeifle wie ein Häufchen Unglück auf dem Rücksitz des Autos hing, unterhielten Meyer und Juana sich angeregt. Das Auto kam im starken Verkehr nur quälend langsam vorwärts. Herrschaftliche Straßen wechselten sich mit Elendsvierteln ab. An jeder Ampel arbeiteten Gaukler, fliegende Händler und Scheibenputzer. Jedes Mal wurde Juana ein paar Münzen los.

Schließlich hielt das Auto vor einer eng bebauten Straße, auf der sich eine Reihe Kapokbäume trotzig einen Platz erkämpft hatten.

Juana ging zu einem Haus, in dessen Erdgeschoss sich eine Eisenwarenhandlung befand, und schloss das Vorhängeschloss an einem Gitter und die dahinterliegende Haustür auf. Dann verschloss sie wieder das Gitter und die Tür, was von Pfeifle kritisch beäugt wurde. „Ist das nicht ein bisschen arg umständlich, wenn es brennt?"

„Was ist mit ihm", wollte Juana wissen.

Meyer erklärte. Juana lachte glockenhell auf. „Meine Güte! Was der sich für Gedanken macht! Warum sollte es brennen? Die Einbruchsversuche hingegen sind sicher!"

Sie gingen eine Treppe hoch und traten in die Wohnung. Dort standen Juanas Eltern in Pantoffeln. Pfeifle schätzte, dass sie etwa zehn Jahre älter waren als er. Doña Victoria in einer weißen Schürze und einer Zigarette im Mund umarmte Meyer ganz herzlich. Dann wandte sie sich Pfeifle zu. Seine aggressiv herausgestreckte Rechte ignorierte sie und fiel ihm freudig um den Hals, wobei er das Knistern der Zigarette ganz nah an seinem Ohr hörte. Ihm wurde angesichts der Brandgefahr richtig schlecht. In was für eine Hölle war er da geraten? Kaum war er dieser Gefahr entronnen, wurde er von Don Alfonso kräftig umschlungen und abgeküsst. Diego und Tomás, Juanas Brüder, waren viel feinfühliger. Ihnen war Pfeifles Entsetzen nicht entgangen, und so umarmten sie ihn nur ganz locker.

„So, ihr seid bestimmt müde. Ich zeige euch, wo ihr euer Gepäck lassen könnt."

„Die soll uns doch lieber erst mal in unser Hotel bringen", meinte Pfeifle.

„Kommt gar nicht infrage", ereiferte sich Juana. „Ihr seid unsere Gäste!" Diese Ankündigung ließ Meyers Augen leuchten, während Pfeifle sichtbar zusammensackte. Die Familie bemächtigte sich des Gepäcks und brachte es in das Zimmer der Jungen, das über und über mit Bildern und Devotionalien der Boca-Juniors-Fußballmannschaft dekoriert war.

„Und wo werden die Jungs schlafen?", wollte Pfeifle wissen.

„Diego bei den Eltern und Tomás bei mir", klärte Juana sie auf.

„Um Gottes Willen, wir können die Jungs doch nicht aus ihrem Zimmer vertreiben. Wir sollten wirklich ins Hotel gehen!", ereiferte sich Pfeifle. Doch vergebens. Je heftiger er insistierte, umso vehementer wurden sie eingeladen.

Nachdem sie sich frisch gemacht hatten, wobei Pfeifle sich über das winzige und alte Bad aufgeregt hatte, dessen Tür nicht richtig schloss, gingen sie zum Essen in die Küche. In der Mitte der einfachen Küche stand ein Tisch mit Resopalplatte. Doña Victoria stand mit Zigarette am alten Gasherd und rührte in einem großen Topf. Pfeifles Herz krampfte sich zusammen. Dass die Asche in den Topf fallen und die Speisen gründlich verderben würde, war so gut wie sicher. Aber das war gar nichts gegen die Gefahr, sein Leben gleich in einer fulminanten Explosion zu beenden, zumal Meyer sich auch eine ansteckte, und zwar direkt am Gasherd.

Jeder bekam einen ordentlichen Schlag Gemüseeintopf mit reichlich Fleischeinlage. Pfeifle scannte sorgfältig jeden Löffel ab, ob darin nicht Asche zu finden wäre, aber ansonsten war das Essen richtig lecker. Am Ende bekam jeder einen großen Markknochen, aus dem er mit einem schlürfenden Geräusch das Mark heraussaugte. Kaum dass das Essen fertig war, griffen Doña Victoria, Meyer und Juana gleich wieder zur Zigarette, während Don Alfonso sich eine Zigarre ansteckte. Pfeifle hingegen bekam Luftnot und nestelte theatralisch an seinem Kragen herum, was allerdings niemand zur Kenntnis nahm. Don Alfonso erhob sich dann langsam, stellte etwa ein halbes Dutzend dickwandige Wassergläser auf den Tisch und holte eine Flasche Rotwein aus Mendoza. Pfeifle leerte sein Glas sofort und Don Alfonso holte umständlich eine zweite Flasche.

Meyer ging ins Schlafzimmer und holte die Geschenke, die er vor dem Abflug noch schnell am Flughafen besorgt hatte: Eine Kuckucksuhr, einen Bierkrug und eine Flasche Kirschwasser. Don Alfonso war der Meinung, dass es sich auch als Longdrink mit Seven Up gut machen müsste. Er holte große Gläser und die süße Brause. Die Kuckucksuhr bekam einen Ehrenplatz neben dem

Fernseher, der lautstark bunt flackernde Bilder in den Raum warf, die bis auf Pfeifle niemandes Beachtung fanden. Der Bierkrug wurde zum reich verzierten Schwan aus geblasenem Glas in die Vitrine gestellt.

Als sie beide endlich im Bett lagen, meinte Pfeifle: „Wir müssen morgen unbedingt ins Hotel. Das ist doch nicht zum Aushalten hier."

„Also ich fühle mich hier sehr wohl. Außerdem wäre Juana beleidigt, wenn wir gehen. Da sie aber die einzige Person ist, die uns helfen kann, Ihre Frau zu finden, sollten Sie sich sehr genau überlegen, ob Sie sie verprellen wollen."

Pfeifle schwieg resigniert und schlief alsbald ein, gebeutelt durch den Flug, die Müdigkeit und die schrecklichen Erlebnisse.

3

Pfeifle wachte am nächsten Morgen erst gegen Mittag mit einem wahnsinnigen Brummschädel auf. Er tappte desorientiert in die Küche, die schon von Meyer und Doña Victoria mit ihren Zigaretten vernebelt wurde. Er hustete laut und vernehmlich, bevor er brummelnd grüßte. Doña Victoria sprang behände auf und drückte ihn fest an ihr Herz, wobei sie ihm abermals beinahe das Ohr mit ihrer Zigarette versengt hätte. Dann kniff sie ihn in die Wangen und küsste ihn ab. Pfeifle ließ das ohnmächtig über sich ergehen. Auf dem Küchentisch türmten sich klein geschnittene Zwiebeln und Kartoffeln, ohne jeden Zweifel mit Asche gewürzt. Doña Victoria holte ein Platzdeckchen, Toastbrot, Butter und eine klebrige Creme, die endlos lange Fäden zog. Sie stellte Pfeifle einen ausgehöhlten Kürbis mit Verzierungen hin, doch auf Meyers Einwände, die Pfeifle nicht verstand, stellte sie ihm eine Tasse hin.

„Herr Pfeifle, möchten Sie Matetee, den hier alle trinken, oder Instantkaffee?", wollte Meyer wissen.

„Einen gescheiten Filterkaffee!", blaffte Pfeifle zurück.

„Doña Victoria, unser Herr Pfeifle möchte Matetee" und zu Pfeifle gewandt: „Der Brotaufstrich ist Dulce de Leche, karamellisierte, gezuckerte Kondensmilch. Sehr lecker."

Pfeifle blickte ihn zweifelnd an, doch Meyer blickte dermaßen giftig zurück, dass Pfeifle artig sein Brot mit der Creme bestrich und es pflichtschuldig aufaß. Während er leidend sein Toastbrot kaute, wandte er sich schwerfällig an seinen Begleiter.

„Meyer, haben Sie zufällig Aspirin?"

„Aspirin und Ibuprofen. Ganz wie Sie wollen."

„Na, dann nehm ich beides."

Als Pfeifle einigermaßen wiederhergestellt war, kamen auch bald Juanas Brüder aus der Schule. Nach dem Essen zückten sie dienstbeflissen ihre Smartphones und wollten wissen, wer denn nun gefunden werden solle.

„Herr Pfeifle, haben Sie ein Bild von diesem Ricardo?"

„Leider nicht."

Meyer ließ die Schultern sinken. „Ricardo Molina heißt jeder zweite Südamerikaner. Ohne Bild kommen wir nicht weiter."

„Echt?"

„Ja."

Nun ließ auch Pfeifle die Schultern sinken. Die Jungs hingegen ließen sich nicht entmutigen und durchforsteten freudig die üblichen Netzwerke. Nachdem Kandidaten mit fehlenden Eigenschaften aussortiert worden waren, blieben immerhin noch 20 infrage kommende Männer übrig. Doch keiner von ihnen berichtete von einer ver- oder entführten deutschen Frau.

Mittlerweile war es Abend geworden. Juana und ihr Vater waren von der Arbeit heimgekehrt. Doña Victoria tischte Bratwürste und Kartoffeln auf, was Pfeifle gefreut hätte, wenn das Ganze nicht in einer tabakgeschwängerten Atmosphäre stattgefunden hätte. Meyer hingegen rauchte eine nach der anderen und schäkerte mit Juana. Der Wein, der reichlich serviert wurde, tröstete Pfeifle ein wenig.

„Wir sollten mit unseren Gästen in eine Milonga gehen", schlug Juana vor.

Meyer war vor Freude elektrisiert, während Pfeifle die Aussicht, Tango zu tanzen, nicht im Mindesten behagte.

„Herr Pfeifle, Sie sollten sich aber unbedingt dazu durchringen. Die Milonga ist nämlich rauchfrei, und einen Fernseher gibt es dort auch nicht."

Nachdem sie sich schöngemacht hatten, fuhren sie alle drei in Juanas bevorzugtes Tanzlokal.

„Das sieht ja hier so ähnlich aus wie in Paris oder so", ließ Pfeifle vernehmen. Seine Frau hatte ja in ihrer Jugend eine Weile dort gelebt, und die Bilder aus jener Zeit glichen der Stadtlandschaft, die sie jetzt durchmaßen.

„Ja, Paris. Ganz genau. Nur ist die 9 de Julio sogar breiter als die Champs-Élysées. Aber der Obelisk stimmt auch, nur dass er hier mittendrin und nicht am Ende der Straße steht. Wenn Sie mich fragen, kann Paris einpacken. Sehen Sie doch nur, wie prachtvoll der Palisander zwischen den riesigen Gummibäumen blüht."

Und tatsächlich, soweit das Auge blickte, war die Prachtstraße links und rechts in Lila getaucht, das einen blassen Farbschein an den abendlichen Himmel abzugeben schien.

Bald danach erreichten sie das Boca-Viertel. Der violette Himmel setzte einen zusätzlichen Farbakzent in die kleinen Sträßchen mit knallbunten Häuschen. Es wimmelte nur so von Menschen. Gaukler spielten auf, Straßenmusikanten machten sich an ihren Instrumenten zu schaffen, Maler schwangen den Pinsel vor der Staffelei. Aus jedem zweiten Haus tönten Musikfetzen, die sich auf der Straße zu einer melancholischen Melodie vereinigten. Juana stieß eine schwarze Tür auf, die beim Öffnen einen mächtigen Klagelaut ertönen ließ. In einer Ecke spielte eine Band gefühlvolle, langgezogene Tangos, während eine Sängerin von endlosem Regen und Einsamkeit sang. Einige Leute saßen an der Bar, aber die meisten tanzten. Sie verschmolzen miteinander, umschlangen sich gegenseitig, strebten ruckartig auseinander, bekämpften sich und fanden wieder zusammen. Meyer und Juana stürzten sich sofort ins Geschehen. Pfeifle staunte über die Geschmeidigkeit seines Fotografen und die Gelenkigkeit von Juana. Es sah fast aus, als hätten Meyer und Juana nur auf diesen Moment gewartet. Pfeifle fühlte sich völlig verlassen. Die beiden waren mit sich selbst beschäftigt, er war vollkommen abgeschrieben.

Plötzlich tippte ihm eine Frau auf die Schulter. Sie trug ein atemberaubendes rotes Kleid und hohe Absätze. Mit einem mörderischen Augenaufschlag blickte sie ihn an. „Bailas?" Gleichzeitig zerrte sie ihn auf die Tanzfläche. Panisch wehrte Pfeifle die bestürzte Frau ab und floh an die Bar. Er sagte „Cognac" in der Hoffnung, dass der Barkeeper ihn verstehen würde. Sein Glas leerte er sofort und forderte nach.

Plötzlich stand Meyer neben ihm.

„Herr Pfeifle, Sie sollten so schöne Frauen nicht abblitzen lassen. Wenn Sie in Begleitung solcher Frauen gesehen werden, werden Sie auch wieder für Ihre Frau interessanter."

„Ja mein Gott! Ist ja nicht, dass ich nicht gewollt hätte, aber ich kann gar keinen Tango. Sie haben mich ja auch nicht gefragt, ob ich hierher will, sondern mich einfach mitgeschleppt."

„Moment. Sie wollten einen rauchfreien Abend verbringen. Und den haben Sie hier."

„Aber wenn man nichts machen kann, ist das die Hölle."

„Dann tanzen Sie doch einfach. Das funktioniert in jeder Sprache."

„Ich sagte doch schon, dass ich keinen Tango kann."

„Ich bitte Sie! Tango kann jeder!"

„Ach so? Und wenn man die Schritte nicht kennt?", gab Pfeifle giftig zurück.

„Schritte? Wen interessieren hier Schritte. Sie lassen sich einfach in die Musik reinfallen und von ihr treiben. Wenn Sie eine schöne Frau im Arm haben, ergibt sich der Rest von selbst."

Juana trat zu den beiden und auf ein Nicken Meyers zerrte sie Pfeifle auf die Tanzfläche, der ungeschickt hinter ihr herstolperte. Juana bemühte sich redlich, aber vergeblich. *Wie ein Brummbär mit Gleichgewichtsstörungen*, dachte Meyer. Schwitzend und frustriert kam das Tanzpaar zurück.

„Wissen Sie was, Herr Pfeifle, geben Sie nicht auf. Geben Sie sich die Kante. Wenn sich Ihr Kopf dreht, können Sie einen schönen Abend haben."

„Ihre Respektlosigkeit kennt keine Grenzen!"

„Jetzt haben Sie doch mal ein bisschen Humor", rief Meyer ihm nach, während er wieder auf die Tanzfläche entschwand. Während Pfeifle krampfhaft seinen Cognacschwenker festhielt, schaute er neidisch auf Meyer, der auf der Tanzpiste mit allen schönen Frauen lustvoll im Stehen zu kopulieren schien.

4

Am nächsten Morgen war Pfeifle vor Kopf-
schmerzen kaum fähig, aufrecht zu stehen. Gern
nahm er Meyers Tabletten.

„Boah, geht es mir schlecht! Und ich habe den
totalen Filmriss. Was war eigentlich?"

„Echt? Sie können sich nicht mehr erinnern?
Schade! Irgendwann sind Sie ganz alleine auf die
Tanzfläche gegangen. Sie haben sich so stimmig
bewegt, dass alle Frauen mit Ihnen tanzen wollten. Als die Milonga schließlich schloss, musste
man Sie mit Gewalt rausschmeißen. Die arme
Juana! Die ist schon längst wieder bei der Arbeit
und konnte praktisch nicht schlafen, weil Sie
nicht gehen wollten."

Pfeifle dachte nach. „Verarschen Sie mich auch
nicht?"

„Hey, was soll das? Wenn Sie mir nicht glau-
ben, dann gucken Sie sich einfach ihre Füße an.
Außerdem – Berufskrankheit – habe ich natürlich
Bilder von Ihnen gemacht."

Da merkte Pfeifle, dass nicht nur sein Kopf,
sondern auch seine Füße enorm schmerzten und
dass er zwei blutige Zehen hatte. *Scheiße!*, dachte
er. *Da erlebt man einmal was Tolles und kriegt es
noch nicht mal mit.* Mit immer größeren Augen
guckte er auf das Display von Meyers Handy. Tatsächlich schmiegten sich schöne Frauen an ihn
und er sah glücklich aus. Dann fiel ihm aber wieder ein, dass er unglücklich war, weil ihm die

Frau, auf die es ankam, abhanden gekommen war. Benommen und ungeschickt bestrich er seinen Toast mit Dulce de Leche und versuchte, diesen dann am Kleckern zu hindern.

„Meyer, ich habe nicht mehr viel Zeit. Ich muss unbedingt in die Firma zurück. Wissen Sie, was die Juana jetzt wegen meiner Frau macht?"

„Die Juana, lieber Herr Pfeifle, war ganz fleißig. Sie hat die Infos über die infrage kommenden Herren an ihren gesamten Bekanntenkreis weitergegeben und alle wollen helfen, die Profile zu durchforsten und Spuren zu finden."

„Uns bleibt also nichts andere übrig, als zu warten." Resigniert biss Pfeifle in seinen Toast und versuchte die herabtropfenden Fäden des Dulce de Leche mit der Zunge aufzufangen.

„Einerseits ja. Andererseits kann ich Ihnen die Stadt zeigen. Noch mehr tolle Bilder von Ihnen können nur ein Vorteil sein."

Das überzeugte Pfeifle. Sie machten sich fertig und gingen auf die Straße, nachdem Doña Victoria ihnen das Gitter aufgeschlossen hatte, das sie von der Freiheit trennte.

„Wie kommen wir in die Stadt?", wollte Pfeifle wissen.

„Ganz einfach, mit dem Bus."

„Ich würde lieber ein Taxi ..."

„Schnell, rennen Sie! Da kommt der Bus."

Ehe er sich versah, saß Pfeifle im Bus. Eine alte Frau verkaufte für wenig Geld in Zeitungspapier eingewickelte Kürbiskerne.

Mit angewidertem Blick verfolgte Pfeifle ihr Tun. „Ih, das ist ja total eklig! Wer weiß, unter welchen Bedingungen die gemacht worden sind. Und dann noch die dreckige Zeitung drumherum."

Meyer kaufte zwei Päckchen und fing sofort an, die Kerne zu essen.

„Ekelhaft!" Pfeifle rückte von Meyer ab. "Und mit Ihnen teile ich Zimmer und Bad ... Wenn ich nicht auf Sie angewiesen wäre, würde ich Sie ungespitzt in den Boden hauen."

Du bist aber auf mich angewiesen. Meyer zuckte mit den Schultern und grinste.

Ein alter, zerlumpter Mann stieg ein. Er spielte sein Instrument und sang mit einer dünnen und gebrochenen Stimme von hoffnungsloser Liebe, Traurigkeit und dem einförmigen Rauschen der Wellen.

„Schlimm genug, wie es hier zugeht. Dass der Typ aber auf so einem Spielzeugakkordeon spielt, setzt dem Ganzen die Krone auf", raunte Pfeifle.

„Spielzeugakkordeon?", entrüstete sich Meyer. „Das ist ein Bandoneon. Da haben Sie ja gestern in der Milonga auch nicht aufgepasst, als Sie noch nüchtern waren. Sonst hätten Sie gesehen, dass es Bestandteil der Musikgruppe war." Gucken Sie sich doch noch mal die Bilder an." Meyer hielt ihm das Display unter die Nase.

„Ist ja schon gut. Ich dachte nur." Pfeifle lehnte sich zurück.

„Vielleicht sollte ich gleich in der deutschen Buchhandlung ein Buch über Argentinien kaufen, damit Sie das Land, das Sie gerade bereisen, besser verstehen."

„Von wegen! Diese Ausgabe können Sie sich getrost sparen. Erstens bin ich eigentlich gegen meinen Willen hier und zweitens geht's morgen zurück nach Deutschland. Entweder hat Juana diesen Lump gefunden, dann nehme ich meine Frau mit, oder die Suche ist zwecklos."

Sie stiegen in der Nähe des Obelisken in der Prachtstraße aus. Kurz darauf waren sie in der Calle Florida.

„Das sieht ja genauso aus wie in Europa. Ein McDonald's!" rief Pfeifle freudig aus.

„Schön, dass Sie nach Buenos Aires kommen, um nach einem McDonald's zu gucken."

„Es reicht, Herr Meyer! Wenn wir uns das nächste Mal wieder im Büro sprechen ..."

„Ja, ja." *Blöder Hund, kleinkariertes, humorloses Arschloch!* Meyer richtete sich auf und straffte die Schultern. „Also gut. Auf der Calle Florida bekommen Sie alles, was das Herz begehrt. Nicht umsonst wird Buenos Aires gern mit Paris verglichen. Schauen Sie nur, diese Einkaufspassage!"

Pfeifles Laune besserte sich zusehends, während er die Auslagen der Luxusgeschäfte genoss.

„Sehen Sie, Meyer, so ein Hotel schwebte mir für unseren Aufenthalt vor." Pfeifle blieb vor einem imposanten und sehr gepflegten Hotel stehen. „Wir können ja heute Nacht hier schlafen. Endlich mal wieder ein richtiges Bad und ein gescheites Einzelzimmer, wäre das nichts?"

Brauchst du Penner wirklich ein Einzelzimmer, *um deinen Rausch auszuschlafen?* „Ich bin nicht sicher, ob das eine gute Idee ist. Denn wenn Juana Ihre Frau jetzt nicht findet, müssen wir vielleicht in Zukunft auf sie zurückgreifen. Und wir wollen sie doch nicht verprellen, oder?"

Pfeifle sandte ihm einen tödlichen Blick. Nach kurzer Zeit plagten ihn seine wunden Füße. Da es Meyer nicht viel besser ging, nahmen sie ein Taxi und ließen sich ins Herz der Stadt zur Plaza de Mayo bringen. Während Meyer auf den Regierungssitz und die Kathedrale wies und von den Schweigemärschen der Mütter während der Militärdiktatur erzählte, die so auf ihre verschwundenen Kinder hinweisen wollten, konzentrierte Pfeifle sich auf die Tauben, die in großer Anzahl herumflogen und die er von ganzem Herzen hasste und fürchtete, weil sie mal seinen Anzug bekleckert hatten. Groß war sein Entsetzen, als er feststellte, dass es überall Taubenfutter zu kaufen gab, welches die Kinder voller Begeisterung verfütterten. Was diese Plagegeister der Lüfte betraf, hatten die Argentinier noch einiges von den Europäern zu lernen. Eine Taube streifte ihn fast und er fuchtelte derartig wild um sich, dass die Leute erschreckt aufsahen. Meyer merkte, dass Pfeifle wohl nichts von den politisch bedeutsamen Graffitis mitbekommen hatte, die er übersetzt und erklärt hatte. Sie fuhren weiter zum Retiro-Park. Um Pfeifles Lebensgeister zu erwecken, kehrte Meyer mit ihm bei Starbucks ein, was auch den gewünschten Effekt hatte. Dann gingen sie zum

Denkmal für die Gefallenen des Falkland-Krieges. Prächtig ausstaffierte Soldaten paradierten auf und ab.

„Was ist den das?", wollte Pfeifle wissen.

„Die Wachablösung des Königshauses."

„Ach so? Ich wusste gar nicht, dass Argentinien einen König hat."

„Es hat ja auch keinen."

„Wie? ...oder verarschen Sie mich schon wieder?"

Meyer grinste breit.

„Das wird Folgen haben! Das verspreche ich Ihnen. Ihr unverschämtes Verhalten wird Ihnen noch leidtun!"

Meyer schwieg und steckte sich eine Zigarette an.

Stumm betrachteten sie die Soldaten beim Stechschritt. Die Federn an ihren Hüten wippten, ebenso wie die Spitzen ihrer Bajonette. Ihre schwarzen Stiefel knallten, ehe sie umdrehten und feierlich salutierten.

Pfeifle wischte sich immer wieder über den Mund und schnaufte. „Wenn das aber nicht für den König ist, für wen ist das dann?"

„Für die Gefallenen des Falkland-Krieges."

„Und woher weiß ich, dass Sie mir nicht wieder Unfug erzählen?"

„Sehen Sie diese fransigen Gebilde über der Namensplatte? Das sind sie." Meyer erzählte davon, wie diese abgelegenen Inseln, wo es außer Schafen fast gar nichts gab, schon seit jeher einen unklaren Status hatten. Die Engländer waren bereit, den Argentiniern die Inseln zurückzugeben, aber die wenigen Bewohner wollten gern Engländer bleiben, was die Argentinier ihnen verwehren wollten. So blieben die Inseln britisch, bis Argentinien sich die Inseln mit Gewalt zurückholen wollte. Doch es hatte die Rechnung ohne Englands Eiserne Lady gemacht, die sich mit der ihr eigenen Härte zur Wehr setzte. Und die Argentinier besiegte. Und damit den Untergang des Militärregimes einläutete.

Pfeifle guckte sich die Soldaten ungläubig an. „Wegen den paar Toten und einigen Schafherden betreiben die so einen Aufwand?"

„Ja. Ist doch überall dasselbe: Es gibt Tote, die mehr wert sind als andere Tote. Selbst wenn man im Jenseits ist, hören die Unterschiede nicht auf."

Sie standen noch eine Weile herum, dann wollte Pfeifle abermals einkehren. „Wir können ja wieder zum Starbucks gehen. Das ist nicht so weit", schlug er vor.

„Mein lieber Pfeifle, Sie werden doch nicht nach Buenos Aires kommen, um bei Starbucks zu essen!" Schon während Mayer sprach, sah er, wie Pfeifle rot anlief.

„Erstens bin ich nicht ihr Lieber und zweitens sind mir das Land und die Küche und die Denkmäler scheißegal! Ich bin hier, weil ich meine Frau finden möchte. Das Drumherum tu ich mir nur an, um die Zeit totzuschlagen." Pfeifle versprühte seinen Speichel, so sehr redete er sich in Rage.

Mayer wollte den Bogen nicht überspannen, und so gab es Muffins bei Starbucks statt Empanadas, den leckeren Fleischtaschen, die hier überall in den Restaurants angeboten wurden. Nach dem Kaffee winkte Meyer ein Taxi heran und ließ sie zum Recoleta-Friedhof bringen, was Pfeifle nicht übermäßig behagte. Doch die Alternative war, im Jungenzimmer einer zu eng empfundenen Wohnung voller Raucher auszuharren, da konnte er genauso gut auf den Friedhof gehen und das Grab von Evita Perón besichtigen.

„Ich kenne die Geschichte von Evita, ich habe schließlich damals den Film mit Madonna gesehen", erzählte Pfeifle.

„Aber wissen Sie, Herr Pfeifle, dass Sie da nur einen winzigen Ausschnitt aus dem Leben dieser Frau gesehen haben? Ihr Leben als Leiche war mindestens genauso aufregend wie ihr Leben als Frau, und so übermäßig lang ist es noch nicht her, dass sie hier ihre letzte Ruhe fand."

Pfeifle riss die Augen auf, und während sie über den Friedhof schlenderten, der mit seinen riesigen Mausoleen und seinen engen Gängen einer musealen Stadt glich, erzählte Meyer die aufregende Geschichte von Evitas Leiche. Da die Ausstrahlung der toten Evita noch größer war als die der lebenden, versuchten sich die politischen Lager gegenseitig die Leiche abzujagen, die ursprünglich in den Räumen der Gewerkschaft aufgebahrt war. Dort wurde der Sarg entwendet, wie Schmuggelware um die Welt geschickt, in einem Schrank versteckt und schließlich in Mailand bestattet. Von dort wurde er nach Argentinien überführt und der Familie übergeben. Die neue Frau des damals verwitweten Diktators Perón, die hübsche Blondine Isabelita, musste nachts neben dem Sarg schlafen, damit die mitreißenden Kräfte der Toten auf sie übergingen. Was sie aber nicht taten. So wurde dann schließlich der Leichnam auf dem Recoleta-Friedhof zur Ruhe gebettet, aber Ruhe fand die Tote immer noch nicht, da tagtäglich Heerscharen zu ihrer Gruft pilgerten.

Mit Gänsehaut hörte Pfeifle diesen Erklärungen zu und blickte auf verfallene Mausoleen, in denen mürbe und teilweise zu Staub zerfallene Särge den Blick auf gelbliche Knochen freigaben.

„Ehe Sie sich empören, Pfeifle, muss ich Ihnen sagen, dass die Liegezeiten auf diesem Friedhof unbegrenzt sind. Man kann also erst ein Grab räumen, wenn das Mausoleum über dem Grab zusammengebrochen ist."

„Aber das ist doch gefährlich."

Oh Mann, du Arsch. Das ganze Leben ist gefährlich. „Sofern Sie sich nicht in die Gruft legen, sollte Ihnen nichts passieren."

„War mir schon klar, dass Sie das anders sehen würden." *Warum musste ich nur an einen derartigen Idioten geraten? Dass er Raucher ist, hätte mir Warnung genug sein sollen.*

Es war zu viel gewesen. Die Calle Florida mit ihrem ganzen Reichtum und den abgerissenen Kindern ohne jede Hoffnung dazwischen. Die Palastwache, die doch keine war. Der gefährliche Friedhof mit der umherirrenden Leiche. Plus seine schmerzenden Füße. Schlimmer konnte auch ein Jungenzimmer in einer verrauchten, abgesperrten

Wohnung nicht sein. Vielleicht hatten Juana und ihre Brüder sogar etwas ermittelt, und sie vertaten ihre Zeit hier nur blöd. Meyer zog ihm diesen Zahn. Juana hätte sich auf jeden Fall gemeldet, wenn sie etwas erreicht hätte. Egal. Pfeifle wollte zurück in die Räucherhöhle, seine wunden Füße reiben.

Niemand aus Juanas Familie hatte Nachrichten über den vermissten Roberto Molina und noch viel weniger über die vermisste Merle. Pfeifle ließ die Flügel hängen. Er rechnete sich aus, wie viel Zeit, Geld und Nerven ihn dieser vergebliche Ausflug gekostet hatte. Und wie sehr er seine Frau vermisste. Dass er sie vielleicht gar nicht finden würde, sondern warten müsse, bis sie sich wieder bei ihm meldete, möglicherweise mit einem Scheidungsbegehren. Er sackte richtiggehend zusammen. Weil er so unglücklich aussah, bekam er extra einen Hocker an das Sofa geschoben, und so konnte er seine wehen Füße bequem darauf ablegen. Während der Fernseher ihn mit einer Geschichte traktierte, bei der eine schöne Frau viel weinte und ein ansehnlicher Mann wutschnaubend zugange war, riskierte er immer wieder einen Blick in die Küche und versuchte zu berechnen, wie viel Zigarettenasche sich diesmal im Abendessen finden würde. Nach dem Abendessen würde er die Rückflüge buchen und ohne Frau, mit viel weniger Geld, wehen Füßen und einer veraschten Lunge den schmachvollen Heimweg antreten. Und das, obwohl seine Frau vielleicht nur wenige Kilometer von ihm weilte. Was sie mit diesem Herrn Molina machte, wollte er sich gar nicht vorstellen, doch sein Kopfkino setzte sich eiskalt über seinen Willen hinweg. Kläglich pickte er im Abendessen herum und merkte noch nicht mal, dass die Kartoffel auf seiner Gabel mit Asche bedeckt war.

Bevor er an die Flugbuchung ging, sah er nochmal seine Nachrichten durch. Lauter langweiliges Zeug. In dem Moment machte es „Ping" und eine Nachricht von seiner Tochter Julia traf ein.

Hallo Papa. Die Mama hat ein Bild geschickt, von wo sie jetzt ist. Ich glaube, sie ist jetzt in Norwegen. Du musst sie wohl in der ganzen Welt jagen. Die Oma schimpft zu viel. Sag ihr, dass ich kein Baby bin. ihdl.

Norwegen. Auch das noch! Entsetzt starrte Pfeifle auf das Bild, das einen Leuchtturm, umgeben von wild zerklüfteten Bergen zeigt. Als Meyer ihm die Hand auf die Schulter haute, schreckte er aus seiner Alptraumwelt auf und ließ sein Handy fallen.

Meyer hob es auf. „Was machen Sie denn mit dem Leuchtturm am Beagle-Kanal?"

„Lassen Sie gefälligst meine Privatsphäre in Ruhe!"

Meyer hob abwehrend die Hände. „Ist ja gut. Ich wollte bloß wissen, warum Sie sich weiterhin mit Argentinien befassen, wenn Sie morgen früh zurückwollen."

„Argentinien? Das ist doch Skandinavien oder Grönland oder so."

„Nein, nein. Auch in Argentinien gibt es unwirtliche Gegenden und wenn mich nicht alles täuscht, ist das der Leuchtturm im Beagle-Kanal, am Ende der Welt, in Argentinien."

„Echt?"

„Haben wir uns nicht gerade heute über die sturmumtosten Falkland-Inseln unterhalten?"

Pfeifle dachte nach und erzählte Meyer von der Nachricht seiner Tochter.

„Dann wird Ihre werte Gattin wohl in Ushuaia sein."

Hoffnung glomm in Pfeifles Gesicht auf und es fing an zu leuchten. Dies entging Meyer nicht. Ushuaia. Der Südzipfel des amerikanischen Kontinents. Wildnis. Ein Fotorevier, von dem er schon immer geträumt hatte, das aber bisher außerhalb seiner Reichweite gelegen hatte. Er musste nicht allzu viel tun, um Pfeifle davon zu überzeugen, dass sie nach Ushuaia mussten. „Ja, Wintersachen müssen wir uns kaufen, denn in Ushuaia ist es kalt."

„Kalt? Da ist doch jetzt Frühling, genau andersrum als bei uns, oder?"

„Ja, aber kalt ist es dort immer. Im Sommer weniger als im Winter, aber immer kalt genug."

Pfeifle wähnte das Glück auf seiner Seite. Dass er so kurz vorm Heimflug Hinweise zum Verbleib seiner Frau erhalten hatte, war Schicksal. Und

Ushuaia war klein. Da würde er seine Frau bestimmt finden! Er ließ von Juana zwei Flüge nach Ushuaia buchen. Die Aussicht, seine Frau zu finden und dieser furchtbaren Wohnung zu entkommen, röteten seine Wangen genauso wie der Wein, dem er freudig zusprach.

Später, als er allein im Bett lag, während Meyer wieder Tango tanzen gegangen war, nahmen die Fußballembleme und Wimpelchen im fast dunklen Zimmer die Gestalt von Monstern, Drachen und bösen Feen an. Während er meinte, schon das Zähnefletschen der Spukgestalten an der Wand zu hören, fing er wieder an, mit dem Schicksal zu hadern. Was um alles in der Welt hatte er getan, damit seine Frau ihn verließ? Er war immer ein treuer und treu sorgender Mann und Vater gewesen und brachte immer gutes Geld nach Hause. Was war an dieser Situation so fürchterlich, dass Merle ihn wegen eines verantwortungslosen Windhundes verlassen musste?

Der Fußballwimpel der Boca Juniors kam näher und wollte ihn fressen. Er krümmte sich zusammen, zog die Decke über den Kopf und ergab sich seinem Schicksal.

Und jetzt Ushuaia. Er wusste gar nicht, wo das war. Wild war es da. Und kalt. Eisig. Dort hatte er wirklich nichts verloren, aber das Leben meinte es gerade nicht so gut mit ihm. Wie jetzt, in diesem Zimmer voller Drachen, die nur darauf warteten, dass er endlich einschliefe, um ihn endlich zu zerfleischen.

„Herr Pfeifle, was ist?!" Grelles Licht. Jemand, der ihn schüttelte. Eine Fratze direkt an seinem Gesicht. Pfeifle schrie. Dann funktionierten seine Sinnesorgane wieder korrekt und meldeten ihm einen Herrn Meyer, der sich in einem Jungenzimmer über ihn beugte.

Jemand klopfte an die Tür. Meyer huschte hin und sprach beschwichtigend auf die davorstehende Person ein.

„Was ... verdammt ... brennt es etwa?!" Pfeifle fuhr alarmiert hoch.

„Nein, alles in bester Ordnung. Sie haben wohl nur schlecht geträumt und das ganze Haus zusammengeschrien."

Verstört setzte Pfeifle sich auf. Das hatte ihm gerade noch gefehlt! Er litt furchtbar darunter, wie ein verdutztes Landei von diesem Meyer angemacht zu werden. Dass er jetzt im Schlaf seine innersten Ängste ausgerechnet in Gegenwart dieses Meyer laut verriet, ließ ihn vor lauter Scham puterrot anlaufen, aber das sah zum Glück niemand. Er sank wieder in seine Kissen zurück und traute sich vor lauter Angst nicht mehr, trotz seiner großen Müdigkeit einzuschlafen. Er dachte nach. Über sich und Merle. Es gab keinen Zweifel daran, dass Merle die Frau seines Lebens war. Doch offensichtlich war er nicht der Mann ihres Lebens. Und das, obwohl er gut und treu für alles sorgte. Es lag wahrscheinlich an diesem Vornamen. Was hatten sich seine Schwiegereltern bloß dabei gedacht? Merle Merkle. Mit so einem Na-

45

men musste man ja komisch werden! Die anderen Merkleschen Töchter hießen Sieglinde und Susanne, und so benahmen sie sich auch. Merle hatte sich schon immer wie ein Pferd aufgeführt, das sein Zaumzeug mit größtem Widerwillen trug. Das Gewicht des ehelichen Jochs jedoch hatte sie ziemlich gefügig werden lassen – zumindest bis jetzt. Kannte er seine Merle überhaupt? Er haderte. Männer schnallten zwischenmenschliche Dinge oft erst, wenn es zu spät war. Wenn er Merle nun nicht finden würde? Oder wenn sie sich gar weigern würde, zu ihm zurückzukehren? Pfeifle stellte das Denken ein. Weiterdenken wäre ja glatter Selbstmord! Und so blieb er im Bett liegen, mitten unter den bedrohlichen Postern und Wimpeln.

Meyer hingegen pflegte den beneidenswerten Schlaf der Gerechten. Er drehte sich, schnarchte und grunzte und war offensichtlich in eine andere Dimension abgetaucht, in der ihn weder entlaufene Frauen noch bissige Poster mit fürchterlichen Fratzen stören konnten.

Gerade, als er eingeschlafen war, riss das Klingeln seines Handys ihn aus dem Schlaf.

„Bub, bist du vollkommen verrückt geworden?"

Pfeifle brauchte ein paar Augenblicke, bis er zu sich kam und wusste, mit wem er es zu tun hatte. Hektisch flüsterte er ins Telefon: „Mutti, hier ist es mitten in der Nacht! Ich bin nicht allein im Zimmer. Du kannst jetzt nicht anrufen."

„Und ob ich das kann!"

„Nein, Mutti. Bitte hör auf."

Aber Mutti hörte nicht auf, sondern stritt weiter mit ihrem Sohn, der immer erregter wurde und zunehmend vergeblich versuchte, seine Stimme im Zaum zu halten. Schließlich wachte Meyer auf und machte im Zwielicht verstört die Lage aus. Er hörte eine halbe Minute zu, dann grunzte er. Pfeifle wurde daraufhin noch lauter. „Nein, Mutti. Der Schäffler kann das auch. Ja, ich weiß, was ich tu. Ich bin ja schließlich kein Baby!" Er schnaubte, während aus dem Telefon aufgeregtes Gezeter ertönte.

Meyer reichte es. Er entriss Pfeifle das Telefon, legte auf und versteckte es unter seinem Kissen, während Pfeifle voller Entsetzen auf seine leere Hand starrte. „Meyer, Sie werden ...."

„Schnauze", flüsterte Meyer. „Es ist mitten in der Nacht, und unsere Gastgeber können Randale nicht gebrauchen."

„Aber das war meine Mutti. Sie ..."

„Schnauze, oder ich versenk Ihr Telefon im Klo." Mit einer abrupten Bewegung drehte Meyer sich zur Wand und ließ den verwirrten Pfeifle verdattert stehen, oder vielmehr liegen.

5

„Über was habt ihr in der Nacht gestritten?", wollte Juana am nächsten Morgen wissen.

„Sehen Sie, Pfeifle, mit Mutti haben Sie das ganze Haus aufgemischt!" Bringen Sie ihr bei, dass sie nirgendwo anrufen soll, wo es gerade Nacht ist."

Pfeifle schwieg und brachte das Frühstück gequält hinter sich. Dann untersuchte er sein Handy. Fünf entgangene Anrufe von Mutti waren drauf.

„Mutti kennt sich nicht so aus in der Welt, die hat nicht daran gedacht, dass es hier Nacht ist."

„Na dann rufen Sie sie an und bringen es ihr ein für alle Mal bei."

„Aber das ist doch meine Mutti."

Meyer rollte verzweifelt die Augen.

„Ja! Auch ich habe eine Mutti. Aber Pfeifle, Sie schmeißen doch eine Firma! Da werden Sie doch Mutti Grenzen setzen können."

„Sie haben keine Ahnung von dem Wert einer Familie. Ihre Mutti möchte ich wirklich nicht sein!"

Meyer zischte schmerzhaft durch die Zähne. „Ist gut. Ich würde Sie auch nicht als Mutti haben wollen. Kommen Sie, wir müssen zum Flughafen."

„Moment, ich habe noch nicht alles gepackt."

Während Juana sie zum Flughafen fuhr, bedachten sich die zwei Männer, sofern sie sich überhaupt beachteten, mit giftigen Blicken und schwiegen sich an. Das fiel allerdings nicht auf, weil Meyer sich lebhaft mit Juana unterhielt. Zum Abschied drückte und küsste Meyer Juana herzlich. Pfeifle wollte es ihm gleichtun, aber Juana versteifte sich. Pfeifle überlegte, was er jetzt schon wieder falsch gemacht hatte. Im Flugzeug saß Pfeifle am Fenster und schaute immer wieder raus. Ockerfarbenes, leeres Land unter ihm. Meyer hatte zwar gesagt, dass die Pampa riesig wäre, aber immerhin legten sie eine Strecke zurück, die der Entfernung von Hamburg nach Sizilien entsprach, und die Landschaft unter ihnen änderte sich tatsächlich während des ganzen Fluges nicht. Doch schließlich wurde es schwarz, grün und weiß unter ihnen. Wasserarme drangen von überall her in die Landschaft, Berge erhoben sich. Pfeifle war erleichtert. Die landschaftliche Monotonie war ihm unheimlich gewesen.

Nach der Landung nahmen sie ein Taxi in die Stadt und ließen sich vom Fahrer ein gutes Hotel vorschlagen. Jeder bekam sein Einzelzimmer, von wo aus er einen spektakulären Blick auf das Meer und den Beagle-Kanal hatte. Pfeifle war unendlich erleichtert. Dann suchten sie einen Copyshop auf und ließen Flugblätter mit Merles Bild drucken, die sie dann in der Stadt verteilten. Meyer holte noch seine Fotoausrüstung, dann bestiegen sie mit einem Packen Flugblätter ein Boot, das sie zu dem Leuchtturm bringen sollte, den Merle gemailt hatte. Das Wetter war unwirsch. Nasskalt und regnerisch. Das Schiff stampfte und rollte durch den Kanal. An einem Inselchen stellte der Kapitän den Motor ab. Alle Passagiere stürzten nach draußen, die Seelöwen angucken, die auf der Insel ihr Gemeinschaftsleben pflegten. Meyer war wie von Sinnen. Hektisch baute er seine Fotoausrüstung auf und klemmte sich hinter den Sucher. Tierbilder waren die besten! Wenn ihm jetzt ein paar gute Aufnahmen gelängen, würde er länger ausgesorgt haben. Die Lebhaftigkeit der Tiere überraschte Meyer. Im Vergleich dazu mussten die Zootiere schwerst depressiv sein. Hier in der Wildnis prusteten, platschten, brummten und brüllten sie und kaum ein Tier saß ruhig. In höchster Anspannung stand Meyer hinter seiner Kamera und versuchte, Porträts dieser Tiere zu machen und die Kormorane im Flug zu erwischen. Er wurde mehrfach angerempelt, was er gar nicht zur Kenntnis nahm. Das Schiff setzte seine Fahrt fort, doch die Rempelei hörte nicht auf. Da drehte er sich um. Pfeifle stand vor ihm, mit feuchten Augen.

„Wie sehen Sie denn aus! Was ist denn passiert", sprach Meyer ihn an.

Pfeifle hielt sich die Hand vor den Mund. „Meine Schähne."

„Was?"

„Meine Schähne."

„Wie bitte? Ich verstehe kein Wort."

„Meine Schähne find weg", winselte Pfeifle.

Meyer guckte immer noch verständnislos. Da nahm Pfeifle die Hand von seinem Mund und zog die Oberlippe hoch. Dabei entblößte er ein makelloses Zahnfleisch, das durch keinerlei Zähne verunstaltet wurde. Fast weinend und stark nuschelnd erzählte Pfeifle, wie ihm durch das Schwanken des Schiffes schlecht geworden sei und er sich übergeben habe. Als er sein Teilgebiss den Schneidezähnen mit ausspuckte, habe er noch versucht, es zu fangen, aber das war ihm leider nicht mehr möglich. Meyer musste sich sehr zusammennehmen, um nicht loszulachen. Pfeifle war zwar ein armes Schwein, aber die Situation war einfach zu witzig. Das einzig Vernünftige wäre nun, direkt nach Deutschland zurückzufliegen, obwohl es Meyer das Herz brach. Die Seelöwen waren sensationell gewesen. Die Pinguinkolonie in der Nähe würde auch ein einmaliges Erlebnis sein. Ebenso das Gefängnis am Ende der Welt, die Magellanstraße und die unermessliche Einsamkeit Feuerlands. Meyer überlegte kurz, ob er durch irgendeinen Trick versuchen sollte, den Aufenthalt in Ushuaia zu verlängern, aber zu so einer miesen Schweinerei konnte er sich nicht durchringen.

Der Leuchtturm kam in Sicht. Mit einer Hand hielt Pfeifle sich den Mund zu, mit der anderen fuchtelte er aufgeregt. Meyer schoss Bilder aus allen Perspektiven. Dann drehte das Schiff und fuhr wieder zurück.

„Tja, angesichts der Lage fliegen wir am besten morgen nach Deutschland zurück", sagte Meyer.

Pfeifles Augen weiteten sich mit Entsetzen. „Nach Haufe? Nein, auf keinen Fall! Daf geht nicht."

Meyer konnte kaum glauben, was er da hörte. „Warum nicht?"

„Ohne Schähne? Nachher kriege ich Ärger an der Grenfe. In Deufschland darf miff kein Mensch fo fehen."

Meyer fragte sich, ob er träumte. Eine bessere Antwort konnte er sich schlicht und ergreifend nicht denken. Er musste sich sehr zurückhalten, um keinen Freudensprung zu vollführen. Stattdessen sagte er tonlos: „Vielleicht haben Sie recht."

Kaum in der Stadt zurück, suchten sie einen Zahnarzt auf. Um ein einigermaßen gutes Provisorium hinzukriegen, veranschlagte er drei Tage, was Pfeifles Mine deutlich verdüsterte. Dann suchten sie auf der Avenida Maipu einen Laden, der Babynahrung führte. Meyer kaufte sie ein, während Pfeifle, stets mit der Hand vor dem Mund, draußen unbeteiligt tat und auf ihn wartete. Während er sich zutiefst unglücklich fühlte – erst der Verlust der Frau, dann eines erklecklichen Sümmchen, danach der Zähne – und überlegte, welches Ungemach als nächstes folgen würde, schaute er sich um. Eigentlich sah es hier fast so aus wie auf den Bildern aus Norwegen. Lauter bunte Häuschen auf schwarzen Felsen, zwischendrin spärliches Grün. Frisch war es, obwohl der Sommer nahte und der Südpol noch ziemlich weit weg war, aber irgendwie zog es von dort mächtig kalt rauf.

Meyer kam heraus. In seiner Tüte hatte er zwei Dosen Bier, zwei Gläser Kalbfleisch mit Karotten und Reis, ein Gläschen Pfirsich und ein Gläschen Birne, dazu einen gelben Plastiklöffel. Schweigend liefen sie zum Hotel zurück. Während Pfeifle mit seinem Fresspaket auf dem Zimmer verschwand, nutzte Meyer die Helligkeit, um die Stadt zu fotografieren, bis ein dichterer Regen ihm dies unmöglich machte. Als er auf seinem Zimmer begeistert seine Fotos sichtete, hatte er den Eindruck, dass aus dem Nebenzimmer ein unterdrücktes Schluchzen erklang. Nein, er würde Pfeifle jetzt nicht trösten. Er bat an der Rezeption darum, ein anderes Zimmer am Ende des Ganges zu bekommen und fiel in einen tiefen Schlaf.

6

Meyer wachte am nächsten Morgen auf, weil die Sonne seine Nase kitzelte. Er stand lange unter der heißen Dusche. Dann machte er sich fertig und betrat den Flur. Dort kam Pfeifle panisch auf ihn zugeschossen. „Wo waren Fie? Ich hab gedacht, ich fpinn, alf niemand im Fimmer neben mir war."

„Ich habe gestern noch lange an meinen Fotos gearbeitet und wollte sicher sein, Sie nicht zu beeinträchtigen, nachdem Sie endlich Ihr eigenes Zimmer hatten. Deswegen bin ich ans Ende des Flurs gezogen.

„Aber Fie hätten mir einen Fettel unter der Tür durchschieben können!", meinte Pfeifle ganz entrüstet.

Nachdem Pfeifle sein Rührei mit Toast ohne größere Probleme selber essen konnte, gingen die zwei in die Stadt und fragten nach, ob irgendjemand Merle gesehen habe. Das Echo war widersprüchlich.

„Herr Pfeifle, hier hilft nur Abwarten. Wir können uns die Wartezeit mit einem Besuch bei den Pinguinen verkürzen, wäre das was?"

„Nein! Daf ift Ihr Privatvergnügen. Dafür fahle ich nichtf!"

„Gut, wie Sie meinen. Ich gönne mir das. Wenn Sie Spaß daran haben, den ganzen Tag allein im Hotelzimmer zu sitzen ..."

Pfeifle dachte nach und willigte schließlich ein. Allerdings verweigerte er kategorisch die Bootsfahrt dorthin, obwohl er keine künstlichen Zähne mehr hatte, die er versehentlich ausspucken konnte. Meyer mietete einen Geländewagen, der ihn möglicherweise in Gegenden bringen würde, wo sensationelle Bilder möglich waren. Sie fuhren durch eine Landschaft, die so leer, abweisend und unwirsch war, dass es einem nicht schwerfiel, hier das Ende der Welt zu vermuten.

„Und genauso sehen die Falkland-Inseln aus, um mal wieder einen Bogen zu den schicken Soldaten zu schlagen, nur dass es da noch vor Schafen wimmelt", fügte Meyer hinzu. Bald betraten sie die Insel Martillo. Meyer übersetzte brav, wie man sich hier benehmen musste, um die Pinguine nicht zu stören. Eine Zeitlang fand Pfeifle das Verhalten dieser befrackten Vögel putzig und interessant, doch Meyer fotografierte wie ein Besessener und reagierte überhaupt nicht auf Ansprache. Pfeifle setzte sich resigniert auf den Kies. Pinguine. Seine Leidensgenossen. Männchen und Weibchen finden sich für ein Leben lang zusammen. Wenn einem Weibchen das Männchen abhanden kommt, sucht es sich einen neuen Partner. Verliert ein Männchen hingegen sein Weibchen, stirbt es vor Kummer. Für den Bruchteil einer Sekunde überlegte Pfeifle, ob er einfach ins eisige Wasser gehen sollte. Aber da waren ja noch seine Töchter Julia und Franziska. Und Mutti. Und Vera und Georg. Seine Schwiegereltern waren zwar nicht immer einfach, doch letztlich waren sie gut zu ihm. Und natürlich die Oberremser Präzisionsbohrer. Frau Häberle, ohne die er handlungsunfähig war. Herr Schäffler, seine rechte Hand. Alles Beziehungen, die Pinguine wohl nicht so hatten. Obwohl das mit Merle wirklich schlimm und grausam war, musste er an die anderen denken. Er ging nicht ins Wasser, sondern blieb auf dem Kies sitzen.

Irgendwann stand Meyer völlig euphorisch vor ihm. „Irre Tiere, nicht wahr? Ich habe ein paar wirklich einzigartige Aufnahmen gemacht. Ich danke Ihnen dafür, dass Sie so lange Geduld bewiesen haben und ruhig geblieben sind."

Da erst merkte Pfeifle, dass er hungrig, durstig und völlig durchgefroren war. Er trank einen heißen Matetee aus der Thermoskanne und lutschte an den Schokoriegeln, die Meyer ihm anbot. Dann fuhren sie mühsam über unwegsames Gelände ins Hotel zurück. Vorher hielt Meyer an einem Supermarkt und bestand darauf, dass Pfeifle mitkäme. Schließlich sollte er selber entscheiden, ob er Gläschen mit Pute mit Karotten und Reis oder Kartoffeln und Gemüse und Rind oder gar Huhn mit Gemüse und Süßkartoffeln bevorzugte. Als Pfeifle mit Huhn und Süßkartoffeln auf seinem Zimmer verschwunden war, gönnte Meyer sich zur Belohnung dieses anstrengenden Tages ein Chorizo-Steak mit Kartoffelbrei und dazu zwei Gläser Wein.

7

„Herr Meyer, Sie haben mich zu lange am Strand unter den Pinguinen sitzenlassen", beschwerte sich ein erkälteter Pfeifle am nächsten Morgen.

„Herr Pfeifle, Sie leiten überaus erfolgreich eine Firma, die weit über die Schwäbische Alb hinaus bekannt ist. Und mir wollen Sie sagen, ich hätte Sie sitzen *lassen*, obwohl Sie die ganze Zeit keinen Ton von sich gegeben haben?"

„Fie wiffen doch, daff ich Probleme habe."

„Ich weiß, dass Ihre Frau weg ist. Und dass Sie dabei sind, dieses Problem zu lösen. Was Sie sonst noch an Problemen haben, weiß ich nicht."

Meyer haute seine Zähne derartig in den Toast, dass es krachte und die Krümel stoben, was von Pfeifle neidisch quittiert wurde. Sie machten sich auf zur Apotheke, und Pfeifle deckte sich mit allem ein, was Linderung versprach.

„Herr Pfeifle, nachdem wir so eine Art Schicksalsgemeinschaft geworden sind, wollte ich Ihnen vorschlagen, dass wir uns duzen. Ich weiß nicht, was meine Eltern sich mit Roderich gedacht haben, deswegen nennst du mich am besten Rudi."

„Halt, halt, halt! Noch habe ich nicht zugestimmt. Ich muss mir das noch erst überlegen. Ich gebe Ihnen noch Bescheid."

Meyer blickte ihn befremdet an. *Ich verstehe deine Frau immer besser.* „Also gut, *Herr* Pfeifle.

Jetzt klappern wir mal alle Stellen ab, wo wir die Flugblätter abgegeben haben. Vielleicht kann ja jemand was dazu sagen." *Du bist so kleinkariert, dass man ein Elektronenmikroskop braucht, um die Karos zu zeichnen.* Wütend machte er sich mit Pfeifle auf den Weg. Während er munter voraus marschierte, schlappte Pfeifle röchelnd hinter ihm her. Meyer musste kurz grinsen. Sein Leidensgenosse hatte derzeit eine auffällige Ähnlichkeit mit den Seelöwen von vorgestern.

Sowohl in einer Apotheke als in einem Outdoorladen erzählte man ihnen übereinstimmend, dass eine Frau, die so aussah wie Merle, mit einem jungen Einheimischen in einem grünen Geländewagen hier gewesen wäre. Der Apotheker sagte, dass das Pärchen nach El Calafate wollte. Und dass es sich ein wenig gestritten habe.

Pfeifle war nicht zu halten. „Auf, Herr Meyer, ihnen hinterher!"

Meyer dachte an das Gefängnismuseum und die Schmalspurbahn, die sie heute unbedingt noch besuchen wollten.

„Das geht nicht, Herr Pfeifle, wir müssen ja noch auf Ihre Zähne warten."

„Meine Frau ist wichtiger als die Zähne!"

Wider Willen fühlte Meyer Respekt für diese Aussage. „Aber hier befinden wir uns auf einem abgetrennten Landzipfel Argentiniens. Um auf dem Landweg nach El Calafate zu gelangen, müssen wir durch Chile fahren. Das heißt Grenze. Und so ohne Zähne ..."

„Ich muff das riskieren!"

„Wir können auch nach El Calafate fliegen. Dann sind wir sogar vor Ihrer Frau da. Und wir ersparen uns sogar die Grenzkontrolle."

„Wenn meine Frau auf dem Landweg unterwegs ist, muss ich über Land hinter ihr her."

Es war nichts zu machen. Keine Chance, länger in Ushuaia zu bleiben. Die Resignation ließ Meyer ebenso durch die Gegend schlappen wie sein Reisegenosse.

Sie mieteten einen älteren Jeep Grand Cherokee an, der für längere Überlandfahrten ausgerüstet war und in dem sie auch würden übernachten können. Der Zustand des Wagens erfüllte Pfeifle mit Unbehagen, aber Rudi versicherte ihm, dass alles in Ordnung wäre und dass sie für eine Fahrt über Land ohnehin keine Alternative hätten.

„Aber was soll das mit den Schlafsäcken und so. Ich möchte nicht mit Ihnen im Auto schlafen."

„Glauben Sie mir, ein wirklich tiefsitzender Wunsch ist das bei mir auch nicht. Aber Sie haben doch die Landschaft aus der Luft gesehen. Da ist nichts, buchstäblich nichts. Es ist schon besser, wenn wir alles mithaben, was man zum Leben braucht."

„Stimmt. Außerdem können wir damit Geld sparen."

Rudi rollte mit den Augen und verkniff sich jeden Kommentar.

8

Eine fahle Sonne schlug sich durch den Dunst an den Bergkuppen, als die zwei Männer sich bei schrägem Nieselregen auf den Weg machten. Doch schon bald riss der Himmel auf. Die Landschaft wurde grüner. Die Tropfen, die an den imposanten Südbuchen hingen, glitzerten wie Diamanten.

„Ich muss ein paar Fotos machen!" Meyer stellte das Auto am Straßenrand ab und holte seine Fotoausrüstung raus. Pfeifle empörte sich über den Zeitverlust.

„Ist mir egal, Paul. Als Allererstes teile ich dir hiermit mit, dass ich dich duze. Möglicherweise werden wir gemeinsam in diesem Auto schlafen und sind sowieso aufeinander angewiesen. Und wenn ich auf jemanden angewiesen bin und der auf mich und mir zudem nachts seinen Atem ins Ohr schnaubt, dann duz ich den. Ich finde das Gesieze affig."

„Herr Meyer ..."

„Rudi bitte!"

„Rudi, Sie können ..."

„Rudi, du kannst ..."

„Verdammt noch mal, lassen Sie ... lass mich doch mal aussprechen! Wir können keine Fotostopps machen, sonst finden wir sie nie."

„Im Gegenteil. Die Fotostopps helfen uns, Paul. Nachdem du dich weigerst zu fahren ..."

„Was heißt hier weigern? Ich kann noch nicht mal die Sprache, geschweige denn die Verkehrsregeln. Also!"

„Du könntest dich damit auseinandersetzen, aber lassen wir das. Während ich fahre, kannst du in die Bilder reinzoomen und sie untersuchen. Vielleicht findest du dann Spuren."

„Ha. Ha. Die sind dann alt."

„Vielleicht auch nicht. Glaubst du wirklich, dass deine Frau mit ihrem schönen Argentinier hier durchheizt?"

„Fotostopps machen die ganz bestimmt nicht."

„Mag sein. Aber andere Stopps."

„Was willst du damit sagen?"

„Was kann ich dafür, dass der Argentinier deine Frau vögelt?"

Paul schwieg, wie vom Blitz getroffen. *So* deutlich wollte er das nicht an sich heranlassen.

Rudi fotografierte das Panorama. Tiefblaues Wasser, Bäume, die die Felsen zu verdrängen schienen, weiße Schneekuppen. Dann porträtierte er einzelne Bäume. Ihre kleinen, rundlichen, gezackten Blätter. Die winzigen Misteln, die an den Ästen hingen.

Als er im Auto saß. machte er das Fenster runter und steckte sich eine Zigarette an.

„Oh Gott." Paul wedelte theatralisch den Rauch weg von sich. „Muss das sein? Konntest du nicht draußen rauchen?"

„Gekonnt hätte ich, aber du wolltest doch, dass ich Zeit spare."

„Lass die verdammten Kippen sein, oder ich steige aus."

Rudi bremste. „Bitte sehr."

Paul verschränkte die Arme und blieb sitzen. *Richtig mieses Arschloch!* „Du brauchst dich nicht zu wundern, wenn ich dich irgendwann umbringe."

„Je eher du mich umbringst, umso eher bist du meine geliebten Zigaretten los. Aber wahrscheinlich wartest du mit deinem Mord, bis die Suche nach deiner Frau endet."

Rudi rauchte in aller Gemütsruhe fertig. Dann steckte er sich die nächste an, bevor er Gas gab.

Paul kochte.

Sie fuhren weiter durch den dichten Buchenwald. Niemand sonst war auf dieser Geröllpiste unterwegs, die die Landschaft durchschnitt. Der Nebel lichtete sich langsam. Bald hatten sie den Pass überwunden, hinter dem sich die Landschaft öffnete und flacher wurde. Der Wald wurde immer öfter von immer größeren Flecken Gestrüpp durchsetzt, in dem eine Unmenge an Baumstämmen herumlag.

„Das war mal alles Wald", dozierte Rudi. „Doch dann kamen die Siedler und vernichteten ihn, um Schafweiden zu schaffen. Eine ökologische Katastrophe ungeheuren Ausmaßes! Diese Baumstämme finden sich über hunderte Kilometer verteilt. Das fand schon vor etwa hundert Jahren statt, aber die Baumstämme sehen aus, als wären sie erst gestern gefällt worden. Erstklassiges Holz, das nicht verrottet."

Paul guckte betreten.

Raues Grasland. Das hüfthohe Gras wurde vom Wind rhythmisch durchgeschüttelt. So weit der Blick reichte, war nichts zu sehen. Sie schienen allein auf der Welt zu sein. So fuhren sie schweigend durch die Gegend, während Paul grübelte, warum ihn seine Frau verlassen habe. Ihm fiel kein Grund ein. Er war solide, abgesichert und behandelte sie nett. Wie viele Frauen würden einiges darum geben, so einen Mann zu haben. Er haderte. Das Leben war wirklich ungerecht!

Das Meer kam in Sicht. Zwischen den Dünen schimmerte es bleigrau hindurch. Hier war der Atlantik kalt und abweisend. In der Ferne zogen Frachtschiffe ihren Weg. Links von ihnen lag die gelbgrüne Pampa in ihrer Unendlichkeit, rechts das graue Meer. Keine Menschenseele war zu sehen. Die einzige Straße weit und breit war diejenige, auf der sie sich befanden. Ein wenig beruhigte das Paul, denn so konnten sie sich wenigstens nicht verfahren. Der Weg verlief nun durch das Landesinnere, und bald standen sie an der Grenze zu Chile. Ein paar bunte Häuschen aus Holz und Wellblech standen am Abfertigungsgebäude. Die Grenzer hatten sehr viel Zeit. Rudi unterhielt sich freundlich mit ihnen, während Paul sich Mühe gab, den Mund nicht zu öffnen. Schließlich wollte ein Grenzer das Auto untersuchen und förderte triumphierend das Picknick der beiden zutage. Obst und Gemüse durften nicht nach Chile eingeführt werden und der Beamte nahm Anstoß am Salatblatt, das sich in Rudis belegten Broten befand. Deswegen schlug dieser vor, dass sie nun alle ihre Esswaren verzehren sollten.

Damit war Paul überhaupt nicht einverstanden. Da er aber nicht bereit war zu reden, damit niemand seine fehlenden Zähne sähe, wollte er sich gerade an den Kopf tippen, um Rudi zu signalisieren, dass er nicht ganz dicht war. Doch dann hatte er Angst, dass die Grenzer das auf sich beziehen könnten. Er wand sich, er schwieg und gab das Bild eines Menschen ab, der sich hochgradig unwohl fühlt, während Rudi zunehmend genervt wirkte, weil er nicht wusste, was los war. Diese Szenerie wurde von den Grenzkontrolleuren kritisch beäugt. Schließlich zwangen diese Paul und Rudi auszusteigen. Rudi nahm immerhin das Esspaket an sich und verzog sich mit Paul im Schlepptau hinter ein Haus.

„Verdammt, Paul. Was ist denn los? Du hast dich ja aufgeführt, als hätten wir was höchst Illegales dabei!"

Paul schnaubte wie ein altes Walross. „Du weißt doch, dass ich den Mund nicht öffnen kann. Wieso stellst du dich so doof?"

„Zwischen die Klappe wie ein Nilpferd aufreißen und dezent nicken liegen Welten. Du hättest schon spontan reagieren können, ohne dich zu kompromittieren."

„Ja und?"

„Ja und, ja und, ja und!" Rudi riss die Hände zum Himmel. „Die werden jetzt das Auto komplett, aber wirklich komplett zerlegen. Das wird Stunden dauern! Die Typen haben ja Zeit."

64

Paul zuckte mit den Schultern.

„Mich wegen einer Fotopause anraunzen, aber selber für unnötige Unterbrechungen sorgen", jammerte Rudi. Wütend packte er seine mit Steaks belegten Brote aus, während Paul im Windschatten des Hauses ein Gläschen Blumenkohl mit Karotten und eines mit Huhn und Mais aß. Dazu genehmigte er sich ein trockenes Brötchen, das er so aß, wie zahnende Kinder es tun. Aus der Ferne konnten sie sehen, wie die Zöllner akribisch das Auto untersuchten, und so gingen sie in die einzige Kneipe am Horizont, um ihren Durst zu stillen.

„Rudi, du solltest nicht so viel Bier trinken. Du musst ja noch fahren."

„Ja und?"

„Ich mein ja bloß."

„Hast du irgendwo ein Haus, einen Baum oder ein anderes Auto gesehen, in das ich krachen könnte?"

Paul gab sich geschlagen.

Die Zöllner waren immer noch nicht fertig. Rudi erklärte ihnen, was sie wissen wollten und bat freundlich um die Herausgabe seiner Fotoausrüstung, was ihm gewährt wurde. Nun freute er sich heimlich über die unvorhergesehene Pause. Das Licht kam ganz klar und ein wenig schräg. Die Wolkenformationen waren gewaltig. Seine Bilder würden wunderbar werden.

Schließlich durften sie weiterfahren und ließen die Grenzer etwas frustriert zurück, weil sie wohl gehofft hatten, dass die Untersuchung nicht so ereignislos verlaufen würde.

Langsam mühte sich das Duo vorwärts und hinterließ eine dicke Staubwolke, die das Auto auch auf weite Entfernungen erkennbar machen würde.

Die Piste hörte auf. Das Wasser vor ihnen tobte und schäumte. Der Wind konnte sich nicht entscheiden, aus welcher Richtung er blasen sollte und schickte kräftige Böen aus allen Richtungen. Sie standen nun an der Magellanstraße, einem tückischen und verwirrenden Wasserlabyrinth, bei dem man nur rätseln konnte, wieso es als „Straße" bezeichnet würde. Von links drückte der Pazifik mit Wucht in die zahlreichen Kanäle, Buchten und Engen, von rechts tat es der Atlantik. Da, wo die beiden Ozeane sich trafen, also fast auf der ganzen Strecke, kämpften sie jeweils um die Vorherrschaft und versuchten, sich mit Wellen, Wirbeln und Winden durchzusetzen. Die Enge, an der die Straße durch eine Fähre unterbrochen wurde, gehörte zu einem stark umkämpften Gebiet aller Elemente. Der Wind schüttelte das Auto hin und her und Paul fragte sich, wie die Fähre es schaffen würde, nicht auf einen der Ozeane abgetrieben zu werden. Als sie auf der Fähre waren, stiegen sie aus dem Wagen aus. Rudi nahm seine Kamera mit. Er versuchte, sich an der Reling zu postieren, doch der Wind und die Wellen gaben ihm keine Chance, festen Halt zu finden. Er setzte sich auf den Boden, verkeilte sich zwischen einem Rohr und der Reling und versuchte, Bilder des wild schäumenden Wassers zu machen. Der Wind brüllte in seine Ohren und zerrte an ihm. Die Anlegestelle auf der anderen Seite kam in Sicht und Rudi stand auf. Da merkte er, dass nicht nur der Wind an ihm gezerrt hatte, sondern auch ein einigermaßen entgeisterter Paul.

„Mein Handy ist weg!"

„Was?"

„Mein Handy ist weg", schrie Paul, so laut er konnte.

Als sie wieder im Auto saßen und die Geräuschkulisse deutlich gedämpfter war, fing der bestürzte Paul wieder an. „Ich wollte auch ein Foto machen. Mit einer Hand habe ich mich festgehalten und in der anderen hatte ich das Handy. Aber der Wind hat es mir einfach so aus der Hand gerissen! Es ist übers Deck geschlittert und ins Meer gefallen. Und jetzt? Was soll ich bloß ohne Handy tun! Verdammt. Ich gehe nie mehr im Leben auf ein Schiff. Erst die Zähne, dann das Handy."

„Tja, dann müssen wir uns eben vorerst mein Handy teilen", meinte Rudi.

„Aber meine ganzen Kontaktdaten!"

„Die wichtigsten kriegen wir wieder raus."

„Mutti wird sich Sorgen machen, wenn sie mich nicht unter meiner üblichen Nummer erreicht."

„Ja, das ist ein riesiges Problem." Rudi grinste breit.

„Immer musst du so blöd tun."

Sie fuhren weiter, doch außer Bartgras, Wind und Staub trafen sie nichts. Irgendwann kamen Gebäude in Sicht. Sie freuten sich auf einen Kaffee. Doch es war aufgegeben worden. Es handelte sich um eine Geisteranlage. Die Estancia San Gregorio war in den guten Zeiten eine Art Schaffabrik gewesen, in der hunderte von Arbeitern die Tiere in riesigen Hallen schoren. Jetzt standen die Gebäude verlassen da. Die Farbe blätterte ab, die Fenster waren fast alle eingeschlagen und der Wind pfiff um die Mauern. Es hätte niemanden erstaunt, wenn hinter dem einen oder anderen Fensterloch ein Gespenst erschienen wäre. Überall nur Stille und Leere. Am Ufer rosteten zwei große Schiffe vor sich hin.

„Also irgendwie haben's die mit der Entsorgung nicht so", fing Paul an.

„Was erwartest du hier", ereiferte sich Rudi. „Erstens ist hier nicht Deutschland und zweitens totale Abgeschiedenheit. Sollen die hier etwa einen Müllwagen für die Schiffe vorbeischicken?"

„Immer musst du übertreiben. Aber müssen die das Zeug so stehen lassen?"

Sie stritten noch ein Weilchen weiter, doch nachdem sie nach der Umrundung des Komplexes kein Café gefunden hatten, beschlossen sie, ohne Unterbrechung nach Punta Arenas zu fahren.

„Da wirst du ja rammdösig, bei dieser Landschaft."

„Und als Fahrer erst", entgegnete Rudi. „Du darfst nicht einschlafen und musst auch auf die Geschwindigkeit achten. Fährst du zu langsam, bleibst du stecken. Fährst du zu schnell, gräbst du dich ein. Du musst mich wach und konzentriert halten."

Paul erstarrte. Wie sollte er das nur tun? Dann diskutieren sie über Magellan und seine Truppe. Welcher Teufel die geritten haben musste, in diesen unberechenbaren, verwirrenden, verästelten Gewässern eine Passage vom Atlantik in den Pazifik zu suchen. Sie überlegten, ob die Reise überhaupt geplant war oder ein elender Sturm das Schiff einfach in dieses Labyrinth gedrückt hatte und nun alle Mann gucken mussten, wie sie da wieder rauskamen, was ihnen viel wahrscheinlicher erschien. Paul erschauerte bei dem Gedanken, was die Leute damals mitgemacht haben mussten.

Endlich entdeckten sie Lichter in der Ferne. Hoffentlich war das die Stadt Punta Arenas, denn sonst müssten sie demnächst mitten im Nichts stehen bleiben. Lange konnte man nicht mehr fahren. Doch als sie bald danach Asphalt unter die Räder bekamen, gab es keinen Zweifel, dass sie in Stadtnähe waren. Rechtzeitig kamen sie an und suchten sich ein Hotel. Dort genehmigten sie sich ein Abendessen. Rudi nahm Lammkoteletts mit Salat, Paul gezwungenermaßen Kartoffelbrei mit Hackfleisch.

Sie gingen auf ihre Zimmer. Rudi genoss es, endlich rauchen zu können, ohne Missmut auf sich zu ziehen und Paul war froh, endlich seine

Wunden lecken und sich selbst bemitleiden zu
können, so ohne Zähne, ohne Handy und ohne
Frau.

9

„Also, irgendwas muss ich tun", meinte Paul am nächsten Morgen. „Ich konnte ja nicht ahnen, dass das so lange geht, und nun habe ich seit Tagen meine Unterhose und meine Socken nicht gewechselt."

Entgeistert legte Rudi sein Frühstücksmesser weg. „Was heißt hier, dass du was tun musst? Du musst waschen!"

„Und wie mache ich das?"

Wenn Rudi nicht sein Frühstücksmesser schon beiseitegelegt hätte, wäre es ihm spätestens jetzt aus der Hand gefallen. „Das ist nicht dein Ernst!"

„Was soll nicht mein Ernst sein?"

„Du wirst doch wohl wissen, wie man Wäsche wäscht!"

„Ich habe eine Firma zu leiten. Da halte ich mich nicht mit Nebensächlichkeiten auf!"

„Jetzt scheint es aber irgendwie hauptsächlich zu werden."

„Na und? Hilf mir lieber! Oder weißt du es auch nicht?"

„Meine Herren! Erst die Mutti, dann die Gattin. Du machst dich ganz schön abhängig."

Sie suchten einen Waschsalon auf und Rudi führte Paul in die hohe Welt des Waschens und Maschinentrocknens ein, was gar nicht so unkompliziert war. Danach versorgten sie sich mit Proviant und fragten überall nach, ob jemand einen grünen Geländewagen mit einem Argentinier und dieser Frau gesehen habe und zeigten dabei Merles Bild. Ein Tankwart konnte sich genau erinnern. Ja, das Pärchen war in Richtung El Calafate unterwegs und wollte vorher noch einen Stopp am Paine-Massiv machen. Der Tankwart war überaus freundlich, und zu Rudis Entzücken rauchte er auch. Während der Tankwart sich mit Rudi unterhielt, saß Paul sichtlich unglücklich im Auto. Doch Rudis Gedanken liefen dermaßen Amok, dass er sich nicht darum kümmern konnte, mal abgesehen davon, dass er es vermutlich auch nicht gewollt hätte, wenn er es gekonnt hätte. Das Paine-Massiv. Diese majestätischen Berge in windumtoster Landschaft, umgeben von den blauestmöglichen Seen und einer zählebigen, genügsamen Vegetation, die in lebensfeindlicher Umgebung Fuß gefasst hatte. Einsamkeit. Grandiose Bilder. Vernünftig wäre es, nun bis El Calafate durchzubrettern, um vielleicht schon vor den gesuchten Subjekten vor Ort zu sein. Der Vernunft nachgeben hieße aber, sich das Paine-Massiv entgehen zu lassen. Konnte man das von einem Fotografen verlangen? Rudi kam zum Schluss, dass man das nicht konnte. Er würde Paul nicht die ganze Wahrheit erzählen. Das war zwar nicht ganz anständig, aber pragmatisch. Paul suchte stets seinen Vorteil im Geschäft mit den Präzisionsbohrern, er suchte eben seinen Vorteil als Fotograf. Er steckte sich die nächste Zigarette an und plauderte ein wenig über Persönliches mit dem Tankwart. So erfuhr er, dass dieser der großen Freiheit wegen in den Süden gezogen wäre.

„Das glaube ich gerne", raunte Paul leise, als Rudi sich ins Fahrzeug beugte, um sein Geld herauszuholen. „Hier kann er offensichtlich jeden Scheiß machen. Guck dir doch bloß mal diese Tankstelle an! Wenn's hier knallt, fließt der ganze Kram ungehindert in die Landschaft. Siehst du irgendwo eine Auffangvorrichtung? Wetten, dass die auch keine doppelwandigen Tanks haben? Und bei euren Scheißzigaretten ist es nur eine Frage der Zeit, bis hier alles in Flammen steht."

„Wahnsinn. Was du alles merkst ... Wir sind aber nicht in Deutschland, wo die Pächter sich eh beschweren, dass nur noch Kernkraftwerke strengere Sicherheitsvorschriften haben als Tankstellen. Wenn dir das nicht passt, steh dazu und sag es dem Mann direkt ins Gesicht."

„Spinnst du? Ohne Zähne und ohne Sprachkenntnisse?"

Während Paul aufgrund von Fluchtinstinkten immer noch zappelig im Auto saß, steckten sich Rudi und der Tankwart abermals eine Zigarette an und philosophierten über die Freiheit.

„Und reich wird man hier", berichtete der Tankwart. „Wir zahlen fast keine Steuern. Ich habe mir das Haus da hinten gebaut. Links vorne das, das ist das Schwimmbad. In Santiago konnte ich mir nur eine winzige Dreizimmerwohnung leisten."

„Schwimmbad? Hier? Das macht doch keinen Sinn."

„Wieso nicht? Im Sommer erreichen wir immerhin Temperaturen von sechzehn Grad. Und wo sonst hätte ich mir ein Schwimmbad bauen können? Das ist das Tolle hier an der Freiheit."

Vor lauter Entsetzen steckte Rudi sich die nächste Zigarette an und rauchte sie schweigend, während er sich überlegte, dass das mit der Freiheit doch nicht so einfach ist. Was nützte einem das viele Geld, wenn man in so einer einsamen und unwirschen Welt leben musste?

Dann besann er sich auf das, was Paul über die Tankstelle gesagt hatte und machte, dass er wegkam.

„Der Tankwart hat tatsächlich deine Merle und ihren Stecher gesehen. Die sind auf dem Weg ins Paine-Massiv."

„Aha. Hat er sonst noch was gesagt?"

„Nein."

„Worüber habt ihr dann so lange geredet?"

„Über die Freiheit."

„Über deine Freiheit. Wenn man nicht reden kann und auf einem gleich explodierenden Pulverfass sitzt, dann scheißt man auf die Freiheit."

„Du bist sehr sicherheitsorientiert, nicht wahr? Vielleicht hat das deiner Frau gestunken. No risk, no fun."

„Könntest du vielleicht mal die Schnauze halten? Du hast noch nie eine echte Beziehung zu einer Frau gehabt. Du hast keine Familie. Aber mich belehren wollen!"

Rudi zündete sich eine Zigarette an und blies Paul den Rauch ins Gesicht.

Es stimmte. Das Bild eines von Blume zu Blume flatternden Schmetterlings gefiel ihm. Spaß

74

haben, und wenn der Spaß vorbei war, weiterziehen. Dieser Paul hingegen war ein echter Pinguin. Die klebten sich in ihrer Jugend an den erstbesten Partner und blieben ein Leben lang treu. Kein Wunder, dass Paul seine ganzen Überzeugungen für eine Frau aufgab, an der noch nicht mal etwas Besonderes war. Rudi freute sich, dass er kein Pinguin war. Er war frei in seinen Entscheidungen und musste weder Geld, noch Zeit noch Energie aufwenden, um eine Durchschnittsfrau zurückzuerobern. Zumal es Paul durchaus passieren konnte, dass sein Weibchen nicht mehr zu ihm zurückwollte. Dann bliebe ihm nur noch der Tod, beziehungsweise ein grauenvolles Leben.

„Liegt El Calafate auf dem Weg zum Paine-Massiv?", unterbrach Paul Rudis Gedanken.

„Nein. El Calafate liegt dahinter."

„Was gibt es denn am Paine-Massiv?"

„Eine spektakuläre Berglandschaft. Seen, Berge, Gletscher, totale Einsamkeit."

„Das braucht kein Mensch. Wir fahren durch nach El Calafate. Ich kann Merle schließlich nicht ohne Zähne begegnen."

Sie hatten, bevor sie Ushuaia verließen, mit dem Zahnarzt ausgemacht, dass er den Zahnersatz an einen Kollegen in El Calafate schicken würde. Rudi konnte verstehen, dass Paul so schnell wie möglich seine Zähne wiederhaben wollte. Das erhöhte bei einem Pinguinartigen tatsächlich die Chancen, das ewige Weibchen zurückzuerobern. Konnte man aber von einem Schmetterling verlangen, dass er sich nicht in diesem Park niederließ? Zumal sich da berufliche und künstlerische Perspektiven vom Feinsten auftaten? Nein, das ging nicht. Das war weder gut noch böse, das war einfach der Charakter des Schmetterlings. Rudi beschloss, still und leise Kurs auf das Paine-Massiv zu halten und sich zu gegebener Zeit einen Grund einfallen zu lassen, dort bleiben zu müssen.

Sie fuhren schweigend durch ein Land, in dem das Reden sowieso keinen Sinn hatte, weil der Wind so laut und unbarmherzig pfiff. Aus dem Weltraum sah die Gegend aus wie ein riesiges Sieb. Zwischen Landbrücken drückte sich aufgewühltes Wasser an die Ränder. Sandkörner machten ein schabendes Geräusch. Die Bäume, die allen Widrigkeiten zum Trotz finster entschlossen waren, zu wachsen, wuchsen schief und trugen ihr Grün wie eine aufwendige Fönfrisur. Jenseits dieser sturen und unentwegten Bäume gab es noch mageres, kurzes Gras, das inmitten der fliegenden Sandkörner um sein Leben rang. Die Anzahl der toten Baumstämme im Gras, die trotz der umgebenden Rauheit wie frisch gefällt aussahen, beeindruckte Paul. Und so arbeiteten sie sich durch den Wind zäh und langsam nach Puerto Natales.

„Los, weiter", trieb Paul Rudi an. „Wir müssen hier nicht halten."

„Meinst du wirklich? An wie vielen Orten sind wir denn seit unserer Abfahrt in Punta Arenas vorbeigekommen?"

„Ja und?"

„Die Gegend ist rau. Wir sollten auf jeden Fall Vorräte und Benzin auffüllen. Wir befinden uns in der Region Última Esperanza, zu Deutsch: letzte Hoffnung. Gibt dir das nicht zu denken?"

Paul schnaubte verächtlich. Sie tankten, und in einem kleinen Lebensmittelladen fanden sie die ewig gleiche Babynahrung. Paul beschwerte sich, dass hier wohl kein Mensch Milchreis oder Grießbrei kennen würde. Rudi fragte nach einem Restaurant und wurde in das Café Kaiken geschickt, das er beinahe übersehen hätte, weil es eigentlich wie ein Wohnzimmer aussah. Ein paar kleine Tischchen standen in einem engen Raum. Der leutselige Wirt brachte ihnen Nudeln mit Lachsragout. Es schmeckte hervorragend und Paul war unendlich dankbar, dass er nicht mit Pute mit Reis und Karotten vorlieb nehmen musste. Es gab dann noch Kaffee und Brownies nach Art des Hauses.

„Frag den Wirt doch mal, ob die Merle hier war. So ein lauschiges Plätzchen würde die sich bestimmt nicht entgehen lassen", meinte der zufrieden satte Paul.

„Gleich. Ich muss nur mal auf die Toilette." Während er nach hinten ging, raunte er dem Wirt zu, dass er gleich bitte alle Fragen verneinen solle. Die Situation war nämlich gefährlich. Hier befand sich die Gabelung nach Argentinien und Rudi überlegte sowieso schon die ganze Zeit, wie er verhindern konnte, dass Paul das Schild las und auf dem Weg nach Argentinien bestand. Er ging langsam und zögerlich zum Tisch zurück. Als der

Wirt zum Abkassieren kam, holte er sein Handy raus und zeigte Merles Bild. „Haben Sie in den letzten Tagen diese Frau gesehen?"

Der Wirt blickte unsicher um sich und trat von einem Fuß auf den anderen. „N...nein."

„Haben Sie vielleicht einen grünen Geländewagen gesehen?"

„Puh, kann mich nicht erinnern." Der Wirt fühlte sich ausgesprochen unwohl in seiner Haut. Rudi zahlte und ließ ein großes Trinkgeld da. Paul verschwand seinerseits in der Toilette und Rudi sprang auf, schoss zum Auto und öffnete ganz leicht das Ventil des linken Vorderreifens und das des Reservereifens. Paul kam, nahm auf dem Beifahrersitz Platz und machte ein Mittagsschläfchen.

Besser konnte es nicht laufen! Rudi freute sich diebisch. Als sie die schicksalsträchtige Kreuzung passierten, schlief Paul.

„Scheiße!"

Erschreckt fuhr Paul hoch. „Was ist?"

„Eine Reifenpanne!"

Paul reckte seine steifen Glieder. Vor seinen Augen öffnete sich ein spektakuläres Bergpanorama. Er rieb sich die Augen. Das Panorama war immer noch da. Ein mächtiges Massiv, dessen schroffe Zacken von Gletschern ausgewaschen worden waren, deren unglaublich blaues Wasser sich in einem See am Fuß des Berges sammelte. Märchenbäume und zierliche, kugelrunde Büsche, die so aussahen, als hätte ein Gärtner viel Zeit darauf verwandt, sie ästhetisch in die Landschaft einzufügen. In einem guten Kilometer Entfernung befand sich eine Ansammlung von größeren Holzhütten und ein wenig gerodetes Gelände.

Rudi fummelte scheinbar ratlos am Reifenventil herum.

„Rudi, stell dich mal hin."

„Was ist?"

„Los steh auf und schau mir in die Augen!"

Rudi richtete sich mühsam auf. Was hatte Paul jetzt bloß? Die beiden Männer standen sich Aug in Aug gegenüber. Paul drückte seinen Kopf fast in Rudis Gesicht und blickte ihn scharf an.

„Du bist ein Arschloch. Und unreif dazu. Jawohl. Ein unreifes Arschloch. Meinst du, ich merke nicht, dass du mich pausenlos verarschst?"

Rudi schwieg betreten. Im Grunde hatte Paul ja recht.

„Von wegen, dass der Wirt in Puerto Dingsda Merle nicht gesehen hat! Und dann das Schild, wo es rechts nach Argentinien geht, wo wir ja hinwollen. Die komische Reifenpanne, die erstaunlicherweise erst dann auftritt, als wir dort sind, wo du hinwolltest. Was hast du dazu zu sagen?

Rudi sagte nichts, sondern saugte nervös an der Zigarette, die er sich angezündet hatte.

„Nicht nur, dass du nicht redest und mich mit Tabaktoxinen einnebelst, nein. Du lässt mich ohne Zähne und ohne Handy durch die Gegend ziehen, obwohl es in El Calafate Abhilfe gegeben hätte. Ich hab mir schon gedacht, dass es hier irgendein verdammtes Fotomotiv geben würde, aber nachdem ich ohnehin auf dich angewiesen bin, hätte ich eigentlich mit ein bisschen mehr Ehrlichkeit gerechnet. Oder ist das zu viel verlangt?"

„Scheiße. Ich, ich ..." Rudi hob hilflos die Arme und ließ sie wieder sinken.

„Du, du hast mich für blöder gehalten, als ich bin!"

Rudi senkte resigniert den Kopf.

„Du bist doch sonst nicht so verlegen. Was hat dir jetzt die Sprache verschlagen."

„Ich weiß, ich bin ein Schwein", sagte er leise.

„Und ein unreifes Arschloch dazu." Paul hob den rechten Zeigefinger und schüttelte ihn. „Freundchen, wir haben nachher noch etwas zu besprechen. Ich gehe jetzt zu dem Ort da vorne und erwarte, dass du später mit der reparierten „Reifenpanne" auftauchst. Er hob beide Hände, um Gänsefüßchen anzudeuten, als er „Reifenpanne" sagte. Dann machte er sich auf den Weg. In Puerto Natales war ihm schlagartig aufgegangen, was er die ganze Zeit zu verdrängen versuchte. Der unsichere Blick des Wirtes, als er Merles Bild sah, hatte es ihm verraten. Der Wirt hatte Merle gesehen, aber er log. Und als er von der Toilette wiederkam, war Rudi schon weg. Draußen beim Auto. Ohne ersichtlichen Grund. Als er sich schlafend gestellt hatte, war Rudi ohne Hemmungen am Schild nach Argentinien vorbeigebrettert. Es wurde Zeit für ein Machtwort. Ein Machtwort, vor dem er sich grauste. Er war hilflos. Völlig hilflos. Ausgesetzt ohne Zähne und ohne Handy auf einem fremden Planeten, der nach ihm unbekannten Regeln funktionierte. Eigentlich wollte er schweigen und sich dumm stellen, bis irgendein Wunder geschah. Aber jetzt war das Maß überschritten. Beim nächsten Zwischenfall würde er reagieren müssen, wenn er sich je nochmals im Spiegel in die Augen schauen wollte. Bis zur Reifenpanne saß er mit geschlossenen Augen im Auto und betete still vor sich hin, dass sie sich bei seinem Erwachen in El Calafate befinden würden. Nachdem er sich nun nach wie vor in Chile vor einem erstklassigen Fotomotiv befand, musste er beweisen, dass er ein Mann war. Während er auf die Ansammlung von Hütten zulief, rumorte es in seinem Bauch. Das fing ja schon mal gut an! Wie sollte er in seiner misslichen Lage eine Toilette finden?

Das atemberaubende Panorama nahm er nicht wahr. Seine Gedanken liefen Amok. Ihm war, als liefe er durch einen Tunnel, wo ihm ein Zug entgegenkam, der ihn zermalmen würde. Was, wenn Rudi jetzt einfach abdrehte und ihn bei diesen verdammten Hütten stehen ließ? Trotzig spannte er die Brust und drückte den Kopf nach vorne. Es gab Situationen, in denen ein Mann nicht kneifen durfte, insbesondere wenn er eine Frau wiedererobern wollte. Die musste er mit Dingen beeindrucken, die er nie zuvor gemacht hatte.

Und schon hatte er den düsteren Tunnel durchmessen und stand vor einer Hütte, an der groß das Schild „Restaurante" prangte. Er räusperte sich, dann trat er ein. Ein kleiner Schritt für die Menschheit, ein Riesenschritt für Paul Pfeifle. Ein

Kellner begrüßte ihn. Paul nickte, dann steuerte er zielgerichtet einen Zweiertisch an. Der Kellner kam, sprach irgendwelchen Kauderwelsch und reichte ihm eine Karte. Dort waren auch einzelne Bilder. Als der Kellner wiederkam, tippte Paul wortlos auf ein Bier und auf Pommes. Mit Sicherheit wusste der Kellner nun, dass Paul der Landessprache nicht mächtig war, aber von den fehlenden Zähnen ahnte er nichts. Und das war gut so. Nach einer Weile brachte der Kellner das Gewünschte und Paul versuchte den Riesenschritt zu verarbeiten, den er soeben gegangen war. Dann setzte er sich auf die gegenüberliegende Tischseite. So hatte er einen Blick durch die Panoramascheibe auf eine nahezu unwirkliche Landschaft. Wenn er von nun an auf sich allein gestellt sein würde, dann wollte er zumindest vorm Untergang schöne Bilder im Gedächtnis sammeln. Riesige Zacken, die wie Hörner in den Himmel ragten. Schnee, der sich in die Kuhlen schmiegte. Schaumig geschlagenes türkisblaues Wasser. Größe. Erhabenheit. Er spürte eine Art Ehrfurcht vor der Kraft, die so was Schönes hatte entstehen lassen. Traditionell schrieb man das Gott zu, aber da war Paul sich nicht ganz sicher. Denn Gott wäre ja auch für die ganzen Abartigkeiten zuständig und auch dafür, dass seine Frau ihn verlassen hatte. Mit einem höheren Wesen, das derlei Dinge bewusst schuf, hatte Paul Probleme. Was nichts an seiner Ehrfurcht für das Panorama vor ihm änderte. Er bestellte das nächste Bier, indem er auf sein leeres Glas deutete. Das funktionierte.

Rudi hatte ein anderes Auto angehalten, dessen Besitzer ihn freundlicherweise mit den zwei platten Reifen zur nächsten Tankstelle fuhr, die dennoch recht weit entfernt war. Dort ließ Rudi die Reifen aufpumpen. Der freundliche Fahrer brachte ihn zu seinem Auto zurück. Rudi montierte den Reifen, setze sich ins Auto, startete und fuhr ein paar Meter. Dann bremste er. Paul hatte recht. Er war ein unreifes Arschloch. Das war nicht sehr schön. Aber andererseits war es nun mal so. Das hatte den Vorteil, dass er sich nicht der Situation stellen musste, sondern seinem Impuls nachgeben durfte: dem Impuls zu wenden und einfach davonzufahren. Was er bisher mit den Frauen gemacht hatte, konnte er ruhig auch mal mit einem Mann machen. Es war vielleicht nicht sehr anständig, aber bisher war er damit einigermaßen gut durchs Leben gekommen. Er wendete und gab so viel Gas, wie es auf dieser holprigen Piste möglich war. Ohne es zu merken, fuhr er immer langsamer, bis er fast zum Stehen kam. Er fuhr an den Pistenrand, stellte den Motor ab und griff nach einer Zigarette. Dass er ein Arschloch war, wusste er. Aber das mit der Unreife, musste das wirklich sein? Was würde passieren, wenn er zu Paul zurückfuhr und sich entschuldigte? Würde Paul ihn töten, anzeigen, zusammenfalten? Und was würde passieren, wenn er einfach weiterfuhr? Würde ihn das, wovor er sich fürchtete, nicht früher als später einholen? Er hatte fast kein Geld. Er konnte noch einmal tanken und zwei Tage essen. Und dann? Rudi rauchte noch zwei Zigaretten. Dann wendete er und fuhr wieder zum Berg zurück.

Als er in die Gaststätte trat, war Rudi so klein, dass Paul ihn fast nicht erkannt hatte. Er trat an den Tisch. „Also, das mit dem Arschloch ist gebongt. Ich will aber nicht unreif sein. Ich entschuldige mich und du darfst mich jetzt teeren und federn."

„Was hätte ich davon, du Halbdackel?"

„Was hast du da gesagt?"

„Halbdackel."

Rudi kicherte nervös. „Das ist aber ein komisches Wort."

„Das ist ein böses Wort", erwiderte Paul. Die Steigerung von Dackel. Und ein schwäbischer Dackel ist kein Kompliment."

Rudi setzte sich. „Ich glaube, wir müssen reden."

„Ich glaube nicht."

Rudi guckte Paul entsetzt an. Wollte dieser ohne Gespräch die Fäuste fliegen lassen?

„Jetzt guck dir das mal an." Paul hieß Rudi, sich umzudrehen und durch die Panoramascheibe zu schauen. „Du verdammter Halbdackel hast uns das alles eingebrockt, weil du das da draußen fotografieren willst. Jetzt hol deine blöde Kamera und mach Bilder. Dein Handy lässt du mir da, ich hab zu tun."

Rudi wusste nicht, wie ihm geschah. Er hätte alles erwartet, nur nicht dies. Er krächzte ein

„Danke", während er sein Handy aus der Tasche zog und den Raum verließ.

Paul zog in die Sitzgruppe vor dem Kamin um. Sein Herz klopfte zum Zerspringen. Er hatte seine Angst überwunden, und nichts Schlimmes war passiert. Im Gegenteil, nun hatte er das Heft in der Hand. Es war Zeit für neue Herausforderungen. Und so öffnete er den Mund und bestellte einen Pisco Sour, einen Aperitif, dessen Urheberschaft Chile und Peru jeweils für sich reklamierten. Paul hatte schon gehört, dass die Einheimischen nicht Pisco sagten, wenn sie dieses Getränk aus Traubenschnaps und Limettensaft bestellten, sondern dass sie Pihco verlangten. Das war ganz prima, denn Pihco konnte man auch aussprechen, wenn man die Lippen über den ganzen Oberkiefer zog, sodass fehlende Zähne zuverlässig abgedeckt wurden. Er prostete sich selber zu, dann erledigte er seine Anrufe und Kurznachrichten. Er überlegte kurz, ob er sich auch bei Mutti melden sollte, doch er entschied sich dagegen. Franziska wiederum sandte ihm das neueste Bild von Mama, und da wäre Paul umgefallen, wenn er nicht gesessen hätte. Es war haargenau der gleiche Blick aus dem Panoramafenster, den er vorher genossen hatte, möglicherweise sogar vom gleichen Tisch aufgenommen. Ja, sie hatten Merle noch nicht gefunden, aber sie waren ihr mit Sicherheit auf der Spur. In der Firma lief alles bestens ohne ihn. Einerseits beruhigte es ihn, dass es störungsfrei weiter ging, andererseits machte ihm das Sorgen. Als Ehemann wurde er nicht mehr gebraucht und als

Chef vielleicht auch nicht. Was blieb ihm? Er schrieb seinen Töchtern, wie sehr er sie liebte.

Inzwischen war es dunkel geworden. Rudi schlich herein und setzte sich zu Paul ans Feuer. „Danke."

Paul gab ihm eine Kopfnuss. „Bitte, du, du Dackel!"

„Ehrlich gesagt verstehe ich nicht, warum du mich nicht tötest."

„In Gedanken schon. Mach dir nur mal keine Illusionen. Aber was würde es nützen? Wir sind aufeinander angewiesen. Du hast das Know-how und ich das Geld. Wir müssen uns zusammenraufen. Aber vielleicht sollten wir unsere allgemeinen Geschäftsbedingungen nochmal verhandeln."

Sie diskutierten lange und tranken viele Piscos. Sie einigten sich darauf, dass Rudi einen Spesensatz bekam, der zum Überleben samt Zigaretten reichte, wobei besonders um diese erbittert gerungen wurde. Außerdem sollte er eine stattliche Erfolgsprämie für das Finden von Merle bekommen, die allerdings mit jedem weiteren Tag geringer werden würde. Somit war es an Rudi zu entscheiden, welche Route sie nehmen und wo sie Fotostopps machen würden. Das Ganze würde gehen, bis einer von beiden es nicht mehr aushielt. Als sie die Gaststätte verließen, mussten sie sich aneinander abstützen. Dieser Akt zwischenmännlicher Unterstützung war dem Pisco Sour zu verdanken. Sie schafften es irgendwie, ins Auto und in die Schlafsäcke zu krabbeln.

10

Die Sonne kitzelte Rudi an der Nase. Er schlug die Augen auf und fühlte sich sehr elend. Das grelle Licht blendete ihn. Verschwommen nahm er etwas wahr, was seine fotografischen Reflexe ansprach, und so schälte er sich vorsichtig und mühsam aus dem Schlafsack. Paul lag neben ihm und schnarchte. Beim Ausatmen ließ er seine Lippen flattern und erlaubte einen Blick auf seinen zahnlosen Oberkiefer. Als er draußen war, musste Rudi sich erst mal mühsam abstützen, dann zündete er sich eine Zigarette an. Irgendwie half sie ihm, sein Hirn zu klären. Die aufgehende Sonne setzte den Berg perfekt in Szene. Es war atemberaubend! Schnell baute er seine Ausrüstung auf und drückte wie verrückt auf den Auslöser. Am Vortag hatte er erfahren, dass diese majestätischen Berge sich oft genug in Nebel hüllten und dass er ein wahnsinniges Glück hatte, freie Sicht auf diese zu erhaschen. Er fotografierte im Rausch. Das Licht änderte sich minütlich, und mit ihm die Farben. Was sich da vor seinen Augen und seiner Linse abspielte, war eine Art Schöpfungsakt. Und er war dabei! Er bekam ein wenig Gänsehaut und merkte nicht, dass Paul zu ihm trat. Als er ihn bemerkte, begrüßte er ihn und fing an, die Ausrüstung abzubauen.

„Ich brauch noch eine Weile, aber wir können demnächst fahren."

„Du bist wirklich ein Halbdackel."

„Warum, was ist jetzt."

„Erstens setz ich mich nicht zu dir ans Steuer, denn wenn du genauso besoffen bist wie ich, bist du fahruntüchtig. Zweitens merke sogar ich, dass es hier schön ist. Sehr schön, um genauer zu sein. Vielleicht sollten wir heute eine Wanderung machen. Dabei können wir den Alkohol ausdünsten. Außerdem haben wir die letzten Tage eh zuviel gesessen."

Paul hatte recht.

Sie nahmen den Weg zum Wasserfall. Rudi stöhnte ein wenig, weil der steife Wind ihm immer wieder das Stativ von seiner Schulter schubsen wollte, aber er bestand darauf, die gesamte Fotoausrüstung selbst zu tragen. Obwohl der Weg zum Wasserfall nicht sehr weit war, brauchten sie den ganzen Vormittag, um dort anzukommen. So viel gab es zwischendrin zu entdecken. Nachdem Paul sich bewusst dafür entschieden hatte, einen Tag Pause einzulegen, genoss er die Sonne, die steife Brise und die Motive, auf die Rudi ihn aufmerksam machte. An einem Notro, dem blühenden Nationalstrauch Chiles, hielt Rudi sich lange auf. Er fotografierte die ganze Pflanze, Blütengruppen, einzelne Blüten und Blütenblätter. Paul staunte, was es alles an der Pflanze zu entdecken gab. Rudi zerlegte mit der Kamera die gelbe, kugelige Mata Barrosa, diesen Strauch, der sich mit seinen winzigen Blüten und den grauen Stacheln gärtnerisch wertvoll in die Landschaft einpasste. Der heftige Wind machte es schwierig, die Kamera trotz Stativ ruhig zu halten. Paul schloss alle

Taschen seines Anoraks und nahm nichts mehr in die Hand. Er war sich ziemlich sicher, dass der nächste Gegenstand, den er nahm, ähnlich wie sein Handy verschwinden würde. Sehnsüchtig dachte er, wieso er sich nicht seine Sorgen aus dem Leib reißen und verknäulen konnte. Dieses Knäuel würde er gern dem Wind überlassen, der es sofort weit weg und für immer seinem Zugriff entziehen würde.

Rudi fotografierte eine Marmororchidee. Paul wunderte sich, wie dieses grün-weiß marmorierte Gebilde dieser feindlichen Umgebung sein Leben abgetrotzt hatte. Die Büsche waren alle stachelbewehrt, aber diese Blume war zart und schutzlos. Sie kamen in eine windstille Mulde. Dort war es richtig heiß, und dort blühten vielerlei Orchideen. Doch außerhalb dieser Mulde tobte der Wind. Obwohl sie noch weit vom Wasserfall entfernt waren, spritzte die Gischt bereits jetzt. Paul wollte eigentlich nicht weiter. Die eine oder andere Böe schüttelte ihn so heftig, dass er keinen festen Stand mehr hatte. Vielleicht würde er selber demnächst wie sein Handy durch die Gegend fliegen. Rudi hingegen ließ sich nicht aufhalten. Das Wasser tobte und schäumte, der Wind pfiff. Paul musste das Stativ halten, damit Rudi überhaupt fotografieren konnte. Der Weg ging noch weiter um den Wasserfall herum, aber alle anderen Wanderer rieten ihnen davon ab, weiter zu gehen. Sie würden die Fotoausrüstung verlieren. Und vielleicht auch den Halt, denn der Wind wäre so stark, dass Steine fliegen würden. Kaum dass sie sich auf den Rückweg gemacht hatten, brach unvermittelt ein Regenschauer auf sie los, der sie in kürzester Zeit vollkommen durchnässte. So schnell wie der Regen gekommen war, verschwand er auch wieder und der Wind trocknete sie und kühlte sie aus. Unterkühlt, jedoch trocken, aber hungrig und ausgetrocknet kamen sie in der Gaststätte an. Sie bestellten sich jeweils zwei Portionen Bohnen und Reis mit Spiegeleiern, dazu eine endlose Anzahl Kaffees. Irgendwann war ihnen wieder warm und sie waren satt. Während Paul mit dem Handy seinen Geschäften nachging, zog Rudi mit Kamera und Zigaretten durchs Gelände und erwischte sogar einen Fuchs bei der Mäusejagd.

Abends saßen sie körperlich müde und geistig erholt vor dem Panoramafenster im Restaurant. Die schräge Sonne färbte die Felsen hellgrau und den Schnee rosa. Paul blickte neidvoll auf Rudis saftiges Steak, während er sich mit leicht kaubarem Lachs zufriedengeben musste.

11

Mit klarem Kopf fuhren sie am nächsten Tag weiter. Auf einer Schotterpiste, die mächtig viel Staub aufwirbelte, der fast so unangenehm wie Zigarettenrauch war, fuhren sie um das Paine-Massiv herum. Paul hustete unaufhörlich. Rudi fand das etwas theatralisch. Als sie um eine Biegung fuhren, lag das Massiv hinter ihnen und reckte drei Felsnadeln in den makellos blauen Himmel. Rudi stoppte, wartete, bis der Staub sich gelegt hatte und baute seine Kameraausrüstung auf. Die Torres del Paine lagen durchschnittlich 350 Tage im Jahr unter einer dicken Nebelschicht, und sie jetzt so klar und gestochen scharf zu sehen ließ Rudi fast annehmen, dass das Glück auf seiner Seite war.

Sie fuhren weiter, am Ufer von Gletscherseen aus magischem Blau, das gelösten Mineralien zu verdanken war und das Wasser für menschliche Zwecke unbrauchbar machte. Dafür erfreute es das Auge umso mehr.

Über einem See braute sich was zusammen. Ein großer Schwarm Kondore kreiste spiralförmig darüber. Paul erschauerte. Diese riesenhaften Vögel des Todes in so großer Zahl – waren sie gewohnt, hier leicht an Aas zu kommen? Verdammt einsam war es hier! Wenn Besucher hier nicht mehr lebend rauskamen, konnten die Vögel ein Fest feiern. Taten sie das öfter? Rudi hingegen zückte die Kamera. Majestätisch glitten diese Riesen durch die Luft und drehten elegant ihre Runden. Sie hatten das Segeln wahrhaft optimiert und waren in der Lage, hunderte Kilometer ohne einen einzigen Flügelschlag zu gleiten. Rudi ging mit dem Tele heran. Der nackte Kopf kontrastierte mit der restlichen Erscheinungsform. Die faltigen und verfärbten Gesichter der Kondore sahen richtig elend aus. Als die zwei Männer ein wenig weiterfuhren, entdeckten sie eine Herde Guanakos. Ein gutes Dutzend dieser wilden Lamas mit leichtem Gang und fluffigem Fell graste. Der Hengst stand in Habachtstellung auf einem Vorsprung. Obwohl sie relativ nahe herankamen, machten die Tiere keine Anstalten zu fliehen. Dann sahen sie warum. Ein junges Guanako lag im Sterben. Seine Mutter saß trauernd in seiner Nähe, während Kondore ihre Schnäbel in das noch lebende Jungtier schlugen. Eigentlich wäre Paul gern hingegangen und hätte die Vögel verjagt, aber trotz seines neugewonnenen Selbstbewusstseins traute er sich das nicht. Immerhin stand er jetzt zu seiner Angst. Rudi zoomte natürlich an das verendende Tier heran und machte lauter Horrorbilder, mit denen er sehr zufrieden war.

Guanakoherden begegneten ihnen nun häufiger, und stets wurden sie von einem Leittier bewacht. Paul litt. Er hatte Mitleid mit dem Guanakokind und wollte raus aus dieser Gegend, wo die fürchterlichen Todesvögel so zahlreich auftraten. Rudi hingegen machte Gruppenaufnahmen und Porträts von den wilden Lamas. Da er sich viel Zeit nahm und sich auch still verhielt, kreuzten nach einer Weile Nandus auf. Die Straußenväter waren für die Aufzucht der Jungen zuständig, die wie Frischlinge gestreift waren und hurtig um den Vater, oder vielmehr ihrem Bezugsvogel herumwuselten. Die Nandus versuchten nämlich, sich gegenseitig durch eine möglichst große Kinderschar zu beeindrucken und klauten sich deshalb ihre Kinder auch zu einem Gutteil bei den Rivalen zusammen.

Was beide Männer sehr beeindruckte, waren die vielen Flamingos, die man an den Gletscherseen sah. Paul war baff. Wenn man den Blick rückwärts wandte, sah man die kargen Berge und die Gletscherzungen, die nun doch vom herannahenden Nebel verhüllt wurden. Beim Blick nach vorne hingegen hatte man Afrika. Rudi porträtierte also afrikanische Vögel in Island. Paul überlegte, ob er derartige Bilder überhaupt für echt gehalten hätte, wenn er nicht gesehen hätte, dass es sich tatsächlich so verhält.

Einsam war es hier. Lediglich ein Auto kam ihnen entgegen, das sich schon kilometerweit vorher durch seinen Kondensstreifen aus Staub ankündigte.

„Rudi, bist du sicher, dass wir wieder in die Zivilisation kommen?"

Rudi grinste. „Hast du Angst?"

„Ja. Ich stehe dazu. Wenn wir nun eine echte Reifenpanne haben?"

„Das wäre in der Tat blöd."

„Gibt's hier ein Funknetz?"

Rudi zog sein Handy aus der Brusttasche und reichte es Paul. Es gab kein Netz.

Paul bangte und Rudi blieb ganz entspannt. Und tatsächlich tauchte in einiger Entfernung eine Art Raststätte auf. Eine Tankstelle mit Restaurant und Laden. Unglaublicherweise standen drei Autos vorm Restaurant. Es herrschte sozusagen Andrang.

Rudi gönnte sich einen chilenischen Hamburger, den Chacarero, der mit Avocado, grünen Bohnen, Salat und einem wunderbar mürben Steak belegt war. Paul wollte nichts essen. Die Kondore am Guanakokind hatten ihm den Appetit verdorben, und wenn je der Hunger käme, hatte er noch ein paar Gläser Babynahrung vorrätig. Der Laden war sehr gut sortiert, was Paul angesichts der fehlenden Kundschaft ziemlich erstaunte. Er kaufte zwei Lederetuis und Karabinerhaken, da der Wind immer noch ihr ständiger Begleiter war und ihm mit Sicherheit das eine oder andere abnehmen würde, wenn er es nicht festmachte.

Bald darauf waren sie an der Grenze nach Argentinien. Paul stöhnte. „Nicht schon wieder!" Es war einsam und leer. Mit Sicherheit waren sie eine willkommene Abwechslung für die Grenzer. Rudi versuchte es mit Charme und Zigaretten, was auch ein bisschen half. Dennoch ließen die Grenzer es sich nicht nehmen, das Auto genauestens zu untersuchen. Rudi und Paul hatten extra darauf geachtet, keine frischen Lebensmittel dabei zu haben, aber die Grenzer witterten bei der Babynahrung Unrat, zumal Rudi nicht wirklich schlüssig erklären konnte, wofür sie gut sein sollte, behielten sie sie ein. So kam es, dass Paul seinen aufkommenden Hunger nicht stillen konnte.

„Diese blöden Dackel, die! Was geht das die eigentlich an?"

„Reg dich ab, Langweile treibt seltsame Blüten."

„Ja, du hast gut reden! Hauptsache, der eigne Ranzen spannt!"

„Mein Lieber, ich habe es dir schon mal gesagt: Wir sind hier in der Wildnis. Man muss jede Gelegenheit zu allem wahrnehmen. Wenn du dir den Luxus erlaubst, eine Mahlzeit sausen zu lassen ..."

Paul meinte, ein hämisches Lächeln in Rudis Gesicht zu sehen und schnaubte verächtlich.

Die Piste wurde deutlich schlechter und war schwieriger zu befahren. Mit einer riesigen Staubwolke kündigte sich in weiter Entfernung eine ebenso riesige Rinderherde an, die, wie ein einziger, monströser Organismus träge quer über die Piste zog. Ihr Auto wurde von einem Gaucho erblickt, der so schnell wie möglich zu ihnen galoppierte und offensichtlich etwas sagen wollte. Rudi fuhr rechts ran und achtete darauf, dass zumindest die rechten Räder auf der Grasnarbe standen, damit er nach dem Halten wieder problemlos wegkäme.

„Buenas tardes, Señores." Der Gaucho hob seinen Hut zum Gruß. „Bitte bleiben Sie hier stehen, bis die Herde weit auf der anderen Seite ist. Die

Tiere kennen keine Fahrzeuge und geraten in Panik, wenn man ihnen damit zu nahe kommt."

„Kein Problem, Señor." Rudi stieg aus und bot dem Gaucho eine Zigarette an. Paul staunte. Autoscheue Rinder. Aber im Grunde war das logisch. Während der eine Gaucho zusammen mit Rudi rauchte, trieben seine Kollegen mithilfe eines guten Dutzends Hunde die Herde weiter. Sobald er seine Zigarette aufgeraucht hatte, griff Rudi nach seiner Kamera. Der Eindruck von Weite, die Unzahl zusammengeballter Rinder, das waren lauter Aufnahmen, die den Geist der Freiheit beschworen. Der Bericht des Gaucho hingegen gab Einblick in ein sorgenvolles Leben. Das Land wurde zunehmend trockner. Deswegen fehlte es an Wasser und Futter für die Tiere. Vor allen Dingen ersteres war ein Problem. Die Viehhirten hatten gut damit zu tun, die Tiere vorm Verdursten zu retten.

„Und unsere verdammte Regierung! Rafft, was sie raffen kann und bestraft die, die arbeiten. Den ganzen Tag reite ich umher, auf der Suche nach Wasser und Gras. Die Regierung hat schon längst Abhilfe versprochen und hat die tollsten Projekte vorgestellt, aber diese Hurensöhne tun nichts!"

„Ja", entgegnete Rudi, „Politiker sind auf der ganzen Welt eine Pest."

„Aber die argentinischen Politiker sind schlimmer."

„Glauben Sie?"

„Ich weiß das! Woher kommt ihr? Aus Chile etwa?"

„Ja."

„Da haben wir's! Ist Ihnen seit dem Grenzübertritt etwas aufgefallen?"

Rudi überlegte. „So viel kann ich nicht sagen, wir haben ja keine Erfahrung." Er machte eine kleine Pause. „Doch, die Straße ist deutlich schlechter geworden."

„Eben! Eigentlich sollten wir eine bessere Straße als die Chilenen haben. Aber nein, wir haben die schlechtere Straße. Und das schon seit Jahrzehnten. Diese verdammte Piste ist unsere einzige Verbindung zur Welt!"

„Ja, das ist natürlich ein Problem."

„Und das Schlimme ist, das wird so bleiben."

„Sie sollten die Hoffnung nicht aufgeben, Señor."

„Ich kann die Hoffnung nicht aufgeben, weil ich keine mehr habe."

Rudi sagte nichts und bot dem Gaucho die nächste Zigarette an.

„Ja. So sieht es aus. Wegen der verdammten, korrupten Drecksäcke, die sich „Regierung" nennen. Passen Sie auf. Kennen Sie den? Der argentinische Präsident besucht seinen chilenischen Amtskollegen und sucht auch dessen Privatresidenz auf. Ein imposanter, vornehmer Kasten.

„Ui, Kollege, du hast aber ein schönes Haus. Wie hast du das denn gemacht?"

„Siehst du die Straße dort unten?"

„Ja."

„Von dem halben Etat habe ich mein Haus gebaut."

Ein paar Monate später besucht der chilenische Präsident seinen argentinischen Amtskollegen und wird auch auf dessen Privatsitz eingeladen.

„Dufte Bude hast du, echt Klasse! Wie hast du das denn geschafft?"

„Siehst du die Straße dort unten?"

„Nein."

„Von dem Etat habe ich mein Haus gebaut."

Rudi lachte und versuchte, es ein bisschen bitter klingen zu lassen.

„Ich muss nun wieder zurück zur Herde und wünsche Ihnen noch eine gute Reise", verabschiedete sich der Gaucho.

„Warten Sie." Rudi kramte eine neue Packung Zigaretten hervor und warf sie dem Gaucho zu.

„Für Ihre Kumpels."

„Danke, Señor. Möge Gottes Segen Sie begleiten." Der Gaucho lüftete seinen Hut und ritt davon."

Nun trafen sie in größeren Zeitabständen immer wieder mal eine riesige Rinderherde. Paul überlegte, dass die Menschen bestimmt schlechter dran waren als in Deutschland. Die Tiere hingegen hatten es besser, bis auf die Kühe auf den Almen.

Es wurde noch staubiger. Und trockner. War die Landschaft bisher von grünen Flecken durchsetzt, so erschien sie jetzt wie ein Flickenteppich aus verschiedenen Grautönen. Die Mata Negra beherrschte die Vegetation, ein knubbeliger Strauch, der nach dem Verblühen dunkelgrau wird und die Landschaftsfarbe bestimmt. Unscheinbar dazwischen wuchs die Leña de Piedra, die eine ganz massive und harte Wurzel hat, die erstklassiges Feuerholz ergibt. Inmitten dieser schwarzgrauen Trostlosigkeit tauchte plötzlich der Lago Argentino auf, der größte Binnensee des Landes. Nur nützte das dem umliegenden Land nichts, weil sein mineralhaltiges Wasser die Pflanzen verdorren ließ.

Paul langweilte sich. Und er hatte Hunger. Er konnte es nicht erwarten, bis sie endlich nach El Calafate kamen, einer Stadt, die ihren Namen einem Strauch mit kleinen Beeren verdankte, der so ähnlich wie eine Stechpalme mit schwarzen Johannisbeeren aussah. Schließlich fuhren sie in die Stadt hinein, die seit Jahren einen großen Aufschwung als Touristenzentrum für Ausflüge in der näheren Umgebung erlebte. Er sah sogleich, dass es hier gute Hotels und anständige Supermärkte gab, wo es auf jeden Fall geeignete Nahrung für ihn geben würde.

Irgendwas war hier anders. Wohltuend anders. Und dann konnte Paul es dingfest machen: es gab hier nahezu keinen Wind. Dieser nervtötende Wind hatte aufgehört! Sein ewiges Rauschen hatte wie ein gedämpfter Presslufthammer gewirkt, und plötzlich herrschte Stille. Daran musste man sich erst mal gewöhnen.

Bald darauf schlenderten sie geduscht durch die Stadt, wobei Paul den schlimmsten Hunger gestillt hatte und Rudi, der nach einem ordentlichen Restaurant Ausschau hielt, ein wenig Gesellschaft leisten wollte. Zwischen modernen Gebäuden duckten sich kleine Holzhäuser, die hauptsächlich Tourismusbedarf feilboten und bei denen es niemanden gewundert hätte, wenn plötzlich ein Troll zwischen ihnen aufgetaucht wäre. Auf großen Grills garten ganze Schafe, in zwei Hälften geteilt. Auch große Teile vom Rind sahen öffentlich ihrer Verzehrfertigkeit entgegen. Es roch so gut! Paul haderte mit dem Schicksal. Wie gern würde er seine Zähne genüsslich in ein großes Stück Fleisch hauen! Sie nahmen in einem gemütlichen Lokal Platz und bekamen noch die letzten zwei Stühle ab. Der Kamin prasselte, die Stimmung war gut. Rudi ließ für Paul ein Steak durch den Fleischwolf drehen, aber dieser reagierte entsetzt darauf. Jetzt hatte ja wohl jeder mitbekommen, dass er was mit den Zähnen hatte. Außerdem sah ein durchgedrehtes Steak ganz im Gegensatz zum fachgerecht geschnittenen Stück einfach hochgradig unappetitlich aus. Es hatte schon seinen Grund, dass Steaks am Stück serviert wurde. Paul hielt sich eine Hand vor den Mund und die andere vor die Brust und hielt inne. Doch so ekelhaft es aussah, so gut roch es. Mit kurzen, hektischen Bewegungen schaufelte Paul seinen Salat auf das Fleisch. Dann stieß er mit der Gabel hinein, schloss die Augen und führte die Gabel zum Mund. Es schmeckte einfach köstlich! Sosehr er sich Merle zurückwünschte, hoffte er jetzt aber, dass weder sie noch ihre Begleitung im Restaurant wären. Doch niemand, außer Rudi, nahm von Paul Notiz, und so verspeiste er sein musiges, salatbedecktes Steak mit wachsender Gier. Dazu gab's vorzüglichen Rotwein aus der Gegend um Mendoza, der den optischen Schrecken der Mahlzeit milderte, sodass Paul sich nach und nach sichtlich entspannte. Satt und zufrieden machten sie sich auf den Heimweg. Paul freute sich sehr auf sein komfortables Zimmer.

12

Nach einer erholsamen Nacht und einem schnellen Frühstück suchten sie den Zahnarzt auf, an den sie Pauls Zähne hatten schicken lassen. Die Praxis flößte Paul nicht viel Vertrauen ein. Er fühlte sich in seine Kindheit zurückversetzt, in eine Umgebung mit nahezu musealen Geräten und Wandkarten des Zahnapparates. Der Zahnarzt jedoch, ein kleines, zierliches Männchen mit einer riesigen Brille, war sehr freundlich. Er erkundigte sich interessiert und teilnahmsvoll nach der Reise beider Männer und hob, als seine Neugier befriedigt war, den Zahnersatz wie eine Kostbarkeit aus einem kleinen Karton. Er setzte Paul die Zähne ein und fragte, wie es ihm ginge. Paul war einfach überwältigt. Er fühlte sich wieder als Mensch. Dennoch überraschte es ihn, wie schnell sein Körper sich an das zahnlose Leben gewöhnt hatte, denn das Fremdkörpergefühl war zunächst sehr stark. Der Zahnarzt nahm noch hier und da kleinere Korrekturen vor, dann gingen sie. Zunächst liefen sie die Avenida del Libertador General San Martin entlang, wobei Paul sich unaufhörlich mit der Zunge über die neuen Zähne fuhr. „Sag mal, wieso hast du eigentlich keine eigenen Zähne, oder wenigstens Implantate?", wollte Rudi wissen.

„Implantate! Spinnst du?"

Rudi machte große Augen. „Nein. Wieso? Ich dachte, das macht man heute so."

„Ha! Von wegen! Weißt du, was man da machen muss? Da muss man erst mal den Knochen aufbauen. Der Zahnarzt hat gesagt, man müsse mir Knochenmasse vom Beckenkamm abschaben und den Kiefer damit auffüllen, damit die Implantate halten!" Paul schüttelte sich, Gänsehaut machte sich auf seinen Armen breit.

„Ach, so kompliziert ist das?"

Paul nickte heftig.

„Aber was ist mit deinen eigenen Zähnen passiert?"

„Die hab ich mir beim Fahrradfahren ausgeschlagen. Mit siebzehn."

Krasse Frau, dachte Rudi. *Hat den Kerl schon ohne Vorderzähne kennengelernt und trotzdem geheiratet. Wetten, dass ihr Stecher ein einwandfreies Gebiss hat?* „Du machst Sachen."

„Spotte ruhig. Ich habe teuer genug dafür bezahlt."

Gestern waren sie in der Dämmerung angekommen und die Stadt hatte ein geheimnisvolles Flair gehabt. Bei Tage betrachtet sah man aber, dass sie zu schnell gewachsen war. Dass mit Gewalt Platz für Luxuseinrichtungen geschaffen worden war, denen vermutlich bucklige Holzhäuschen weichen mussten. An den einschlägigen Stellen legten sie Merles Bild vor. Manch einem kam sie bekannt vor, aber präzise Angaben konnte niemand machen. Wie immer. Sie liefen noch ein Stück über die Prachtstraße hinaus, und da wurde offenbar, dass das Land arm ist. Unverputzte Hütten mit Wellblechdächern, magere Straßenhunde und verstreut liegender Müll bestimmte das Bild. Im Hintergrund erhoben sich majestätisch die Berge.

„Wenigstens den Dreck könnten die doch wegkehren", meinte Paul. „Denn das hat ja wenig damit zu tun, ob man arm oder reich ist."

„Das muss typisch schwäbisch sein", entgegnete Rudi. „Wenn du keine Perspektive hast, verlässt dich die Motivation. Wetten, das war früher bei den Schwaben auch nicht anders?", entgegnete Rudi.

„Noi. Egal, was war, gefegt wurde und wird immer werden. Und das kann man auch erwarten, findest du nicht?"

Rudi antwortete nicht, sondern schnaubte verächtlich. Vermutlich hatte Paul recht. Die Kehrwoche war bei den Schwaben eine echte Manie. In Oberrems standen die Hausfrauen immer mit ihrem Besen auf der Straße und schwangen diesen energisch und verbissen, bis die Straße sauber war. Dieses merkwürdige Verhalten ging quer durch alle Schichten und war wohl das vereinigende Element dieser seltsamen Gesellschaft.

Sie gingen wieder zurück auf die Prachtstraße, wo in regelmäßigen Abständen ein Mülleimer an einer Stange wie eine Blumenampel herunterhing, damit wilde Tiere sich nicht am Müll bedienen konnten. An dieser Konstruktion ließ Paul seinen Blick bewundernd hochwandern. Das war hervorragend gelöst. Eigentlich war es eines Schwaben würdig.

Nachdem sie alle einschlägigen Stellen abgeklappert hatten, drängte Rudi zum Gletscher. Unweit von El Calafate befand sich der Perito-Moreno-Gletscher, der sich nicht nur dem Wasser, sondern auch dem Land entgegenstreckte. Deshalb war er sehr gut zu beobachten und ein überaus beliebtes Fotomotiv. Rudi hatte sich schon überlegt, wo er die Kamera aufstellen wollte. Paul schloss sich missmutig an. Eigentlich wollte er durch die Stadt stromern und grüne Geländewagen suchen und ihren Besitzern auflauern. Er konnte aber dazu Rudis Gesellschaft nicht erzwingen, und ohne seine Gesellschaft wollte er nicht sein. Dieser blöde Gletscher würde in Wirklichkeit bestimmt weniger imposant aussehen als auf den zugegebenermaßen beeindruckenden Bildern. Er wollte jetzt unbedingt endlich ein Steak essen. Rudi überzeugte ihn davon, dass er das beim Gletscher auch bekommen würde und friedlich essen könne, während er selber fotografieren würde. „Der Perito Moreno ist der einzige Gletscher, der noch wächst. Hin und wieder bildet er einen Damm zwischen Seeabschnitten, der irgendwann mit Mordsgetöse vom Wasser eingerissen wird."

„Bin schwer beeindruckt", meinte Paul ironisch.

Sie fuhren los, über eine staubige, öde Piste, an deren Rändern in langen Abständen regellose, grüne Flecken auftraten. Pappeln. Von Menschen gepflanzt, wo es Wasser gab. Die Oasen der Pampa. Nach gut zwei Stunden waren sie da. Rudi bestellte Paul ein Steak und zog dann mit seiner Fotoausrüstung davon. Das Steak war wahrhaft köstlich, aber das Kauen klappte irgendwie nicht so gut. So richtig saßen die Zähne nicht. Zumindest nicht, wenn's ums Kauen ging. Worüber Paul staunte, war dass der Gletscher von der Aussichtsplattform tatsächlich unwirklich schön aussah, so als hätte man eine riesige, gephotoshoppte Postkarte vors Panoramafenster gehängt. Fasziniert betrachtete er die atemberaubende Landschaft. Wie ein riesiger, länglicher Diamant lag der Gletscher in den Bergen und drängte zum See. Die Landschaft wurde von Nadelbäumen, Südbuchen und Calafate-Sträuchern bestimmt, deren saure Beeren in Likör, Eis und Gebäck verwendet wurden. Durch Steak und Bier gestärkt, verspürte Paul Lust, diese Landschaft näher zu betrachten. Wie eine Bühne lag der Gletscher auf der anderen Seite des Brückenweges, an dem sich die Touristen staunend aufhielten. Eine unermessliche Gletscherwand schimmerte in allen nur denkbaren Blautönen: von einer zarten, kaum wahrnehmbaren Bläue bis zu tiefblauen Spalten, die zu leuchten schienen. Dann wieder lag eine Vielzahl blaufarbiger Bänder in allen Schattierungen aufeinander. Eisbruchstücke klirrten im See. Versanken kurz, tauchten wieder auf und stießen mit einem hellen Laut zusammen. Spitzen formten sich zu Gebilden, die der Fantasie freien Lauf ließen. Städte konnte man sehen, Paläste, Armeen, Mörder, Drachen oder Jungfrauen. Paul ließ die vielfältigen Reliefs auf sich wirken, aber die Bilder, die sie heraufbeschworen, gefielen ihm nicht. Alles sah irgendwie so bedrohlich aus, außer einer Struktur, die eine Ähnlichkeit mit Oberrems hatte. Er lief weiter und traf auf Rudi, der hochkonzentriert hinterm Stativ stand und gebannt aufs Eis starrte.

„Was gibt's da zu sehen?", wollte Paul wissen. Doch Rudi war so in seine Arbeit versunken, dass er nicht antwortete, sondern Paul gar nicht wahrzunehmen schien. Plötzlich krachten inmitten der Stille aus dem Gletscher heraus zwei Pistolenschüsse. Es gab einen ächzenden Laut, und ein riesiges Stück Eis brach ab und stürzte donnernd in den See, wobei sich eine beeindruckende Flutwelle aufbaute. Als die Welle verebbt war, atmete Rudi auf.

„Meine Fresse! So ein Glück! Ich wollte unbedingt den Gletscher beim Kalben fotografieren, aber immer, wenn man was unbedingt will, klappt das nicht so." Er steckte sich eine Zigarette an.

„Muss das jetzt sein?"

„Verdammt noch mal, ich bin an der frischen Luft!"

„Ja, aber das macht das Rauchen nicht gesünder."

„Ich sehe keinen Sinn darin, mit intakten Lungen zu sterben. Lieber kaputte Lungen als ein geschrumpftes Hirn."

„Du bist so unvernünftig!"

„Von wegen!" Rudi saugte heftig an seiner Zigarette. Eigentlich war ihm nicht danach, weiter zu rauchen, doch nachdem Paul immer noch vorwurfsvoll neben ihm stand, zündete er sich die nächste Zigarette am Stummel der ersten an.

Paul ging kopfschüttelnd.

Noch ein paarmal erklangen Schussgeräusche, ein Eisstück brach ab und versank theatralisch im Wasser. Vom Brückenweg erklangen „Ahs" und „Ohs." Es wurde langsam dunkler, der Kontrast zwischen den vielfältigen Blautönen stieg. Irgendwann packte Rudi seine Fotoausrüstung zusammen und suchte Paul, der völlig entrückt auf die Szenerie vor ihm starrte. Als Rudi ihm auf die Schulter klopfte, wurde er wieder in die Realität zurückgeholt. Er erschrak, dass es schon so spät war und stellte fest, dass er jetzt mehrere Stunden weder genervt, noch ärgerlich, noch verzweifelt gewesen war. Irgendwie dankbar für diese Zeit folgte er Rudi zum Auto. In der Stadt fragten sie nochmals an den morgens besuchten Plätzen nach, ob jemand was zu Merle sagen konnte. Merle war auf jeden Fall da gewesen, doch wo sie jetzt steckte, konnte kein Mensch sagen. Dennoch schöpfte Paul wieder Hoffnung. Frohgemut ging er mit Rudi essen. Er hatte Aussicht, seine Frau zu finden und neue Zähne. Langsam wurde alles besser.

13

„Wir müssen nochmal zum Zahnarzt", nuschel-
te Paul am nächsten Tag beim Frühstück. „Irgendwas tut mir weh."

Rudi schnaubte verärgert. „Wird sich ja dann
wohl nicht vermeiden lassen. Aber dann sollten
wir gleich losgehen und hoffen, dass du schnell
drankommst, denn ich wollte mit dem Schiff zum
Gletscher fahren. Ihn ganz aus der Nähe betrachten."

„Was soll das bringen? Hast du gestern nicht
genug gesehen?"

„Nein. Es gibt ja mehrere Gletscher. Jeder hat
seine Eigenheiten."

„Ich will dich nicht hindern. Fahr mich zum
Zahnarzt und nimm dann dein Schiff. Ich fahre
danach mit dem Taxi ins Hotel."

„Du willst nicht mit?"

„Spinnst du? Auf meiner ersten Bootsreise habe
ich meine Zähne verloren. Auf der zweiten mein
Handy."

„Wieso spinne ich deshalb?"

„Na ja. Wer weiß, was mir diesmal passiert."

„Ich sag mal: gar nichts. Außer du wärst lernunfähig. Dann bliebe natürlich viel übrig: Jacke,
Geldbeutel, Pass, Leben."

„Was hat das mit „lernunfähig" zu tun!", erregte sich Paul.

„Du solltest mittlerweile gelernt haben, bei
starkem Wind und wildem Wasser nichts zu ver-

lieren. Am Wasserfall hat's doch auch geklappt. War das Zufall oder hast du was gelernt?"

Paul fiel nichts ein, was er entgegnen könnte. Dann räusperte er sich.

„Ich hasse Schiffe. Das muss reichen."

„Klar. Aber was, wenn deine Merle auf dem Schiff ist und du bist nicht da?"

Paul fiel abermals nichts ein, was er erwidern könnte.

Rudi hoffte sehr, dass Paul mitging. Er brauchte jemanden, der auf seine Fotoausrüstung aufpasste, wenn er mal kurz wegmüsste. Aber wenn er das in dieser Deutlichkeit sagte, würde Paul wahrscheinlich der Kragen platzen. Besser war es, den Mehrwert für ihn in den Fokus zu stellen und ihm von der Vielzahl von Touristen vorzuschwärmen, die Merle gesehen haben könnten. „Stell dir mal vor, Paul, lauter Leute, die wahrscheinlich auf den gleichen Wegen wie deine Merle unterwegs waren."

Der Zahnarzt arbeitete schnell, sodass Rudi gar nicht die Praxis verließ. Der nunmehr ärztlich versorgte Paul meinte: „Also, ich komm mit." Rudi ließ sich seine Erleichterung nicht anmerken.

Sie fuhren zur Anlegestelle.

„Sitzt alles? Zähne, Kopf, Jacke?", fragte Rudi nach.

„Bin kein Idiot", giftete Paul zurück, der sich so in seinen Anorak gepackt hatte, dass nur noch die Augen und die Nasenspitze herausschauten.

„Hast du auch eine Kotztüte dabei, damit du deine neuen Zähne nicht unrettbar mit ausspuckst, falls es dich doch erwischen sollte?"

Paul machte einen verächtlichen Brummlaut und ärgerte sich. Das hätte Rudi ihn eigentlich vor der Abfahrt fragen können. Jetzt war es zu spät.

Sie stiegen in ein modernes, großes Ausflugsschiff, das voller Touristen war. Rudi schoss sofort mit seiner Fotoausrüstung los und sicherte sich einen guten Standplatz an Deck. Paul ging mit und ließ sich das Handy geben. Er sprach Touristen an und zeigte ihnen Merles Bild. „Doch!", sagte eine Touristin. „Mit der habe ich vorgestern gesprochen."

Paul wurde sehr erregt. „Sind Sie sicher?"

„Vollkommen. Das ist doch eine Deutsche, oder?"

„Ja! Was hat sie denn gesagt?"

„Sie war mit einem Herrn da, der die ganze Zeit telefonierte, was sie wohl nervte. Irgendwann ging der Mann und sie blieb allein. Schließlich setzte sie sich an die Bar und fing an, nicht gerade wenig zu trinken. Da haben mein Mann und ich sie angesprochen. Sie meinte, sie habe einen Riesenfehler gemacht."

Paul schaute die Frau erwartungsvoll an, aber sie sagte nichts mehr.

„Und, was hat sie noch gesagt?"

„Na ja." Die Touristin zuckte mit den Schultern. „Dass ihre Familie sie umbringen würde."

„Hat sie gesagt, warum?"

111

„Entschuldigen Sie bitte. Ich habe keine Ahnung, wer Sie sind. Wieso sollte ich Ihnen alles erzählen?"

„Ich bin der Mann dieser Frau. Und ich werde sie mitnichten umbringen, sondern ich würde mich freuen, wenn sie zu mir zurückkäme."

„Haben Sie einen Beweis?"

„Wie meinen Sie das?"

„Na, Sie werden bestimmt ein Bild von Ihnen beiden haben."

„Nein, denn dies ist gar nicht mein Handy. Mein Handy ist ins Wasser gefallen, und das hier gehört einem ... Freund."

„Ach so. Schon klar."

Die Frau drehte sich weg und schwieg.

Paul lief um sie herum und schaute ihr ins Gesicht. „Eine einzige Frage noch: In welchem Restaurant haben Sie sie gesehen?"

Sie hob verächtlich die Augen. „Im „Mi Rancho." Aber jetzt reicht's. Gehen Sie bitte."

Paul war vor den Kopf gestoßen. Merle und er waren zur gleichen Zeit am gleichen Ort gewesen! Was für einen Fehler hatte Merle gemacht? Hatte sie gemerkt, dass dieser argentinische Windhund doch nicht zu ihr passte? Hoffentlich. Oder hatte sie vielleicht sogar Paul gesehen und war ihm ausgewichen? Das Restaurant „Mi Rancho" lag in einer kleinen Seitenstraße. Hatte sie sich extra versteckt? Paul dröhnte der Schädel. Der Barkeeper pries Whisky an, mit Gletschereis, das schon Abertausende von Jahren auf dem Buckel hatte. Paul griff zu. Der Barkeeper gab einen großen

Brocken Eis ins Glas, das knackend zersprang, als der Whisky darüberlief. Wahnsinn. So altes Eis! Vielleicht war es zu der Zeit entstanden, als die Römer den Limes in der Nähe von Oberrems bauten. Staunend guckte er in sein Glas und leerte es. Dann machte er sich auf, Rudi zu suchen, der im Freien beim Fotografieren war. Rudi war völlig abwesend. Er arbeitete mit Hochspannung an seinen Kameras und nahm jenseits vom Fotoausschnitt nichts wahr. Paul seufzte und ging wieder rein. Vielleicht sollte er das Schiff systematisch durchkämmen, denn auszuschließen war nicht, dass Merle hier war. Ein weiteres Ausflugsschiff kam ihnen entgegen. Genauso gut konnte Merle dort sein. Es war alles so entmutigend. Ein „Ah!" schreckte ihn auf. Er stellte fest, dass kaum jemand noch hier war. Alle Passagiere standen draußen an Deck, und anscheinend war gerade etwas Beeindruckendes passiert. Paul ging ebenfalls hinaus, aber es war so voll, dass er nur auf Hinterköpfe starren konnte. Er war immer zu spät! Mühsam, sehr mühsam arbeitete er sich an die Reling vor. Sie kreuzten zwischen majestätischen Eisbergen, die wie bläulicher Marmor leuchteten und wie Pilzköpfe im Wasser schwammen. Wenn sie durch den Wellengang ein wenig herausgehoben wurden, entblößten sie einen Stiel aus tiefblauem Eis. Manche waren nur weiß und kompakt, andere von grauen Gerölllinien durchzogen. Manche hatten eine schwammige Konsistenz wie Tuffstein und sahen aus der Ferne aus wie ein riesiger Schweizer Käse, andere waren schartig und hatten schroffe Kanten. Kleinere Eisbrocken hüpften auf dem Wasser auf und ab und ließen sich Hohlkehlen vom Wasser auswaschen, die in verschiedenen Blautönen leuchteten. Als es an Deck etwas leerer wurde, kam der Barkeeper mit einem Kescher und einem Sektkühler, um für Nachschub für die Bar zu sorgen. Paul merkte, dass er schon länger draußen an Deck gewesen sein musste, denn er fing an zu frieren. Wie lange stand er schon da? Er wusste es nicht. Er wusste nur, dass er sein Elend vergessen hatte, während er die Eisberge betrachtete. Mit Eisbergen hatte er eigentlich überhaupt nicht gerechnet und er war überrascht, wie bizarr und vielgestaltig sie waren. Als er reinging, strömten die Leute wieder raus. Wahrscheinlich hatte der Kapitän eine Sehenswürdigkeit angekündigt und er hatte mal wieder nichts geschnallt. Doch nun machte er auf dem Absatz kehrt und ließ sich vom Menschenstrom mitreißen. Diesmal hatte er einen etwas besseren Standplatz. Zwar befanden sich immer noch reichlich Hinterköpfe vor ihm, aber er hatte einen kleinen freien Ausschnitt auf den Upsala-Gletscher, dem sie sich jetzt näherten. Jetzt erst wurde ihm bewusst, wie groß und wie mächtig so ein Gletscher war. Ehrfürchtig betrachtete er die riesige, weiße Wand, die aus lauter Obelisken zu bestehen schien, die mit blau leuchtendem Leim zusammengeklebt waren. Ein Knall. Und noch einer. In Zeitlupe stürzte ihnen ein riesiger Eisbrocken, gefolgt von vielen „Ahs" und „Ohs", entgegen. Fast wie orchestriert hoben alle Touristen ihre Kameras in die Höhe und fotografierten, sodass Paul nun nichts mehr sehen konnte. Mit einem sonoren, donnernden Platscher landete der Brocken im Wasser. Panikschreie wurden laut, Leute rannten weg. Und endlich sah auch Paul die Flutwelle auf sich zukommen, eine echte Wasserwand. Sie würde alles verschlingen. Das kannte man doch vom Tsunami! Doch das Schiff hüpfte nur ein wenig. Die Leute in der ersten Reihe bekamen eine Dusche ab, dann war alles vorbei. Rudis Kameras! Paul quetschte sich an den Menschen vorbei zu Rudi, der mit dem Rücken zum Gletscher stand und seine Kameras wie Babys an sich drückte. Rudi hatte alles richtig gemacht. Paul ärgerte sich. Warum misslang Rudi nie irgendwas?

„Geile Landschaft, was?" Rudi strahlte ihn an.

„Ja."

„Was, nur ja?"

„Eine Frau hat Merle gesehen."

„Na, das ist doch toll!"

„Sie wollte mir aber nichts Näheres sagen, weil sie mir nicht glaubt, dass ich ihr Mann bin."

„Das wird schon." Rudi wandte sich wieder fiebernd seiner Fotoausrüstung zu.

Granatenmäßig doofer Halbdackel, dachte Paul. *Mit solchen Killerphrasen konnte man natürlich jede Unterhaltung abwürgen. Wenn jemandes Welt am Untergehen war... Das wird schon. Peng!*

Das Schiff fuhr zum Spegazzini-Gletscher weiter. Imposante Eisberge säumten die Fahrrinne.

Doch Paul war es egal. Ihm war kalt. Äußerlich wie innerlich. Er ging zum nächsten Whisky an die Bar und sah zu, wie der Eisklotz zersprang, als die bernsteinfarbene Flüssigkeit ihn benetzte. Wie sein Leben. Tausende von Jahren hatte er gehalten, doch ein dünner Strahl brachte ihn zum Bersten. Fast wie bei ihm. Nur dass es hier nicht um eine hochprozentige Flüssigkeit, sondern um einen frivolen Argentinier ging. Paul drehte das Glas in seiner Hand. Nach und nach würde das Eis sich auflösen. Einfach verschwinden. Tausende von Jahren geronnener Geschichte futsch. Einfach so. Paul trank den Whisky und schaute, wie sich dann das Eis auflöste, bis nichts mehr von ihm übrig war.

Als das Schiff am Nachmittag wieder anlegte, war Paul betrübt und Rudi völlig euphorisch.

„Das waren ja Bilder wie in einer Märchenwelt! Das hätte ich mir nicht träumen lassen. Der ganze Tag ein Rausch! Ich war so weg ... ich war nicht auf dem Klo, habe weder geraucht, noch gegessen noch getrunken. Aber das hole ich alles in genau der Reihenfolge nach. Und du hast deine Merle gefunden ..."

„Nein, eben nicht!" Paul schlug die Augen nieder. „Merle war hier in der Stadt, und wir waren vielleicht gleichzeitig in einer Nebenstraße. Vielleicht ist Merle noch hier, vielleicht nicht mehr. Ich habe gefroren und in einem Whiskyglas gesehen, wie mein Leben zerspringt."

„Was?" Rudi guckte verständnislos.

„Wenn du Whisky auf einen soliden Brocken Gletschereis gibst, dann macht es „Ping" und „Knack" und das Eis kracht in tausend Scherben."

„Ja und?"

„Mein Leben auch."

„Vielleicht solltest du den Whisky lassen. So, und jetzt muss ich pissen."

Rudi hatte überhaupt nicht richtig zugehört. Als er wiederkam, steckte er sich erstmal eine Zigarette an und sog genüsslich ein.

„Das tut jetzt gut!"

„Das Gegenteil ist der Fall."

„Mach dich mal locker, Mann."

„Ich bin locker. Ich bin ein ganz entspannter Tabakhasser."

„Also, was ist jetzt mit Merle?"

Paul erzählte alles.

„Gut. Ich ziehe mir jetzt ein Bier rein, und dann fahren wir direkt zu diesem Restaurant. Die werden uns hoffentlich einiges sagen können."

Das hörte sich gut an. Paul beschloss, nun nichts mehr gegen die Zigaretten zu sagen. Er durfte Rudi jetzt nicht verärgern.

„Haben Sie reserviert?", fragte der Kellner, als sie in das urige Restaurant mit dem riesigen Ofen eintraten.

„Nein, Señor. Aber wir essen schnell. Wir sind wieder weg, bevor Ihre reservierten Gäste kommen." Sie bekamen einen kleinen Tisch am Fenster und bald darauf ein hervorragendes Essen mit Lammkotelett und Blutwurst.

„Ja, die Frau war hier", bestätigte der Kellner. Sie hat sich mit einem Mann gestritten, der die ganze Zeit telefoniert hat. Weil er die ganze Zeit telefoniert hat. Ich kann die Frau ehrlich verstehen. Wenn man mit so einer schönen Dame unterwegs ist, quasselt man nicht mit anderen."

„Wissen Sie zufällig, wo die hinwollten oder ob sie noch da sind?"

„Hm. Sie wollten es sich schön machen. Und sie wollten nach Coyhaique."

„Coyhaique. Nie gehört. Gibt es dort etwas Schönes?"

„Das ist in Chile", sagte der Kellner mit grenzenloser Verachtung.

Die beiden Männer beendeten schnell ihre Mahlzeit, dann gingen sie.

Rudi studierte die Karte. „Coyhaique. Krass. Da müssen wir so richtig durch die Pampa. Wir müssen also ordentlich Proviant und Wasser und alles besorgen. Früher musste man sich bei der Polizei melden, wenn man auf der Ruta 40 unterwegs war, denn außer einem selber und ein paar gierigen Kondoren gibt es dort kein Leben. Und keine Straßen. Nur eine verdammte Schotterpiste ohne gescheiten Untergrund. Na ja."

„Du wirst mir doch nicht sagen, dass die Straße noch schlechter wird?"

„Doch. Genau das will ich dir sagen. Wir machen eine Mondfahrt, aber mit ganz viel Staub. Und das ist ein Glücksfall. Es könnte auch regnen. Dann wird die Piste eine seifige Schlitterbahn, in der man irgendwann gnadenlos steckenbleibt. Jetzt muss ich aber erst mal mein Bildmaterial von gestern sichten und sichern. Der Tag war ja so genial."

Während Rudi seine Bilder sortierte, rief Paul zu Hause und im Büro an. Alles im grünen Bereich. Einerseits war das gut, aber andererseits machte es ihm natürlich Sorgen, dass es offensichtlich so problemlos ohne ihn ging.

14

Nach einer erholsamen Nacht fuhren sie ab. Eine Weile ging es noch am See entlang, dann landeten sie auf der Ruta 40.

„Das ist wie eine dick verschneite Straße mit Sommerreifen", meinte Rudi. Du musst dich mit großer Vorsicht vorwärtskämpfen. Schnell genug, um nicht steckenzubleiben, langsam genug, um dich nicht einzugraben. Ein Marathonläufer ist schneller als wir."

„Das hast du schon mal erzählt."

„Macht es das falscher?"

Und so kämpften sie sich Kilometer um Kilometer vorwärts, stets eine riesige Staubfahne hinter sich herziehend. Paul griff nach dem Handy, wollte Frau Häberle noch ein paar SMS schreiben. Kein Netz. Gut, dass er das Wesentliche schon gestern erledigt hatte.

Rudi steckte sich eine Zigarette an und öffnete das Fenster. Ganz feiner, pudriger Staub wehte rein. Er schloss das Fenster wieder.

„Spinnst du?", ereiferte Paul sich.

„Mit Fenster offen geht nicht."

„Dann halt an!"

„Auf dieser Straße, damit ich nachher nicht anfahren kann?"

„Kippe weg!"

„Mach mal halblang."

Paul kurbelte das Fenster herunter und ließ seinen Oberkörper theatralisch heraushängen.

Wenn er ehrlich zu sich war, war dieser Staub schlimmer als Tabak, aber das würde er niemals zugeben. Endlich hatte Rudi die Zigarette fertig und Paul konnte gepudert auf seinen Platz zurücksacken. Er schüttelte sich vorsichtig.

„Gib's zu", meinte Rudi. „Dieser Staub ist schlimmer als Tabak."

„Nein!"

Und so fuhren sie weiter durch diese baumlose Steppe. Als der Untergrund ein wenig fester wurde, hielten sie. Die Straße zog sich schnurgerade bis zum Horizont durch das Land. Sie waren definitiv allein unterwegs.

Rudi schnappte sich seine Kamera und nahm die endlose Weite aus verschiedenen Perspektiven auf. Ein Waschbrett, ockerfarben, das sich in der Ferne verliert. Ein endloser, gelber, verfilzter Flokati aus ausgedörrtem Bartgras. Ein Fluchtpunkt, der jenseits der Unendlichkeit lag. Ein wolkenloser Himmel von tiefem Blau. Und der nervtötende Wind, der den Fotoapparat leicht zittern ließ.

Rudi legte eine CD ein. „Habe ich gestern gekauft, damit wir die Pampa überstehen, ohne rammdösig zu werden. Du wirst ja verrückt beim Staub, bei der Leere, beim Langsamfahren."

Schwere Melodien, sperrige Rhythmen und traurige Texte von unerfüllter Liebe, Einsamkeit, Leid und einem harten Leben erfüllten die Fahrgastzelle.

„Sag mal, hättest du nicht was Fröhliches einlegen können statt dieser Musik, die alles nur noch schlimmer macht?"

„Ich mache aus", sagte Rudi. „Ich hatte ja keine Ahnung, dass die keine fröhliche Musik haben."

„Na ja", entgegnete Paul. „Wenn du in so einer Gegend lebst, bleibt dir der Frohsinn im Halse stecken."

„Mensch! Dass wir mal einer Meinung sind!" Rudi gab im Überschwang etwas zu viel Gas und drohte, sich einzugraben. „Verdammt! Das sollte man nicht meinen. Bis zum Horizont und noch dahinter kein anderes Fahrzeug in Sicht, aber das Fahren verlangt dir mehr ab als in der Großstadt zur Hauptverkehrszeit."

Und so rumpelten sie langsam durch den Staub, durch die flirrende, einförmige Landschaft, nur einmal unterbrochen von einem Nandu, der mit seinen Kindern über die Piste rannte. In der Ferne tauchte immer wieder mal eine träge Wolke aus Schafen auf, die, getrieben von eifrigen Hunden, über den trockenen Boden zog. Wann immer der Untergrund etwas fester wurde, hielt Rudi, um sich eine Zigarette zu genehmigen, die im heißen Wind verglühte, kaum dass er sie angesteckt hatte.

Paul nahm gebührend Abstand vom Glimmstängel und sorgte dafür, dass der Wind von ihm wegblies. Dann dehnte und streckte er sich. Die gleichförmige Rüttelei auf der Straße machte ihn schläfrig. Ja, wenn es Rudi genauso ging, war es kein Wunder, dass ihm das Fahren schwerfiel. Aber wer konnte auch ahnen, dass die Musik genauso wie die Landschaft war. Wenn er das geahnt hätte! Wie schön wäre jetzt eine CD von

Herrn Stumpfes Zieh & Zupf Kapelle. Das war wenigstens lustig!

„Wie lange müssen wir noch fahren?"

„Noch etwa hundert Kilometer."

„Ah, das geht ja." Paul seufzte erleichtert.

„Glaub mal bloß nicht. Ich rechne noch mit sechs Stunden Fahrzeit. Ohne Pause."

Paul blickte Rudi derartig entsetzt an, dass dieser bereute, seine Kamera nicht schussbereit zu haben. Dieser Blick war unbezahlbar.

Sie fuhren weiter.

„Mensch, Paul, unterhalte mich mal ein wenig. Ich werde sonst rammdösig."

Paul überlegte, was er Rudi erzählen könne. Seine Kindheit und Jugend in Oberrems? Der Beginn der Oberremser Präzisionsbohrer? Etwas über sein Leben mit Merle, das Paul noch nicht wusste? Paul fiel einfach nichts ein, also versuchte er es mit einer Frage. „Warum hast du keine Frau?" Das Auto geriet kurz ins Schwimmen.

„Frau? Was soll ich denn mit einer Frau! Bereitet doch nur Stress. Sehe ich doch an dir!"

„Ja, im Moment macht Merle Stress, aber immerhin hat sie es mir fünfzehn Jahre lang schön gemacht. Und ich Idiot habe das nicht zu schätzen gewusst! Es hat alles funktioniert, das Essen war gut, die Kinder ordentlich, eigentlich alles toll. Aber ich habe es für selbstverständlich gehalten und ahne erst seit knapp zwei Wochen, dass ich dafür was tun muss." Paul drückte sich die Hände an den Kopf und rieb ihn, bevor er schwer seufzend davon abließ.

„Und wie ist euer Liebesleben?"

„Das werde ich dir grad erzählen!"

„Weißt du was, dein Liebesleben ist mir eigentlich ziemlich egal. Ich will bei dir nur einen Denkprozess anstoßen. Denn Weiber gehören ab und zu mal ordentlich durchgefickt."

„Du bist ja völlig ordinär!"

„Also gut: Der Mann sollte mit seiner Frau den Koitus mit gebührender Häufigkeit und Leidenschaft ausüben, sonst kommt der böse Argentinier und krallt sie sich."

„Sie hat sich nie beschwert."

„Aber hast du sie richtig befriedigt?"

„Ich glaub schon."

„Also das hört sich aber so an, als wäre euer Liebesleben genauso aufregend wie der Wetterbericht."

„Mann, wir sind immerhin schon eine Zeit zusammen, da lässt die Leidenschaft halt nach. Die Kinder, die Arbeit ..."

„Wann hast du sie zum letzten Mal animalisch überfallen?"

Paul dachte nach. „Und du meinst, das fehlt ihr?"

„Ich weiß es nicht. Ich kenne deine Frau ja kaum. Aber die Weiber, die ich angrabe, gehen ab wie Schmitz' Katze, und die mögen das ganz bestimmt."

„Aber das ist doch normal, dass Leidenschaft nicht ewig hält."

„Das weiß ich wiederum nicht, denn die Ehe ist für mich abschreckend."

Paul schnaubte verächtlich. „Dann weißt du eben einfach nicht, wie das ist, wenn man gegenseitig füreinander da ist, egal wie's läuft. Und Kinder sind sowieso was ganz Tolles."

„Ach so. Ja. Wie toll deine Frau für dich da ist, sehen wir gerade."

Paul schoss das Wasser in die Augen. „Du bist ein verdammter Zyniker. Kann es sein, dass dir noch nie eine Frau begegnet ist, mit der du dein Leben teilen wolltest?"

Und so sprachen sie leidenschaftlich über Frauen und Liebe. Rudi betonte, wie wichtig ihm seine Freiheit war.

„Und wenn es dir mal schlecht geht? Wenn du alt wirst?", hielt Paul dagegen.

Rudi winkte ab. Das Thema war ihm unangenehm, darüber mochte er nicht reden.

So fuhren sie schweigend weiter, bis eine Stelle kam, an der man gut halten konnte. Sie stiegen aus und streckten sich. Dann holten sie ihre belegten Brote aus dem Auto und aßen sie.

„Verdammt! Der Wind bläst mir Staub drauf. Mein Brötchen knirscht", beschwerte sich Paul. „Außerdem tun mir die neuen Zähne weh. So richtig sitzen sie immer noch nicht."

Rudi holte seine Kamera, um Porträts von der Tolaheide zu machen, einem eher unscheinbaren Gewächs. In einer Gegend jedoch, in der fast nichts wuchs, nahm selbst ein unscheinbares Gewächs einen hohen Rang ein, und eine gut in Szene gesetzte Tolaheide vor einem mondleeren Hintergrund hatte schon das Zeug zu mehr. Genauso sorgfältig inszenierte Rudi die Yarita, die mit ihren grauen Stängeln und gelben Blüten alpin, aber nicht wüstenartig wirkte. Paul langweilte sich. Leere Landschaft, langweilige Pflanzen. Dass Rudi jedoch hinter der Kamera in andere Welten abdriftete, aus denen er kaum hervorzuholen war, hatte Paul inzwischen gelernt und fügte sich resigniert.

Irgendwann fuhren sie weiter. Paul erzählte die Geschichte der Präzisionsbohrer und die wichtigen Unterschiede im Material, damit Rudi nicht einschlief. Als er das Gefühl hatte, dass das nicht wirklich half, schwenkte er auf den Oberremser Schützenverein um, der aber auch nicht sonderlich wirksam war. Schließlich erreichten sie ermattet das winzige Örtchen Bajo Caracoles, als die Sonne schon langsam unterging.

Verstaubt und durchgerüttelt stiegen sie aus dem Auto. Der Mittelpunkt dieses Örtchens war die kleine Raststätte. Daran angeschlossen war eine winzige Pension, in der glücklicherweise noch zwei Zimmer frei waren. Paul freute sich auf seine Dusche, endlich diesen elenden Staub herunterspülen. Doch Rudi erklärte ihm, dass er trotz Dusche nicht duschen solle. Es hatte schon seit Jahren nicht mehr geregnet, die Wasservorräte waren nahezu aufgebraucht. Rudi erklärte ihm, dass jeder halbwegs soziale Mensch den Staub mit einem Schwamm abspülen und das Spülwasser für die Toilette auffangen würde. Dafür stünden die Eimer und die Schöpfkelle im Bad. Paul kämpfte mit sich. Morgen würde er für immer verschwinden. Wenn er jetzt ausgiebig duschte, war das ein Einzelfall, und er hatte jedes Recht dazu.

„Von welchem Recht redest du?" meinte Rudi. „Du hast dir dein vermeintliches Recht mit bunten Papierschnipselchen gekauft, die vollkommen wertlos sind, wenn du kein Wasser hast. Ohne Wasser kein Leben. Die Papierschnipsel hingegen braucht kein Mensch wirklich. Aber tu, was du nicht lassen kannst. Ich wünsch dir fröhliches Duschen."

Sie bezogen ihre Zimmer. Paul schaute aus dem Fenster. Eine Handvoll Häuser. Ein paar Reihen Platanen. Ansonsten ödes Gestein und ätzender Staub, zwischen denen sich das eine oder andere spärliche Büschel Grün verirrt hatte. Seufzend füllte er den Eimer mit Wasser, tunkte den Schwamm ein und ließ die kleinen Rinnsale, die beim Ausdrücken entstanden, über seine Haut laufen.

Rudi dachte daran, was Paul jetzt tun würde. Mit Sicherheit würde der die Sache mit dem Schwamm machen und der Umwelt eine Dusche ersparen. Das war sein gutes Werk für heute. Das musste reichen an Wasserersparnis. Er drehte die Dusche auf und genoss den satten Strahl sehr.

„Du hast schon Übung mit der Schwammgeschichte, nicht wahr?", sagte Paul, als sie sich vor der Gaststube trafen.

Rudi nickte.

„Beneidenswert. Du siehst aus, wie frisch geduscht. Bei mir war das eine Mordshampelei und ich fühle mich kein bisschen frisch. Wahrscheinlich bin ich auch gar nicht richtig sauber geworden."

„Ja, Übung macht den Meister." Rudi überlegte, ob er ein schlechtes Gewissen haben solle, aber nachdem Paul keinen Verdacht schöpfte, beschloss er, sich einfach wohlzufühlen.

Sie traten in die Gaststube ein, die gleichzeitig Dorf- und Expeditionsladen war. Neben einschlägigen Artikeln gab es Kernseife, Schnüre, Zaumzeug, Messer, Werkzeug, Batterien, Taschenlampen. Vor dem Verkaufstresen waren ein paar Blechtische gruppiert, auf denen der Wirt die Erzeugnisse des unvermeidlichen Grills mit Ofenkartoffeln kredenzte. Die große Auswahl an Bier, Wein und Schnaps sprach Bände darüber, wie die Reisenden sich die Wartezeit in der Einsamkeit vertrieben. Während Rudi mit dem Wirt plauderte, ließ sich Paul das Handy geben. Kein Netz. Konsterniert lief er im kleinen Allzweckraum umher.

Plötzlich sprang der Wirt auf, schnappte sich einen Lappen und wischte die vier anderen Blechtische ab, die im Raum standen. Und dann hörte auch Paul es: Ein Rumpeln und Rattern, schließlich eine Druckluftbremse, die einen langen Klagelaut von sich gab. Vor dem Laden hielt ein Bus, dem eine Unzahl Personen entstieg. Im Nu war der kleine Raum überfüllt. Die Glücklichen, die noch einen Platz am Tisch bekamen, ließen sich ein Getränk servieren, während andere mit ihrer Flasche nach draußen gingen oder sich noch mit anderweitigen Artikeln für die Weiterfahrt versorgten. Nach einer Viertelstunde stob der Bus wieder in einer riesigen Staubwolke davon und es wurde wieder so still wie zuvor.

„Der Bus, Señor. Wenn der kommt, muss es immer schnell, schnell gehen."

„Ich bin ganz überrascht, dass es hier überhaupt einen Bus gibt", meinte Rudi.

„Ja, der ist ziemlich neu. Aber auch wir werden so nach und nach an die Welt angeschlossen."

Jetzt, nach dem Sturm, setzte sich der Wirt zu Rudi an den Tisch. In der Hand hielt er eine Schachtel Zigaretten. Der Rauch schlug Paul in die Flucht und er verließ den Raum. Draußen herrschte absolute Dunkelheit. Es war fast so finster wie das Leben. Paul spielte alle Spiele durch, die auf dem Handy gespeichert waren, von denen eins blöder als das andere war. Dann ging er wieder rein, in die verqualmte Räuberhöhle. Es machte ihn wahnsinnig, dass es hier keinen Handyempfang gab. Was, wenn jemand Nachrichten von Merle hätte? Oder wenn die Oberremser Präzisionsbohrer seiner Entscheidung bedurften? Er gab Rudi das Handy wieder. „Tschüs, ich gehe jetzt schlafen."

Rudi tippte sich mit zwei Fingern an die rechte Stirnseite. „Solltest aber vorher noch rausgehen."

„Da war ich gerade. Draußen ist es ja sowas von duster, da glaubst du an nichts mehr."

„Eben."

„Wieso?"

„Hast du mal den Himmel angeguckt?"

Paul blickte Rudi fragend an.

„Der Himmel über der Pampa. Spektakulär. Gigantisch. Hast du mal hochgeguckt?"

„Noi."

„Solltest du aber. Nimm deinen Schlafsack und hau dich auf die Erde. So was hast du noch nie erlebt." Bei diesen Worten erhob sich Rudi. „Warte, ich komm auch mit. Voll geile Sache!"

Mit einer Taschenlampe marschierten sie beide los, beladen mit ihren Schlafsäcken, und Rudi noch zusätzlich mit seiner Fotoausrüstung. Sie stiegen auf eine Anhöhe und auf der anderen Seite wieder runter, dort, wo die Lichter des Dörfchens nicht mehr sichtbar waren.

Paul breitete seinen Schlafsack aus und legte sich drauf. Was für ein Anblick! Samtene Schwärze, gespickt mit winzigen, strahlend hellen Leuchtfeuern. „Boah, das sieht ja richtig unecht aus. Wie im Planetarium!" Um ihn herum die vollkommenste Schwärze, die man sich vorstellen konnte. Pauls Gefühl für Raum verschwand vollständig. Vielleicht waren die Sterne kaum mehr als eine Armlänge entfernt. Deutschland vielleicht nur zehn Schritte. Und Merle ... Pauls Gedanken schweiften ab.

„Das da", tönte es an Pauls Ohr, sodass er erschreckt zusammenfuhr. „Dieser verwaschene Fleck, ist die Magellansche Wolke. Die nächste Galaxie zur Milchstraße." Paul landete in Sekundenbruchteilen wieder in der Jetztzeit.

„Wahnsinn. Wie weit ist die denn weg?"

„170.000 Lichtjahre. Wir sehen im Grunde diese Sterne jetzt wie sie aussahen, als wir noch auf den Bäumen lebten."

„Das mit den Sternen und so ist ja schon irre. Und so witzig. Milchstraße. Als ob das ein Milchprodukt wäre."

„Ist es auch."

„Spinnst du?"

„Die alten Griechen waren der Meinung, dass Hera, die Gattin von Zeus, den kleinen Herkules gestillt hat. Dieser hat aber so heftig an ihrer Brust gezogen, dass sie ihn von sich wegstieß. Daraufhin schoss ihre Milch aus der Brust und verewigte sich am Himmel."

„Oh."

Nicht nur das Raum-, auch das Zeitgefühl verließ Paul, und als die Männer wieder zum Gasthaus gingen, hatte Paul überhaupt kein Gefühl dafür, wieviel Zeit vergangen war. Als er im Bett lag, musste er über diese ungeheure, allumfassende Schwärze nachdenken. Er fühlte sich ganz winzig angesichts der Erhabenheit des argentinischen Himmels.

15

„Heute haben wir wieder ordentlich Strecke vor uns", begrüßte Rudi Paul am nächsten Morgen. Während Paul mit seinem klebrigen, fädigen Dulce de Leche kämpfte und missmutig mangels Kaffee Matetee trank, studierte Rudi die Karte und steckte sich eine Zigarette an, was Pauls Missmut größer werden ließ. So lange waren sie schon unterwegs und hatten nichts erreicht. Und was, wenn Merle hier in der Nähe war und er es nur nicht wissen konnte, weil das verdammte Handy kein Netz hatte? Hier war sowieso das Ende der Welt. Tagsüber eine Landschaft wie auf einem fernen, ausgedörrten Planeten und nachts eine absolute Dunkelheit, die alles verschluckte. Jegliche Zivilisation war Lichtjahre entfernt. Außerdem steckte Rudi sich die nächste Zigarette an.

Sie machten sich fertig. Als alles gepackt war und sie abmarschbereit vor dem Auto standen, griff Rudi wieder nach den Zigaretten. Paul wartete genervt, bis er fertig war. Dann fuhren sie los.

Bald darauf suchte Rudi wieder nach seinen Zigaretten.

„Es reicht! Du hast doch heute schon wie ein Schlot geraucht."

„Nur noch diese eine."

„Du bist süchtig!"

„Und wenn schon. Was soll ich mit diesem Wissen jetzt anfangen?"

„Mir egal. Mach deine verdammte Fluppe aus!"

Rudi blies Paul den Rauch ins Gesicht und zog wieder an der Zigarette.

„Weiß du was? Jetzt reicht es mir!", ereiferte sich Paul. „Steig aus, pack deine blöde Kamera und geh dahin, wo der Tabak wächst."

Rudi blickte ihn ungläubig an.

„Ja! Mach! Ich bin nicht so blöd, wie du immer glaubst. Ich komme schon allein zurecht!"

Ich lach mich tot, dachte Rudi. Er stieg behutsam aus, zog genüsslich an der Zigarette, öffnete die Heckklappe und entnahm seine Habseligkeiten. Dann schloss er die Heckklappe und die Autotür vorsichtig, nahm sein Zeug und ging weg, ohne sich nochmal umzudrehen.

Paul nahm am Steuer Platz. Er fühlte sich fabelhaft. Endlich fing er an, seine Führungsqualitäten auch weitab von der Heimat ausleben zu können. Er fuhr an. Im Vergleich zu seinem Mercedes E 350 CDI war dieser Jeep der reinste Traktor. Er fuhr im zweiten Gang. Ganz wie er es bei Rudi beobachtet hatte. Immer so zwischen fünfzehn und siebzehn Stundenkilometern. Nicht langsamer und auch nicht schneller. Eigentlich war das kein Problem, obwohl ein Tempomat natürlich sehr wünschenswert wäre. Aber sonst war alles bestens, da keine anderen Autos unterwegs waren. Selbst wenn er sich dämlich anstellen sollte, würde niemand das mitkriegen. Nach kurzer Zeit gabelte sich die Piste. Geradeaus ging es zum Perito Moreno. Das irritierte Paul. Es gab so wenige Straßen in dem Land, aber ausgerechnet hier mussten sie einen Rundweg bauen, denn er kam ja vom Perito Moreno. Wenn er den Gletscher im Rücken und voraus hatte, dann musste das ja zwangsläufig ein Rundweg sein. Er freute sich über seine Logik und bog rechts ab. Mondlandschaft. Eine sehr staubige Mondlandschaft. Es war schwierig, die Geschwindigkeit in dieser reizarmen Umgebung konstant zu halten. Das verlangte erstaunlich viel Konzentration. Und immer dieser schreckliche Wind. Er stellte das Radio an, doch das Programm gefiel ihm nicht. Er wollte eine CD einlegen, doch er merkte, dass er beim Suchen danach unstetiger fuhr, und das konnte er sich nicht erlauben. Hatte er eigentlich Wasser dabei? Und wo war die nächste Tankstelle? Er fuhr weiter über einen Planeten, der sich von seiner ungastlichsten Seite zeigte. Nach jeder Biegung hoffte er auf ein neues Panorama, aber jedes Mal bot sich ihm ein trostloses Bild. Das war ja nicht zum Aushalten! Er fing an, nach einer Stelle zu suchen, wo der Boden etwas fester war, sodass er wieder leicht anfahren könne. Schließlich hielt er an. Er streckte sich und ließ dann erschöpft die Schultern hängen. Dann stellte er sich mitten auf die Piste und pinkelte ein Muster auf den Boden. Zuerst fand er es großartig, wie ein Leuchtturm in der Landschaft zu stehen und zu pinkeln, aber als er fertig war, kam er sich irgendwie albern vor. Er fing an, das Auto nach Kartenmaterial zu durchsuchen. Aber Rudi hatte offensichtlich alles mitgenommen. Alles. Hektisch durchwühlte er seinen eigenen Koffer, wohl wissend, dass er dort nichts finden würde, denn sämtliches Material für diese

Reise hatte Rudi besorgt. Und ein Handy hatte er auch nicht. Verdammt! Zwar hatte Rudi darauf bestanden, dass er sich ein neues Handy kaufe, aber Paul wollte um nichts in der Welt einen ausländischen Vertrag abschließen und hatte dankend verzichtet. Nun stand er da, weitab von der Zivilisation und wusste nicht, wo er war. Er fand noch eine Halbliterflasche Wasser. Mit einer lächerlichen Menge Wasser verloren im Universum. Er würde jetzt einfach warten, bis das nächste Fahrzeug käme und sich über seinen Standort und sein Ziel in Kenntnis setzen zu lassen, wobei er inständig hoffte, dass jemand im nächsten Fahrzeug auch Englisch sprach.

Aber das nächste Fahrzeug kam nicht. Eine Stunde wartete Paul schon in der Hitze und dem gnadenlosen Wind, der ihn regelrecht verdunstete, aber nichts! Als nach zwei Stunden immer noch kein einziges Fahrzeug auftauchte, wurde er richtig nervös. Vielleicht war es doch keine so gute Idee gewesen, Rudi rauszuschmeißen. Oder vielmehr spontan rauszuschmeißen. Wohlvorbereitet hätte es eine tolle, souveräne Sache sein können, aber so, ohne Orientierung, ohne Sprache, ohne Handy und mittlerweile ohne Wasser war das eine blöde Situation. Eine saublöde Situation. Plötzlich überkam ihn größtes Heimweh mit einer ungeahnten Wucht. Oberrems war nun nicht gerade der Nabel der Welt, aber hundert Kilometer im Umkreis gab es keine Gegend, in der einem während zwei Stunden kein Fahrzeug begegnete. Ganz abgesehen davon, dass die Landschaft viel schöner war. Grün, lieblich, wasserreich. Zudem sprachen die Leute Deutsch. Normalerweise war Merle da. Und auf jeden Fall Franziska und Julia. Er vermisste sie so! Sogar nach Mutti hatte er Sehnsucht. Und nach den handgerollten Maultaschen seiner Schwiegermutter. Das frische Kellerbier aus Aalen, das sein Schwiegervater immer wieder besorgte. Und hier war nichts! Kein Mensch! Kein Kanten Brot und kein Wasser, erst recht keine Maultaschen und kein Bier. Be connected. Doch er war völlig disconnected. Und jetzt? Was hatte er sich vorher bloß eingebildet! Im Grunde war er nach wie vor ein armes Schwein. Völlig abgeschnitten und verschollen zwischen fremden Welten. Viel schlimmer konnte es nicht werden. Er suchte ein paar große Steine und warf sie in die Gegend, wo sie geräuschlos im Sand versanken. Das brachte es nicht. Er nahm einen großen Stein und warf ihn aufs Auto. Es hatte ihn ja schließlich hier hergebracht, obwohl es nichts dafür konnte. Aber ein Jeep sollte so einen Stein ohne größeren Schaden überstehen können. Es gab einen starken, befriedigenden Knall und eine Delle in der Karosserie. Er warf den nächsten Stein. Und wieder einen, der etwas zu hoch flog und eine Seitenscheibe zertrümmerte. Entsetzt hielt Paul inne. Das Fahrzeug war das Einzige, was ihm noch blieb. Es war Wahnsinn, es zu beschädigen. Die Scheibe knackte und teilte sich in immer kleinere Splitter. Eigentlich sah das toll aus. Paul suchte Klebeband. Wenn er die Scheibe verklebte, würde sie an Ort und Stelle bleiben und den Staub draußen halten. Aber es gab kein Klebeband. Bei der nächsten größeren Unebenheit würden die Splitter alle herausfallen. Oder hinein ins Auto. Es war alles Mist! Paul zog ein dreckiges Hemd aus seinem Koffer und breitete es auf dem Rücksitz aus. Dann fing er an, vorsichtig auf die Scheibe zu klopfen. Es gab einen Splitterregen und er beglückwünschte seinen schwäbischen Pragmatismus mit dem Hemd. Das Hemd schüttelte er aus und tat es wieder in den Koffer. Immer noch kein Auto. So langsam bekam er Hunger und Durst. Vielleicht sollte er einfach zurückfahren. Den Rückweg kannte er schließlich. Außerdem war immerhin sichergestellt, dass er wieder ein Zipfelchen Zivilisation zu fassen bekäme. Das wäre natürlich die ultimative Schmach und fast so schlimm wie sterben. Es kam jedenfalls unmittelbar danach. Wenn Rudi noch da wäre, hätte er ein Problem, denn mit diesem Gesichtsverlust konnte er die Reise fast nicht mehr fortsetzen. Wenn Rudi aber weg war, hatte er erst recht ein Problem. Lauter Probleme! Er ballte die Fäuste und tat einen Urschrei. Dann stieg er ins Auto und hoffte, dass er es problemlos wenden könne. Er wandte seine ganze Fahrkunst auf und schaffte es tatsächlich, das Fahrzeug zu drehen. Die langsame Fahrerei war nervtötend, und durch die fehlende Scheibe zog pudriger Staub herein, der definitiv schlimmer war als Zigarettenqualm. Der gescheiterte Macher. Er hatte es so satt. Er wollte nur noch nach Hause, ins paradiesische Oberrems.

Nachdem Rudi mit seinem Gepäck völlig verdutzt dastand, weil er nie mit dieser Reaktion Pauls gerechnet hätte, kratzte er sich am Kopf. Er hatte alles, was man braucht, bis auf Geld. Doch diese bunten Papierschnipselchen, die in der Wildnis keinen Wert hatten, waren bei der Rückkehr in die Zivilisation geradezu unschätzbar wichtig. Verdammt! Die einzigen Wertgegenstände, die er zu Geld machen konnte, waren seine Kameras. Betrübt schlappte er in die Gaststube. Was der Wirt ihm zu erzählen hatte, ließ ihn noch unglücklicher werden. Es gab einen Bus, der nach Bariloche fuhr. Doch der würde frühestens morgen kommen. Zudem waren im Gasthof alle Zimmer vergeben. Mit ein bisschen Pech saß er die nächsten Tage hier fest. Ohne Zimmer. Vielleicht hätte er nicht so fies zu Paul sein sollen. Zumindest nicht, wenn er so verletzlich war. Er setzte sich an einen Blechtisch. Von dem bisschen Geld, was er noch hatte, kaufte er eine Flasche Rotwein, dann sortierte er seufzend seine Bilder.

Endlich kam Paul an die Kreuzung. Er war endlos erleichtert. Jetzt war es nur noch ein kurzes Stück, bis er wieder im Örtchen seines Übermutes wäre. Hoffentlich war Rudi noch da! Doch wie sollte er seine Rückkehr erklären? Die Geschehnisse des Tages waren viel zu schmachvoll, um die Wahrheit zu beichten. Wenn er Rudi einfach erzählte, dass er aus Solidarität zurückgefahren wäre, weil er ihn nicht allein und ohne Geld in dieser gottverlassenen Gegend zurücklassen wollte? Das war ja richtig gut! Paul straffte sich, glättete seine Haare, fummelte sein Hemd in die Hose und fuhr nach einer Weile selbstbewusst und souverän am Gasthaus vor.

Rudis erste Reaktion war Freude. Wie ein junger Hund sprang er aus der Gaststube, bis ihm einfiel, dass das taktisch ungünstig war. Unter dem Vordach blieb er scheinbar gelangweilt stehen. Aber Paul hatte schon gesehen, dass er mit Freude erwartet wurde. Er stieg aus, strahlte Rudi an und haute ihm auf die Schulter. „Weißt du was, so allein in dieser Gegend, das ist nichts. Ich wollte dich nicht so zurücklassen, ohne Geld. Für mich ist es ja mit dir auch einfacher, obwohl ich mir letztlich alles kaufen kann, was ich brauche."

Rudi sagte nichts.

„Es ist ja schon zu spät, um noch loszufahren. Lass uns heute nochmal hier übernachten."

„Es gibt keine Zimmer mehr. Wir müssen ins Auto."

„Oh. Na gut. Dann müssen wir noch ein bisschen saubermachen."

Rudi ging um den Wagen herum.

„Was ist denn mit der Scheibe passiert?"

„Steinschlag. Erst die Scheibe, dann hier." Paul zeigte auf die Beule.

Rudi nickte bedächtig. Also hatte er wohl überzeugend gelogen. Paul war mit sich zufrieden. Er hielt das Heft wieder in der Hand, obwohl er vor einer halben Stunde am liebsten gestorben wäre.

Der Wirt stand ihnen hilfreich zur Seite. Mit einer dicken Plastikplane und Klebeband flickten sie die kaputte Fensteröffnung. Außerdem zeigte ihnen der Wirt, wie sie mit einen Teppichklopfer und feuchten Tüchern den Staub aus dem Auto entfernen konnten. Bald war es sauber genug, um eine heimelige Atmosphäre zu verbreiten und die beiden Männer legten ihre Schlafsäcke aus.

16

Die Nacht war lausig gewesen. Der Wind fauchte und pfiff die ganze Zeit über unablässig. Die Folie, mit der sie die Seitenscheibe repariert hatten, schlackerte regellos mit und brachte Paul um den Schlaf. Dann fing Rudi noch an, monströse Schnarchlaute von sich zu geben. Paul war richtig erleichtert, als der Tag anbrach. Doch Rudi sägte weiter und wachte einfach nicht auf. Als er endlich die Augen aufschlug, stand die Sonne schon hoch am Himmel.

„Scheiße! So spät ist es schon ... warum hast du mich nicht geweckt?", begrüßte er Paul.

„Weil ich selber versucht habe, ein wenig Ruhe abzubekommen, nachdem du die ganze Pampa abgesägt hast."

Mühsam richtete Rudi sich auf. „Wir haben keine Zeit zu verlieren. Wäre doch blöd, wenn wir noch eine Nacht hier verbringen müssten. Außerdem muss ich einen längeren Fotostopp einlegen, bei der Höhle der Hände." Zügig machten sie sich fertig, dann klemmte Rudi sich hinter das Steuer. Schnell waren sie an der Kreuzung, wo geradeaus wieder der Rundweg zum Perito Moreno anfing und wo es rechts ans Ende der Welt ging. Sehr gespannt, aber betont lässig tuend, beobachtete Paul, welchen Weg Rudi jetzt nahm. Rudi fuhr tatsächlich nach rechts. Da, wo er selber gestern gewesen war. Vielleicht hätte er gestern nur ein wenig weiterfahren müssen, um in die Zivilisation zu gelangen. Ein kleines bisschen. Stattdessen hatte er versucht, das Auto zu zertrümmern und war gebrochen heimgekehrt. Hier wollte er wirklich nicht sein! Seine rechte Hand arbeitete sich langsam an den Türgriff vor, als ihm einfiel, dass es eine dämliche Idee wäre, die Tür jetzt zu öffnen. Das würde zu nichts führen und nur Verdacht erregen. Paul wünschte, er könne sich wegbeamen. Nachdem das unmöglich war, griff er zum zweitbesten Mittel, sich aus dieser Umgebung zu entfernen und verschloss die Augen.

Rudi sah die gesenkten Augenlider und nutzte die Gunst der Stunde, indem er sich eine Zigarette ansteckte. Paul reagierte nicht. Der Kerl musste wirklich tief schlafen!

Indessen überlegte Paul krampfhaft, ob er nicht doch die Augen öffnen und Präsenz zeigen solle, aber eigentlich hatte er nur die Wahl zwischen Pest und Cholera. Zwischen einer unerträglichen Realität in erträglicher Luft oder zwischen einem erträglichen Dasein in unerträglicher Luft. Er stellte sich weiterhin schlafend, obwohl er einem Erstickungsanfall nahe war.

„Muss pissen." Mit einem Ruck blieb das Auto stehen und Rudi sprang heraus. Paul öffnete die Augen. Ödnis. Staub, Felsen, Leere. Aber vielleicht sollte er sich auch erleichtern. Er ging nach draußen, dehnte und streckte sich und lief ein paar Meter. Glassplitter. Überall lagen Glassplitter. Das konnte doch nicht sein, dass sie genau an der Stelle standen, an der ihn gestern die Wut und die Verzweiflung gepackt hatten! Am Rande der

Piste zwei fußballgroße Steine. Die Steine. Rudi verhielt sich ganz normal. So, als wäre alles in Ordnung, als ginge es nicht gleich zum Ende der Welt. Vor lauter Entsetzen bekam Paul Harnverhaltung und setzte sich wieder ins Auto. Rudi kam wieder, eine Zigarette im Mund. Konnte Paul einen Zigarettenstreit riskieren, jetzt, wo er wie ein Schießhund aufpassen musste, wo der Ausgang aus dieser Hölle war? Zum Glück rauchte Rudi draußen fertig. Sie fuhren noch etwa fünf Minuten, dann tauchte ein langgestreckter Bau mit einem Parkplatz auf.

„So, da sind wir", sagte Rudi zufrieden. „Kannst dich hinten im Schafsack ausstrecken, denn ich werde eine gute Weile beschäftigt sein."

Derweil starrte Paul fassungslos nach draußen. Die Zivilisation wäre gestern zum Greifen nahe gewesen! Vielleicht wäre er weiter gekommen. Wenn nicht, dann wäre er wenigstens stolz zurückgekehrt.

„Bist ja ganz schön müde. Hast völlig verdrehte Augen", murmelte Rudi, während er sich daranmachte, seine Fotoausrüstung auszupacken.

Nein, ich bin sowas von hellwach, das ahnst du gar nicht, dachte Paul. Mühsam kroch er aus dem Auto und gesellte sich zu Rudi.

„Die Höhle der Hände ist eigentlich keine Höhle, sondern ein Felsenvorsprung, der mit spektakulären Handumrissen in allen möglichen Farben verziert ist. So was hat man auch schon in anderen Wüsten gefunden. Geile Sache", dozierte Rudi. „Außerdem kann man von dort in einen

Canyon blicken, bei dem du dich im Wilden Westen wähnst." Das interessierte Paul aber nicht. Doch über das, was ihn interessierte, musste er schweigen. Rudi ging zum Kassenhäuschen und unterhielt sich mit dem diensthabenden Mann. „Paul!", rief er plötzlich und wedelte wild mit den Armen. „Komm her."

Paul schleppte sich zu ihm hinüber.

„Gute Nachrichten", sagte Rudi und stemmte die Arme in die Hüften. „Deine Frau war gestern hier. Ich habe gerade ein wenig mit Don Enrique geplaudert, und da hat er es mir erzählt. Kein Zweifel möglich. Na?" Er haute Paul auf die Schulter. Diesem wollten ohnehin schon die Beine wegsacken. Jetzt noch den Stoß abzufangen, ohne in die Knie zu gehen, verlangte ihm das Letzte ab.

„Freust du dich den gar nicht?"

„Doch, doch. Aber ich habe schon den ganzen Tag Kopfweh und bin nicht gut drauf."

„Stimmt. Du bist schon den ganzen Tag so komisch."

Das war gnadenlos untertrieben. Paul war fertig mit der Welt. Es war, als habe ihn ein böser Zauber in eine Parallelwelt versetzt, in der er immer dicht dran an einem stets unerreichbaren Ziel war. Die wievielte Sichtung von Merle war das? Wäre er fünf Minuten weiter gefahren, hätte er sie vielleicht gesehen. Oder sie unterwegs getroffen, wenn er fünf Minuten eher losgefahren wäre. Oder fünf Minuten später. Es ging immer um wenige Minuten. Unglaublich!

„Gib mir dein Handy", bat er Rudi.

„Nützt nix. Gibt hier kein Netz", sagte dieser und warf es Paul dennoch zu. Dann nahm er seine Fotoausrüstung und ging. Paul ging in die andere Richtung, auf die staubige Piste zu, auf der sie gekommen waren. Ungläubig schüttelte er den Kopf und ließ die Tränen laufen. In der Ferne hörte er eine Stimme. Dann zupfte etwas an seiner Jacke. „Señor, Señor", gefolgt von einem völlig unverständlichen Kauderwelsch. Der Kassierer versuchte, Paul in Richtung der Sehenswürdigkeiten und weg von der Straße zu dirigieren. Hastig wischte Paul sich mit dem Ärmel übers Gesicht. Verdammt! Komplette Einsamkeit und Leere, aber weder leer noch einsam genug, um in Ruhe weinen zu können. Paul zog hoch und schleppte sich in Rudis Richtung, der an einem Felsen stand und frenetisch fotografierte. Eine riesige Felswand war über und über mit Handabdrücken übersät, die von einem beeindruckenden Spektrum von Erdfarben umrandet wurden. Rosa, ocker, weinrot, orange, khaki. Doch für die Schönheit hatte Paul keinen Blick. Ebenso missachtete er die Tiere, die mit rostroter Farbe etwas ungelenk auf die Felswand gezeichnet waren.

Rudi war in einer anderen Welt. Die richtigen Fotos zu machen beanspruchte ihn dermaßen, dass er nicht mal mehr ans Rauchen dachte. Paul lief an ihm vorbei um eine Kurve. Dann hielt er aber inne. Vor ihm breitete sich eine Filmkulisse aus. Schroffe, rostrote Felswände stürzten senkrecht in die Tiefe, aus der sich einzelne Felsnadeln erhoben. Unten am Grund befand sich ein kleines

Paradies. Ein Flüsschen schlängelte sich durch grüne, baumbestandene Wiesen. In diesem Augenblick merkte Paul, was für eine ungeheuer wohltuende Farbe Grün doch war. Leben, Wasser, Schatten. Endlich mal was anderes als nur Staub und Fels. Er ließ diesen Eindruck ein Weilchen auf sich wirken, dann setze er sich auf eine Felskante und spielte mit dem Handy in der fast aussichtslosen Hoffnung herum, doch noch irgendwo ein Netz zu bekommen. Entmutigt ließ er das Handy sinken. Das Schicksal tanzte ihm echt auf der Nase herum.

Wie lange er mit dem nutzlosen Handy auf der Felskante gesessen und seinen leeren Blick auf das friedliche Tälchen vor ihm gerichtet hatte, wusste er nicht, als er von Rudi zum Aufbruch gerufen wurde.

„Warum wendest du?", wollte Paul wissen, als Rudi in einem eleganten, engen Wendekreis wieder vom Parkplatz fuhr."

„Die Straße endet hier. Wir müssen wieder ein Stück zurück."

Paul ließ den Unterkiefer sinken. „Dann sind wir nur wegen ein paar Bildern einen halben Tag lang unterwegs?"

„Na, schon unsere Abmachung vergessen, dass ich so viele Fotostopps machen darf, wie ich möchte? Außerdem habe ich die neuesten Daten über deine Gattin ermittelt."

„Fotostopps ja, okay! Aber dass du dich nach der Geschichte mit den Reifen noch traust, einfach woanders hinzufahren ... ich bin fassungslos!"

„Ich habe doch gesagt, dass wir zur Höhle der Hände fahren. Im Handschuhfach sind Karten und Reiseführer. Du bist herzlich dazu eingeladen, die Routen vorher zu studieren."

„Deine blöden Karten sind auf Spanisch!"

„Wenn du Fragen hast, übersetze ich gerne."

Die Fahrt verlief schweigend, bis sie wieder vorm altbekannten Gasthaus mitten im Nichts standen.

„Wir essen und trinken hier ordentlich, dann packen wir Reserven ein und fahren weiter."

Paul schwieg.

Der Gastwirt begrüßte sie überschwänglich. Auf dem Grill lag Bratgut.

„Ay, Señores, wenn ich gewusst hätte, dass Sie zum Essen kommen, hätte ich dafür gesorgt, dass Sie etwas Anständiges bekommen. Heute gibt es Chinchulines, und das mögen Ausländer in aller Regel nicht. Selbst Argentinier lehnen sie oft ab."

Rudi warf einen Blick auf den Grill. Dort schienen Weißwürste zu brutzeln. Der Wirt erklärte ihm, dass die Chinchulines Dünndarmabschnitte vom Rind wären. Ungereinigt. Ein Horrorschauer durchfuhr Rudi. „Warum um alles in der Welt wäscht man die nicht?"

„Wegen der Gesundheit." Der Wirt erklärte ihm, dass für die Menschen in den abgelegenen Gebieten Chinchulines eine gern gesehene Möglichkeit waren, an Pflanzenkost zu kommen. Es wuchs ja nichts, was Menschen essen konnten. Die Rinder hingegen machten aus dem trockenen, widerspenstigen, harten Bartgras einen Pflanzenbrei, den Menschen verdauen konnten. Rudi fiel ein, dass er gelesen hatte, dass auch Eskimos als erstes den Dünndarm einer erlegten Robbe genossen, weil ihr Appetit auf Pflanzennahrung so groß war. Sogar Löwen taten das, wenn sie ein Tier rissen. Das schien also ein weit verbreiteter Naturmechanismus zu sein. Aber weshalb musste ihn das jetzt treffen? Er hatte doch keine Not! Reflexartig holte er seine Kamera und fotografierte das Grillgut von allen Seiten.

Bald brachte der Wirt ihnen zwei Teller mit Chinchulines.

„Was ist das?", wollte Paul wissen.

„So eine Art Kutteln. Zeug, das die Schwaben mögen."

„Ja, aber dazu braucht's ein gutes Sößle mit Trollinger."

Paul fing an, einigermaßen unbelastet zu essen. „Gefüllte Kutteln, was ist denn da drin?"

„Eine Gemüsemischung."

Sie aßen schweigend, wobei Paul wesentlich beherzter vorging als Rudi.

„Na ja, so doll hat das aber nicht geschmeckt", meinte er, als er fertig war.

Auch Rudis Teller war leer. Das war jedoch nur der Tatsache zu verdanken, dass ein Hund schwanzwedelnd an den Tisch gekommen war und sich über die Happen freute, die magischerweise auf dem Boden landeten.

Rudi war der Appetit derartig vergangen, dass es ihm sogar schwerfiel, Kartoffelchips für die Weiterfahrt zu kaufen.

Bald waren sie wieder an der schicksalhaften Kreuzung. Was würde Rudi jetzt tun? Er fuhr geradeaus, auf den Rundweg zum Perito Moreno. Jetzt holte Paul die Karte aus dem Handschuhfach und studierte sie. Er guckte mehrmals nach, dann kapierte er. In etwa 150 Kilometern Entfernung befand sich der Ort Perito Moreno. Die Straße ging eindeutig nach Norden. Hätte er gestern diesen Weg gewählt, wäre er vor Merle am Ort gewesen. Er hatte seinen Vorsprung verspielt! Außerdem hatte er schon seit Tagen keinen Kontakt mehr zur Heimat gehabt. Vielleicht war das Haus abgebrannt. Oder die Präzisionsbohrer pleite. Möglicherweise schüttelten sich die elternlosen Mädchen in Weinkrämpfen. Weil er durch unvorhersehbare Umstände in einer gott- und funkwellenverlassenen Gegend gelandet war, von deren Existenz er bis vor Kurzem noch nichts geahnt hatte. Es war einfach grauenvoll. Außerdem rumorten diese komischen Kutteln in seinem Magen.

Rudi bremste. An der Art, wie er einen glattpolierten Berg aus feuerrotem Gestein fokussierte, war Paul klar, dass es wieder einen Fotostopp geben würde. Wie ein Fremdkörper prangte dieses Gebilde in einer abweisenden Landschaft aus hellem und dunklem Gestein, in dem einzelne Vegetationsfleckchen eisern um ihr Überleben kämpften. Paul guckte auf Rudis Bildschirm. So, wie Rudi die Gegend fotografierte, sah sie aus wie ein geheimnisvolles, bizarres Paradies auf einem fernen Planeten und nicht wie ein einsamer, staubiger Ort ohne gottverdammtes Funknetz. Dann stieg Rudi wieder ein. Auf der Beifahrerseite. „Ich bin wirklich froh, dass du es gepackt hast und mich jetzt ein wenig ablösen kannst." Paul sandte ihm einen tödlichen Blick, dann richtete er umständlich den Fahrersitz ein. Wind, Staub, Felsen und Berge aller Farben und Formen sowie eine unendliche Weite und Einsamkeit begleiteten sie über lange Stunden. Paul konzentrierte sich mächtig und Rudi studierte sorgfältig alle Karten und Reiseführer.

„Ich frage mich nur, was ein Argentinier in Coyhaique will. Feindesland quasi. Du hast ja mitgekriegt, mit welcher Verachtung der Kellner davon gesprochen hat."

„Ich habe nichts mitgekriegt von einem Koi sonst was", erwiderte Paul, der vor lauter Konzentration schon ganz glasige Augen hatte.

„Ich zeige es dir auf der Karte. Du kannst sowieso mal rechts ranfahren. Ich weiß nicht, ob dir aufgefallen ist, dass die Landschaft sich geändert hat."

Es war Paul nicht aufgefallen. Ein zarter, grüner Flaum mit gelben Spitzen breitete sich auf den vielfarbigen Felsen aus. Bei näherer Betrachtung war es aber doch nur das störrische Bartgras. In der Ferne galoppierten Pferde mit wehenden Mähnen über die Weite.

„Die muss ich kriegen!" Voller Eifer biss Rudi sich auf die Unterlippe. „Guck dir diese Viecher an. Sorglos und glücklich, völlig in ihrem Element!

Schade, dass sie so weit weg sind. Ich möchte so gerne ihre Gesichter porträtieren."

Paul stierte mit leeren Augen auf die Tiere. In der Tat, sorglos und glücklich, eins mit sich und der Umgebung. So sahen sie aus. Was hatten es diese Pferde gut! Doch sie waren sich über den glücklichen Zustand, in dem sie leben durften, genauso unklar wie er selber, bevor seine Frau einfach verschwand.

Seine Augen wurden feucht. „Was man hatte, merkt man erst, wenn man es verloren hat. Glaubst du, dass die Merle wieder zu mir zurückkommt?"

„Wieso stellst du ausgerechnet mir diese Frage?"

„Weil sonst niemand da ist."

Ein Pferd wieherte und warf den Hals nach hinten.

„Keine Ahnung. Es könnte aber natürlich sein, dass deine Chancen eher schlecht stehen. Ich fange deshalb erst gar nichts an."

„Echt? Du tätest wollen, hast aber Angst vor Enttäuschungen?"

„Ja und?"

„Du und Angst?"

Rudi schwieg.

Pauls Gedanken liefen Amok. Er selber hielt sich außerhalb seines Wirkungsbereiches für einen Angsthasen, aber er nahm jetzt einiges auf sich, um seine Frau wieder zu erobern. Und dieser weltläufige Typ, der über alle Zweifel erhaben schien, wollte sich ausgerechnet nicht auf die Liebe einlassen, weil sie ihm Angst machte? Wer war dieser Typ, dem er sich anvertraute?

Rudi ließ die Kamera sinken. Verdammt, ja. Diese Pferde waren das Bild des perfekten Glücks. Freiheit. Und Gesellschaft. Gesellschaft in Freiheit. Ein Leben zwischen diesen beiden Polen. Ein Leben, wie er es sich erträumte, von dem er aber nur die eine Hälfte verwirklicht hatte. Freiheit ohne Ankerpunkt, ohne echte Heimat. Wenn Vanessa ihm damals nicht den Korb gegeben hätte ... Für Vanessa hätte er alles getan. Alles. Aber Vanessa wollte nicht. Wollte ihn nicht. Der Schmerz hatte ihm damals den Boden unter den Füßen weggezogen. Irgendwann begrub er ihn ganz tief in sich und beschloss, sich Frauen nur noch zeitweilig ein bisschen zuzuwenden. Geht doch!

Paul wagte einen Seitenblick auf Rudi und musste mit maßlosem Erstaunen feststellen, dass auch Rudi die Tränen übers Gesicht liefen. Die Kamera hielt er achtlos in der Hand, und er rauchte noch nicht mal! Sieh mal einer an. Jeder Mensch will glücklich sein, und diese Pferde zeigten, wie es ging.

„Wir müssen weiter." Rudis Worte holten Paul aus seinem zeitlosen Zustand. Ehe Paul richtig reagieren konnte, hatte Rudi sich schon auf den Beifahrersitz plumpsen lassen, sodass ihm nichts anderes übrigblieb, als seufzend auf dem Fahrersitz Platz zu nehmen.

„Viel fotografiert hast du ja nicht, um es milde auszudrücken", bemerkte Paul.

„Scheiße, nein. Die verdammten Gäule haben mich aus den Pantinen gehauen."

„Warum?"

Rudi seufzte tief und zündete sich umständlich eine Zigarette an. „Ich war auch mal so glücklich wie der Gaul."

„Ach, du auch? Und dann?"

„Sie hieß Vanessa. Vielleicht hätte ich sie sofort schwängern sollen."

„Ein bisschen mehr musst du schon erzählen!"

Und so erzählte Rudi von Vanessa. Er studierte damals Ingenieurwesen in Karlsruhe, und Vanessa arbeitete in einer Studentenkneipe.

„Ihr Gang! Ihre Formen! Ich kann noch nicht mal sagen, dass sie im landläufigen Sinne hübsch war. Aber sie war einmalig! Sie hatte gerade schweren Liebeskummer und hatte den Reset-Knopf in ihrem Leben gedrückt. Als sie ein Bier vor mich stellte und mich anlächelte, war es um mich geschehen." Er seufzte. „Wie soll ich sagen? Ich war im Leben angekommen. Ich verbrachte ein paar Wochen mit ihr und alles war exakt so, wie es sein sollte."

Es war ihm, als hätte sein Leben bis dahin nur in Schwarz-Weiß stattgefunden und nun habe jemand alle Farben dieser Welt bis zur Sättigungsgrenze hineingekippt. Alle Konturen scharfgestellt. Alle Details betont. Alles Hässliche weichgezeichnet.

„Scheiße, du. Es war perfekt. Dann tauchte ihr Ex wieder auf und versöhnte sich mit ihr. Ich war so was von abgeschrieben, du glaubst es nicht."

„Was soll ich sagen? Ich bin doch auch abgeschrieben. Und das nach sechzehn gemeinsamen Jahren! Ich habe sie immer gut behandelt." Paul schwieg einen Moment. „Was hast du gemacht, um sie zurückzuerobern?", wollte er von Rudi wissen.

„Was ich gemacht habe? Alles. Schlicht und ergreifend alles. Sie hat alles zurückgewiesen und wollte nur noch ihren Ex. Buchhalter in einem Möbelhaus. Das muss man sich mal vorstellen!

„Und dann?"

„Ich habe mich ins Bett gelegt und bin einfach zwei Monate nicht aufgestanden. Dann hat ein Kumpel mich mit Gewalt rausgezerrt. Und mir eine Kippe in die Hand gedrückt. Seitdem rauche ich. Mein Studium war natürlich am Arsch. Miete hatte ich auch nicht gezahlt. Bin dann zum Kumpel, aber der hat mich auch bald rausgeschmissen. Hat behauptet, dass ich ein Ferkel wäre. Kann sogar sein, dass er recht hatte. War schon eine Scheißzeit."

„Und dann?"

„Fotografiert habe ich schon immer gerne. Habe dann beim Fotografen angeheuert. Aber der Typ war ein echter Arsch. Sobald ich genug Geld für eine gescheite Kamera hatte, was allerdings unendlich lang dauerte, bin ich weg und habe mich selbstständig gemacht."

„Aber Frauen verdrehen dir wohl immer noch den Kopf."

„Den Kopf vielleicht. Aber das Herz nicht. Da ist tote Hose."

„Es ist ja noch nicht aller Tage Abend."

„Nein! Da darf keine mehr rein!"

„Und warum begleitest du mich auf diese Reise?"

„Ha! Du hast mich ja praktisch gezwungen. Außerdem zahlst du gut und ich finde erstklassige Fotomotive. Endlich mal keine Scheißbohrer."

„Das sind keine Scheißbohrer. Das sind Präzisionsbohrer."

Sie fuhren schweigend weiter und betrachteten die Rinderherden, die immer wieder in einer großen Staubwolke die Piste überquerten. An einer stillgelegten Hazienda machten sie Rast. Als Rudi seine Chipstüte öffnete, kamen ihm seine letzte Mahlzeit und die Begegnung mit den Pferden wieder ins Gedächtnis und er wurde trotz großen Hungers von sofort einsetzender Appetitlosigkeit befallen, während Paul genüsslich die fettigen Kartoffelplättchen einschob. Ein Gürteltier trippelte in ihrer Nähe vorbei. Paul stand vorsichtig auf, um es näher zu betrachten, doch es raste wieselflink davon und begrub sich unter einem dornigen Baum. Paul holte ein paar Chips und drapierte sie um den Stamm, um das Gürteltier hervorzulocken, doch es blieb verschwunden.

Sie setzten ihre völlig ereignislose Fahrt fort. Rudi legte eine Tango-CD ein. Traurige Töne, die das Elend der Welt dick unterstrichen, drangen an Pauls Ohren. Er schloss die Augen. Es war schließlich egal, ob er die Augen offen oder zu hatte. Zu sehen gab es in keinem Fall was. Noch nicht mal ein Gürteltier. Er war hier, mitten im Nichts. Ohne Frau, ohne Kinder und ob ihm die Firma nach einer so langen, ungeplanten Abwesenheit noch ganz gehören würde, war auch nicht sicher. Sein einziger Gesellschafter war ein psychisch verwundeter Mann. Wie er selber. Vor nicht mal drei Wochen war sein Leben im Lot. Alles war, wie es sein sollte, und er hatte das irgendwie für selbstverständlich gehalten. Dann war diese Selbstverständlichkeit geplatzt wie eine Seifenblase. *Plopp.* Ganz leise und unspektakulär. In seinem Inneren sah es aus wie draußen: leer, trocken, dürr. Er seufzte, schlug die Augen auf und blickte trübsinnig in die Leere.

Nach einiger Zeit zeichneten sich am Horizont die Silhouetten von Bäumen und Gebäuden ab. Sie kamen nach Perito Moreno, einem kleinen Ort, der von Platanen eingerahmt war. Schnell hatten sie ihn durchfahren, ohne auf irgendwas zu stoßen, was ihre Aufmerksamkeit erregte.

„Das gibt's doch nicht! Mitten im Nichts und dann so gewöhnlich!" Paul wusste nicht, was er erwartet hatte, aber er war sehr enttäuscht. Bald darauf hatten sie sich auf dem Campingplatz eingerichtet, da im Hotel nichts frei war. Paul griff gierig nach dem Handy, um endlich wieder zu erfahren, was in der Welt vorgegangen war, während er in einer Kapsel aus Ereignislosigkeit gefangen war. Doch es gab kein Netz. Kein Netz! Wenn nicht hier, dann wo? Paul geriet in einen Erregungszustand, der einer Panik nicht unähnlich war und Rudi schlug vor, dass sie in der Stadt ein Internetcafé suchen sollten. Erleichtert ging Paul darauf ein. Doch das Internetcafé funktionierte aufgrund einer Netzstörung nicht, und es war auch nicht möglich, über das Festnetz zu telefonieren. Paul hielt mühsam die Tränen zurück. Im Restaurant, das sie danach aufsuchten, gab es wenigstens genug Rotwein, um zeitweilig das Elend zu vergessen.

17

Schlechtgelaunt und verkatert blinzelte Paul in die Morgensonne. „Die Pampa ist ja echt krass. Da wirst du ja rammdösig. Das hält doch auf Dauer keine Sau aus."

„Beruhige dich. Heute verlassen wir die Pampa."

„Echt? Wann heute?"

„Na, noch so sechs, sieben Stunden Fahrt."

„Ach, du liebe Scheiße."

„Möchtest du eine Zigarette? Rauchen beruhigt und lenkt ab."

„Um Gottes willen!"

„Na, dann geht es dir ja noch einigermaßen."

„Wieso. Geht es allen Rauchern dreckig?"

„Ich sag mal so", meinte Rudi, während er mühsam aufstand und seine Hose anzog. „Wenn wir nicht sechs Stunden sondern noch sechs Tage hier unterwegs wären, würdest du auch rauchen. Dessen bin ich mir sicher."

„Du spinnst! So was Ekliges würde ich niemals tun", sagte Paul und hatte leise Zweifel an seinen eigenen Worten.

Sie verließen das unscheinbare Städtchen und begaben sich wieder auf die windgepeitschte, leere Ebene. Während sie sich mühsam in gemessenem Tempo vorwärtsbewegten, begegneten ihnen einzig Gauchos mit ihren riesigen Rinderherden.

„Wie halten die Menschen das nur aus?" Paul schüttelte den Kopf. Dann betrachtete er seine Hände. Seine Fingernägel waren mittlerweile ganz schön lang. Bei Gelegenheit sollte er sie mal schneiden.

„Ich finde es sensationell, dass es in dieser vollgequetschten Welt noch weiße Flecken gibt. Mir gefällt diese Weite."

„Führst du mich auch nicht an der Nase herum, um diese Weite länger zu genießen?"

„Mein liebes Paulchen! Wer hat für einen verlängerten Aufenthalt in der Leere gesorgt? Sämtliche Karten liegen vor dir. Wenn du eine Abkürzung findest, kriegst du einen Zehner."

„Ich verbitte mir diesen Umgang."

„Also gut. Paul Pfeifle, guck dir die Karte an und melde mir den Weg, den wir deiner Ansicht nach nehmen sollten."

Schweigend ging es weiter. Paul studierte bis zum Fahrerwechsel verzweifelt die Karte, ohne die geringste Abkürzung zu finden.

„Haben wir alle Speisen vernichtet? Gleich sind wir an der Grenze, und ich will nicht, dass die Grenzer wieder so ein Theater machen."

„Hier sind noch Chips." Paul hob eine angebrochene Tüte hoch. Rudi bremste vorsichtig. Als erstes steckte er sich eine Zigarette an, dann leerte er die Chipstüte auf den staubigen Boden.

„Eigentlich schade, sie so wegzuwerfen. Irgendein Tier hätte seine Freude daran haben können", meinte Paul.

„Meine Güte! Seid ihr Schwaben alle so?"

„Hast du was dagegen? Sparsamkeit ist eine Tugend. Warum glaubst du, dass es bei uns im Ländle so schön ist? Weil wir sparsam und nachhaltig wirtschaften."

„Wie du meinst." Rudi rollte mit den Augen.

Sie setzten ihre Fahrt fort.

„Halte mal die Augen auf nach einem Huemul", unterbrach Rudi die Stille.

„Einem was?"

„Einem Huemul. Das ist ein vom Aussterben bedrohter Andenhirsch, der hier in der Gegend lebt."

„Wenn er vom Aussterben bedroht ist, dann wird er sich ganz bestimmt nicht in der Nähe der einzigen Straße weit und breit aufhalten."

„Auch wieder wahr."

Sie kamen an die Grenze. Es herrschte Hochbetrieb, denn vor ihnen waren zwei Autos dran, die von den Grenzern gründlichst untersucht wurden.

„Super. Das wird dauern." Rudi stemmte die Hände in die Hüften. Um ihn herum nur Leere. Ein wolkenlos blauer Himmel.

Paul scharrte gelangweilt herum, lief ein wenig umher und zählte seine Schritte. Wenn noch nicht mal Rudi was zu fotografieren fand, musste es hier wirklich öde sein. Er ging zur Heckklappe, holte seinen Toilettenbeutel heraus und öffnete ihn. Dann setzte er sich zur offenen Tür hin auf den Beifahrersitz und zog Schuhe und Socken aus. Rudi betrachtete ihn interessiert. Paul schnitt sich sorgfältig die Hand- und Fußnägel, wobei er jeden

Nagel vorsichtig auf das Armaturenbrett legte. Dann zog er wieder Socken und Schuhe an und packte den Toilettenbeutel weg. Da nun das erste Auto an der Grenze weggefahren war, wollte Rudi aufschließen. Er wischte schnell und angeekelt die Nägel vom Armaturenbrett, schloss die Tür und fuhr fünf Meter weiter vor. Im Rückspiegel sah er den wild gestikulierenden Paul. „Verdammt Rudi! Du hast meine Nägel weggeschmissen."

„Hä?" Rudi reckte den Hals hoch und mochte seinen Ohren kaum trauen.

„Ja! Meine Nägel! Warum wirfst du die einfach weg?"

Rudi rollte mit den Augen. „Andersrum: Warum entsorgst du dieses Ekelzeug nicht gleich, sondern häufst es noch sorgfältig auf dem Armaturenbrett an?"

Jetzt rollte Paul mit den Augen. „Weißt du, was Hornspäne sind?"

„Was für 'n Zeug?"

„Hornspäne. Stickstoffreich. Pflanzennahrung. Und siehst du hier irgendwelche Pflanzen?"

„Ne. Aber was hat das mit deinen Nägeln zu tun?"

„Ich wollte sie aufheben und sie den Pflanzen geben."

„Du hast Hornspäne an den Fingern?"

„Sehr witzig! Hornspäne und Fingernägel sind aus dem gleichen Zeug. Bester Stickstoffdünger."

Rudi schlug die Hände auf die Knie. „Och nö. Wie niedlich! Pflänzchen füttern." Dann richtete er sich kerzengerade auf. „Spinnst du?"

„Nein. Ich denke ökonomisch. Obwohl du daran zweifeln könntest, weil ich die Firma allein lasse und uns eine bislang völlig erfolglose Tour durch weite Länder finanziere. Aber ja, ich denke sehr ökonomisch. Sonst wären Pfeifles Präzisionsbohrer nicht das, was sie sind. Und ja, wir sammeln zu Hause alle unsere Nägel und geben sie in den Kompost. Warum sollen wir nicht zum guten Gedeihen der Pflanzen beitragen, wo es uns nichts kostet?"

Rudi hörte mit offenem Mund zu. „Krass. Vollkommen krass. Ich habe ja schon einiges über schwäbische Sparsamkeit gehört, aber das schlägt dem Fass den Boden aus."

„Spar dir dein Fass. Das ist echte Nachhaltigkeit. Nicht nur in ökonomischer, sondern auch in ökologischer Hinsicht. Jetzt liegen meine Nägel hier im Dreck und bewirken rein gar nichts."

Rudi starrte Paul ungläubig an und fummelte eine Zigarette aus der Packung.

Bald hatten sie die Zollkontrolle völlig problemlos hinter sich. Die Landschaft wurde sachte grüner. Nach einer halben Stunde entfuhr Paul: „Das sieht ja aus wie auf der Schwäbischen Alb!"

„Ja. Gemeine Geschichte. Die Winde kommen übern Pazifik, knallen der Grenze entlang an die Berge, regnen in Chile ab, huschen weiter nach Argentinien und trocknen das ohnehin dürre Land wie mit einem Fön aus."

„Oh."

Sie fuhren durch eine liebliche hügelige Landschaft weiter nach Coyhaique, der Stadt der Hexenhäuschen. „Als das Land besiedelt werden sollte, bekam jeder sein Grundstück geschenkt, wenn er innerhalb von 24 Stunden ein Haus darauf baute. Daraufhin setzten alle einen Schuhkarton aufs Grundstück. Später wurde dann angebaut und aufgestockt. Deshalb sind in der Altstadt alle Häuser winzig und verschachtelt."

„Woher weißt du das?", wollte Paul staunend wissen.

„Aus dem Reiseführer im Handschuhfach. Lesen hilft."

Paul warf Rudi einen tödlichen Blick zu. Nach einer Weile öffnete er das Handschuhfach.

„Da ist kein Reiseführer."

„Doch." Rudi beugte sich rüber, um selber ins Handschuhfach zu gucken. In dem Augenblick hörte man Bremsen quietschen und Metall auf Metall scheppern.

„Scheiße!"

„Shit! Jemand verletzt?" Rudi sprang aus dem Auto. Nein, verletzt war niemand. Selbst der Jeep war scheinbar noch in Ordnung. Nur das andere Auto war vorne ziemlich eingedrückt. Eine Familie stieg aus. Vater, Mutter und zwei Kinder unter zehn sahen sich betreten die Glassplitter und den tropfenden Kühler ihres Autos an.

„Keine Sorge, ich bin versichert."

„Ah, Sie sind Ausländer, aber Sie sprechen unsere Sprache", begrüßte ihn der Vater. „Wo kommen Sie her?" Rudi fing an, sich mit der Familie zu unterhalten. Dann kam er zu Paul zurück. „Du, das ist jetzt großer Mist. Die Leute sind OK, aber bis wir alles geregelt haben, das wird dauern. 200 Meter weiter runter ist aber ein nettes Lokal, da kannst du auf mich warten."

„Gib mir dein Handy."

Endlich Netz! Paul blieb im Auto sitzen und telefonierte mit seinen Töchtern, mit Mutti und mit Frau Häberle. Er wurde von allen Seiten beschimpft, Vorwürfe prasselten auf ihn ein. In der einen Hand hielt er das Handy, mit der anderen fuchtelte er hilflos umher und erklärte jedem Angerufenen aufs Neue, welches Martyrium er durchgemacht hatte. Er ließ sich die Bilder und Nachrichten senden, die die Kinder in den letzten Tagen von Merle bekommen hatten. Diese musste sich wohl noch im Umfeld aufhalten. Jedenfalls schwärmte sie von der Landschaft, sagte allen, dass sie sie lieben würde und dass sie bald wiederkommen würde. Die mediale Abwesenheit des Gatten hingegen war für sie noch kein Thema gewesen, was Paul mitten ins Herz traf. Mit Herrn Schäffler musste er sich lange auseinandersetzen, da es ziemliche Probleme mit den Titanbohrern für Linsenfassungen für einen lithografischen Betrieb gab. Er telefonierte, bis der Akku leer war. Dann nahm er das Handy mitsamt Ladegerät und suchte das Lokal auf, das Rudi ihm genannt hatte. In einem lauschigen Garten mit zahlreichen Araukarien, den dort beheimateten, schuppigen Urzeitbäumen, standen auf der Terrasse Tische, an denen gut gelaunte Gäste bewirtet wurden. Der

Gastraum hingegen war etwas dunkel und es war niemand drin. Doch Paul nahm dort Platz und fing an, nach einer Steckdose zu suchen, wurde aber nicht fündig. Als die Serviererin kam, zeigte er ihr einerseits das Ladegerät und deutete andererseits mit Gesten an, dass er was trinken wolle. Die Serviererin wich erschreckt zurück und tauchte nicht mehr auf. Nachdem Paul lange gewartet hatte, wurde es ihm zu blöd und er verließ das Lokal. Er ging in eine sehr kleine Kneipe etwas zweifelhafter Sauberkeit, wo es aber eine leicht zugängliche Steckdose gab. Außerdem wurden seine Gesten sofort verstanden und die Bedienung brachte ihm Cola und eine Tüte Chips. Als das Handy geladen war, lief er zum Auto zurück. Unter diesem hatte sich eine Pfütze gebildet. Also hatte der Jeep doch etwas abbekommen. Als er das Ladegerät ins Handschuhfach tat, sah er auch den Reiseführer dort, der zum Unfall geführt hatte. Wie hatte er ihn vorhin nur übersehen können? Er wartete auf Rudi und wurde immer missmutiger. Es war wirklich doof, dass nicht jeder ein Handy hatte und dass Rudi nicht auf die Idee kam, sein eigenes Handy anzurufen. Da es allmählich dunkel wurde, baute Paul sehr schlecht gelaunt das Bett im Jeep und legte sich müde und argwöhnisch schlafen. Ein lautes Geräusch ließ ihn hochfahren. Eine Taschenlampe, die ihm direkt in die Augen leuchtete, blendete ihn ganz fürchterlich. Uniformierte Männer redeten eher unfreundlich auf ihn ein. In Sekundenbruchteilen fiel Paul ein, dass er in einem fremden Land in einer fremden Stadt in einem Mietauto schlief und dass das ganz offensichtlich nicht erwünscht war. Er schälte sich aus dem Schlafsack und stand auf. Der Lichtstrahl der Uniformierten fiel auf seine Unterhose und Paul versuchte hektisch, seine Blöße irgendwie zu bedecken, zumal diese den Polizisten sehr zu missfallen schien. Schließlich schlang er seine Jacke um seinen Unterleib und drückte den Männern seinen Pass in die Hand. Sie stellten ihm Fragen, auf die er hilflos und verstört mit den Schultern zuckte. Irgendwann gaben die Schutzmänner auf. Sie gaben ihm seinem Pass zurück, sprachen streng zu ihm und gingen wieder. Paul zog als erstes seine Hose an. Dann kroch er wieder in den Schlafsack, traute sich aber nicht, wieder einzuschlafen.

18

Als es das nächste Mal an das Auto klopfte, fuhr Paul dermaßen hoch, dass er sich den Kopf schmerzhaft am Autodach anschlug. Es war schon hell, und draußen stand Rudi. Also musste er wohl trotzdem irgendwann eingeschlafen sein. „Verdammt, du Halbdackel! Wo warst du? Du hast mich allein auf der Straße gelassen!" zeterte Paul, während er aus dem Schlafsack kroch. „Die Polizei ist sogar gekommen und hat mir das Leben schwer gemacht", fuhr er fort, während er seinen Kopf rieb.

„Ich habe mir den Arsch auf der Suche nach dir aufgerissen. Dreimal bin ich vorbeigekommen. Du warst weder im Lokal noch im Auto. Wenn du dich mit meinem Handy in der Gegend rumtreibst, kann ich auch nichts dafür."

„Ich musste das Handy laden und in dem blöden Lokal hatten die keine Steckdose."

„Du willst mir doch hoffentlich nicht sagen, dass das ein echter Hinderungsgrund ist, einen Zettel mit deinem Aufenthaltsort im Auto zu hinterlegen."

Sie gifteten sich weiter an, wobei sie sogar anfingen, ein bisschen Speichel zu sprühen, bis ihnen die Vorwürfe ausgingen.

„Ach, und guck unters Auto. Der Kühler oder sowas muss defekt sein. Jedenfalls läuft irgendwas aus."

Rudi guckte unters Auto.

„Schöne Scheiße."

„Ja. Super." Paul hob die Arme und ließ sie wieder fallen. „Ohne diesen Bockmist hätten wir vielleicht die Chance, Merle zu finden. Aber wir verpassen sie immer haarscharf. Ich komme mir in letzter Zeit so vor, als würde ich mich in einer endlosen Wiederholungsschleife im Zeitgefüge befinden. Und täglich grüßt der Depp von der Alb." Er haute fest mit der Faust auf den Kotflügel.

Rudi runzelte die Stirn. „Geht's dir gut?"

„Nein! Was soll der ganze Scheiß?"

Sie besprachen, was nun zu tun wäre. Nach langem Hin und Her beschlossen sie, den Jeep in die Werkstatt zu bringen und mit dem Taxi die Stadt abzurastern, zumal der Taxifahrer mit Sicherheit genau wusste, wo zu suchen wäre.

Der Taxifahrer hatte nichts von Merle gehört, fuhr aber geduldig und ergebnislos die Straßen ab. Am Ende fuhr er aus der Stadt hinaus auf einen Berg, wo Rudi verzückt die im Talkessel liegende und von Schneebergen umgebene Stadt fotografierte, ohne sich um Pauls hektische Einwände zu kümmern. Sie fuhren wieder zur Werkstatt und nahmen den reparierten Jeep in Empfang. Beim Mittagessen taten Paul seine neuen Zähne so weh, dass er sehr mit sich kämpfte, ob er zum Zahnarzt gehen solle, nachdem er endlich mal wieder in einer Stadt war. Oder ob er den zeitlichen Abstand zu Merles Aufenthaltsort möglichst klein halten solle, auch wenn er litt. Er beschloss, die Schmerzen so gut wie möglich zu ignorieren und Strecke zu machen.

So fuhren sie durch eine Landschaft, die der Schwäbischen Alb auffällig glich. Doch langsam wich diese zurück und gab den Blick auf anklagend erhobene, tote Baumstümpfe frei, wo einst dichte Wälder aus patagonischen Zypressen und Südbuchen gestanden hatten. Das nahm kein Ende. Bei der nächsten Pause zückte Rudi die Kamera und machte Endzeitbilder. „Das ist ja hier ein Kettensägenmassaker gewesen, das glaubt einem ja kein Mensch, wenn man keine Bilder zeigt."

„Ja. Furchtbar." Konsterniert blickte Paul auf die Stümpfe, die sich um ihn herum bis an die Grenzen seines Sichtfeldes erstreckten. Sie fuhren weiter. Als Pionierpflanze gewann auf dem vernichteten Waldboden der Bambus immer mehr Grund. Deshalb sah es fast so aus, als habe man der Alb ein chinesisches Landschaftsbild überlagert. Schweigend fuhren die Männer weiter und ließen die zerstörte Landschaft verstört an sich vorüberziehen. Ein leichter Nieselregen kam auf.

„Regen!" Paul war ganz aufgeregt. Nach den Tagen in der Pampa, wo das fehlende Wasser eine existenzielle Bedrohung war, empfand er das himmlische Nass als Geschenk.

„Ja, ein gutes Zeichen. Dann muss es bald mehr Vegetation geben."

Bald wurde die Gegend tatsächlich waldiger und irgendwann waren sie mittendrin im Regenwald.

„Muss fotografieren!" Rudi sprang aus dem Wagen und schnappte seine Kamera.

„Spinnst du? Du kannst das Auto doch nicht mitten auf dem Weg stehen lassen!"

„Siehst du irgendwo einen Parkplatz?"

„Nein."

„Ist uns in den letzten Stunden ein einziges Auto begegnet?"

„Nein."

„Na also."

Sie fanden einen kleinen Pfad und liefen los. Der Wald war sehr still. Man hörte Wasser murmeln und ab und zu einen Tropfen fallen. Doch kein einziger Vogel sang, was Paul unheimlich war. Eigentlich hatte er vorgehabt, Rudi ein wenig zu drängen, doch nun nahm ihn der Wald völlig gefangen. Die Bäume wuchsen wild durcheinander, waren teilweise ineinander verästelt, hatten ihre Wurzeln und Zweige durch Felsen gebahnt. Es war ein Abenteuerspielplatz für Erwachsene. Die Bäume wuchsen so dicht, dass der Himmel kaum sichtbar war. Alle Stämme waren von einer dicken Moosschicht umgeben und die Vielfältigkeit der Bäume und Sträucher war überwältigend. Flechten wehten wie Haare von den Bäumen. Wilde Fuchsien setzten farbige Akzente. Die Männer kamen an einen kristallklaren, schäumenden Bach, den sie dank eines praktischerweise umgestürzten Baumes überqueren konnten. Rudi geriet in einen Fotografierrausch und Paul war klar, dass er Rudi weder mit Worten noch mit Gewalt zur Umkehr bewegen konnte. Deswegen versuchte er, zum Zeitvertreib einen Felsen hochzuklettern. Das gelang ihm sogar ziemlich gut.

Rudi richtete die Kamera auf ihn und Paul streckte den rechten Daumen nach oben. „Das Bild maile ich nachher den Mädchen. Sollen die ruhig sehen, dass der Papa es bringt", rief er. Dann kletterte er wieder runter, doch dabei rutschte er ab und plumpste in den Bach. Auch das wurde fotografisch dokumentiert.

„Scheiße!" Er stöhnte, als er sich aufrappelte. „Und lösch das verdammte Bild!"

Rudi grinste.

Paul schmiss sich auf Rudi, umklammerte seinen Hals und ließ Wasser auf die Kamera tropfen.

„Lösch das Bild!"

Rudi erkannte die Gefahr für sein kostbares Gerät und löschte das Bild.

Eine Gruppe Fuchsien wuchs malerisch vor einem Baum. Rudi fotografierte frenetisch und trat immer weiter nach hinten. Dabei trat er auf einen Stein, verlor das Gleichgewicht und stürzte ebenfalls in den Bach. Blitzschnell schoss Paul dazu und fing die Kamera auf.

Als Rudi sich darüber klar wurde, was soeben passiert war, sagte er mit leiser, unendlich dankbarer Stimme: „Danke." Er hatte sich den Knöchel verletzt und schleppte sich mit schmerzverzerrtem Gesicht zum Auto, das nach wie vor unbehelligt und ohne zu stören mitten auf der Piste stand. Dort zogen sich beide Männer um. „Du kannst gegen die Pampa sagen, was du willst, aber nass wirst du dort gewiss nicht", meinte Rudi, während er vor Schmerzen stöhnte und die nasse Kleidung in den hinteren Teil des Autos warf.

Gequält nahm Paul auf dem Fahrersitz Platz, hatte er doch in der Pampa oft genug von den Gefahren nasser Schotterpisten gehört. Vorsichtig fuhr er an, angespannt und hochkonzentriert fuhr er weiter.

„Mann, wann kommt denn endlich mal ein Ort?", stöhnte er, nachdem die Anspannung einer ungeheuren Müdigkeit Platz machte.

Rudi stöhnte ebenfalls, als er schwerfällig nach der Karte griff. „Wir sollten bis Puerto Cisnes kommen. Das ist der größte Ort in der Nähe, und immerhin liegt er malerisch am Fjord."

„Kommen wir noch vor der Dunkelheit an?"

„Ich hoffe es."

Paul fuhr mit glasigen Augen weiter. Die fehlende Erholung der letzten Nacht setzte ihm zu. Endlich kamen Häuser in Sicht. Ein Schild führte sie zu einem Campingplatz, der direkt am Wasser lag.

„Eigentlich möchte ich mal wieder in ein Hotel, aber das gibt's hier wohl nicht", jammerte Paul.

„Und ich hätte gern eine Apotheke und einen Arzt. Mein Knöchel tut verdammt weh!" Rudi humpelte zum Häuschen. Eine ältere Frau erklärte ihm alles. Auf seine Frage, ob es hier etwas zu essen gäbe, erntete er erstauntes Kopfschütteln. Kurz danach kam sie heraus und untersuchte mütterlich Rudis Knöchel. „Stecken Sie ihren Fuß ins Wasser. Das wird Ihnen guttun."

Mühsam erklomm Rudi einen Felsen und streckte den wehen Fuß aus. Das Wasser war so eisig, dass er zurückzuckte. Dann tauchte er ihn nochmal ganz vorsichtig ein und zischte durch die Zähne. In der Zwischenzeit kam die Frau mit einem kleinen Eimer wieder, in dem sich mehrere Bierdosen befanden. „Das ist zwar kein Essen, aber besser als nichts", meinte sie. Das fanden die Männer auch. Als Rudis Fuß vor Kälte gefühllos war, zog er ihn aus dem Wasser. Vorsichtig liefen sie zum Auto.

„Mist verdammter! Die Schlafsäcke sind feucht, weil wir vorhin unsere nassen Klamotten einfach draufgelegt haben."

„Oh, und dabei ist es richtig kühl." Paul war entsetzt. „Ich kann nicht schon wieder eine schlechte Nacht brauchen." Aber es blieb ihnen nichts anderes übrig. Die nasse Wäsche hängten sie an Ästen auf, dann krochen sie resigniert in ihre feuchten Schlafsäcke.

19

Als Paul die Augen aufschlug, hoffte er, dass er sich in einem Traum im Traum befand. Alle Scheiben waren von innen beschlagen, es roch muffig und alles tat ihm weh. Doch er wachte nicht nochmal auf, also musste dies die grässliche Realität sein. Rudi, der noch die Augen zu hatte, stöhnte ebenfalls gequält. Sie öffneten die Heckklappe und blickten auf den Fjord. In diesem Augenblick zog eine Schule Schweinswale vorbei. Ihre Rücken tauchten auf und versanken in schlangenförmigen Bewegungen.

„Wahnsinn! Meine Kamera!" Hektisch schlug Rudi um sich, verfing sich im Schlafsack, löste sich, fand die Kamera und kletterte barfuß und in Unterhosen aus dem Auto. Die besten Motive hatte er schon verpasst, aber er fotografierte den Tieren mit besessener Verzweiflung hinterher, bis sie völlig aus dem Sichtfeld verschwunden waren. Dann lächelte er selig. „Toll, nicht?"

„Du hast es gut", murmelte Paul. „Bist total happy und merkst nicht einmal, dass der Fuß dir wehtun müsste."

Überrascht hielt Rudi inne. „Tatsächlich, die Schmerzen sind weg!"

Sie zogen sich an und räumten auf. Die Kleidung, die sie abends zum Trocknen aufgehängt hatten, war immer noch nass. Sie steckten sie in eine Plastiktüte und breiteten die Schlafsäcke so aus, dass zumindest diese während der Fahrt trocknen würden. Dann machten sie sich auf die Suche nach einem Frühstück. Beide brauchten ganz dringend Kaffee.

„Ay Señores", meinte die Pächterin bedauernd, „hier ist nur ein Campingplatz und kein Restaurant. Aber in Puyuhuapi am Ende des Fjordes gibt es ein deutsches Gasthaus."

Diese Worte elektrisierten insbesondere Paul. Sie stürzten sich auf die Karte. Das Ende des Fjordes war nicht weit, die Straße dorthin schlängelte sich aber ziemlich. Verfroren, unausgeschlafen und mit grandiosen Tierbildern machten sie sich auf den Weg.

„Das sieht ja eigentlich genauso aus wie Kanada", meinte Rudi. „Endlose Wälder, Wasser, Felsen und eine intakte, menschenarme Natur." Zu Pauls Unwillen hielt er immer wieder an und machte Bilder.

„Wenn du so trödelst, geht uns Merle noch durch die Lappen."

„Im Gegenteil. Wenn sie hier irgendwo ist, ist die Wahrscheinlichkeit groß, dass sie auf einem der Bilder ist und dann haben wir sie." Statt die wilde Landschaft zu genießen, studierte Paul die Bilder eingehend, allerdings ohne Spuren menschlichen Lebens zu finden. Nach zwei Stunden kam endlich Puyuhuapi in Sicht. In großen, gepflegten Gärten standen putzige Häuschen mit Giebeldächern und Sprossenfenstern, deren Fassaden über und über mit Holzschindeln versehen waren. Paul durchfuhr bei diesem heimeligen Anblick ein Glücksschauer. Das deutsche Gasthaus hatten sie bald gefunden. Sie nahmen im Frühstücksraum Platz. Viel helles Holz und ein vor sich hinbullernder Kanonenofen ließen Pauls Herz höher schlagen. Die deutsche Eigentümerin brachte ihnen echten Filterkaffee, Brötchen, Wurst und Eier. Wenn sie das geahnt hätten! Hier hätten sie in warmen, trocknen Betten schlafen können, und zum Frühstück wären es zwei Minuten und nicht zwei Stunden gewesen. Rudi war sich da nicht so sicher, denn hier wären ihm die Schweinswale entgangen. Nach dieser Stärkung ging Rudi sofort mit seiner Fotoausrüstung nach draußen, während Paul ganz aufgeregt war, endlich mal Deutsch mit jemandem sprechen zu können, der nicht Paul war. Vielleicht würde er was Neues erfahren.

„Ja, die Frau kenne ich, die war hier", sagte die Gastwirtin. Und dann erzählte sie von Merle und ihrem Liebhaber. Merle hatte ihr ihr Herz ausgeschüttet. Sie war nicht glücklich. Ihr Liebhaber sprach fast gar nicht mit ihr, sondern nur mit seinem Telefon. Zwischendrin benutzte er sie. Die sexuellen Attacken, die sie zu Anfang als berauschend und belebend empfunden hatte, fand sie zunehmend brutal, was zu Diskussionen mit ihrem Begleiter führte. Merle hatte Heimweh, fürchtete aber, alle Türen hinter sich zugeschlagen zu haben. Wenn sie gewusst hätte, wie sie es anstellen solle, hätte sie ihren Liebhaber schon seit einiger Zeit verlassen. So aber sah sie zwischen Bangen und Hoffen dem Tag entgegen, an dem sie mit Ricardo in einer knappen Woche in

Mendoza den Flieger nehmen würde. Wie würde ihre Familie reagieren? Wie ihr Mann? Würde er sie achtkantig rauswerfen? Was würde mit den Kindern passieren? Immer wenn sie darüber nachdachte, wurde ihr schlecht. Dabei hätte sie erst jetzt, nachdem ihre Ehe ernsthaft auf dem Spiel stand, gemerkt, wie sehr sie ihren Mann liebte.

„Ehrlich? Hat sie gesagt, dass sie mich liebt?"

„Auf jeden Fall."

Jetzt war das Paar auf dem Weg nach Ancud, wo Ricardo etwas erledigen musste.

Paul war gerührt und erschüttert. Langsam stand er auf und ging zur Tür. Dann rannte er raus. Rudi hatte sein Stativ aufgestellt, um Stillleben aufzunehmen. Jetzt saß eine dicke, schwarze Katze malerisch auf einem Zaunpfahl. Vor ihr ein riesiger Strauch blauer Hortensien, hinter ihr der Fjord mit den steil aufsteigenden Bergen.

„Rudi!"

Die Katze sprang vom Pfahl.

Rudi schloss die Augen und stöhnte. „Weißt du, was ich an dir so mag? Dein perfektes Timing."

Paul ignorierte die Aussage. Er atmete heftig. „Du, ich weiß jetzt, was mit Merle ist. Ich muss mit dir darüber sprechen."

„Gerne. Sofern ich dich töten darf, wenn du mir wieder ein Tier verjagst."

„Hahaha." Das klang sehr gequält.

Und so schulterte Rudi seine Fototasche. Sie liefen gemeinsam durch die Otto-Übel-Straße in Puyuhuapi, die das Herz dieses kleinen Örtchens war. Sie bewunderten die gepflegten Gärten und die Häuschen mit akkurat an der Fassade befestigten Schindeln, die Rudi in Nahaufnahme fotografierte, denn er hatte gelesen, dass die Schindeln in jedem Ort anders waren. Nach den ockerfarbenen, reizlosen Tagen in der Pampa erschien ihnen diese Landschaft märchenhaft schön, die sich hinter jeder Wegbiegung in einer anderen Perspektive präsentierte.

Paul wollte gern Kontakt zu Merle aufnehmen. Ihr sagen, dass er sie liebte und zurückwollte, dass er sie abholen käme. Das Herz lief ihm über. Rudi mahnte zur Vorsicht. Vielleicht würde Ricardo durchdrehen, wenn Paul sich aus der Nähe meldete, und Merle etwas antun. Er fand es am besten, Merle zu stellen, um sicherzugehen, dass ihr Liebhaber sie nicht versteckte. Sie wollten nun so schnell wie möglich nach Puerto Montt fahren und dort die Fähre nach Ancud auf der Insel Chiloé nehmen, um Merle zu finden. Ein gutes Stück Strecke lag vor ihnen und sie hatten keine Zeit zu verlieren. Rasch wollten sie noch Kaffee und Brötchen im deutschen Gasthof verzehren, aber dort war bereits zugeschlossen und niemand öffnete ihnen.

„So ein Mist! Wer weiß, wann wir wieder was bekommen?"

„Ja, du sagst es."

Seufzend nahmen sie im Auto Platz und fuhren los. Dichte, dunkle Wälder sowie tiefblaue Flüsse und Seen wechselten sich mit den Schlachtfeldern der Holzäxte ab. In der Ferne dominierten schneebedeckte Berge. Überraschend tauchte ein Gasthof am Wegesrand auf, wo sie sich stärkten und erleichtert genügend Vorräte mitnahmen.

„Das ist ja wie die Pampa in Grün. Genauso langsam", jammerte Paul.

„In gewisser Weise schlimmer, denn in der Pampa konntest du den schnurgeraden Straßen bis zum Horizont folgen, aber hier musst du an Pässen und Tälern vorbei."

Beim Fahren wechselten sie sich häufig ab, da beide müde und nicht sonderlich fahrtüchtig waren.

Irgendwann erreichten sie den Ort Chaitén, der direkt am Meer lag. Sie kamen am Hafen vorbei, wo eine Fähre gerade ablegte. Die Stadt wirkte teilweise verlassen, aber die Tankstelle, die sie nun dringend aufsuchen mussten, war in Betrieb. Der Tankwart war sehr dienstbeflissen und guckte nach dem Öl. Er blickte zustimmend auf den Ölpeilstab und steckte ihn wieder hinein. Dann stützte er seine kräftigen Arme auf den Rahmen und besah sich kritisch den Motor. Er fasste an das eine oder andere Aggregat.

„Señores, mit Ihrem Kühler ist irgendwas nicht in Ordnung. Sie können froh sein, dass es hier nicht heiß ist, sonst wären Sie unterwegs liegengeblieben."

„Das kann nicht sein! Den haben wir doch erst gestern reparieren lassen."

„Das hat dann wohl nicht richtig funktioniert."

„Na, dann machen Sie mal."

Nach einer Weile kam der Tankwart auf sie zu. „Ich muss ein Ersatzteil bestellen. Das wird ein wenig dauern."

„Was meint der?", wollte Paul wissen.

„Die Karre ist wohl am Arsch."

„Nein!"

„Doch. Und das Ersatzteil kriegt er in frühestens zwei Tagen."

„Ich raste aus!" Anklagend hob Paul die Hände zum Himmel, um dann seinen Kopf zu umklammern. „Kann ein Mensch so viel Pech haben?"

„Jetzt mach mal halblang." Rudi tätschelte ihm kräftig die Schulter. „Du hast nicht viel Pech. Im Gegenteil: Im Vergleich bist du verdammt gut dran. Nur dass es eben nicht ganz rund läuft."

„Nicht ganz rund, du spinnst wohl! Verloren im Nichts, ohne Frau, ohne Handy, mit schmerzenden Zähnen und Sorgen ums Geschäft!"

„Jetzt hör mal auf mit dieser Platte. Du bist kräftig und gesund und hast Geld. Hör mal mit deinem wehleidigen Gemecker auf."

Paul schwieg beleidigt und ließ seinen Blick über den Ort schweifen, der einen ziemlich verwahrlosten Eindruck machte. Rudi unterhielt sich währenddessen ausgiebig mit dem Tankwart. Irgendwann kam er zu Paul zurück.

„Der Tag ist gelaufen. Wir sollten ins Hotel gehen, denn schließlich brauchen wir beide eine anständige Dusche und eine ordentliche Mütze Schlaf. Missmutig packten sie eine Übernachtungstasche und machten sich zu Fuß auf den Weg.

„Dieses Kaff ist ja echt unter aller Sau", beschwerte sich Paul.

„Das ist wegen des Vulkanausbruchs", erwiderte Rudi. Und dann erzählte er von dem Unglück, dass das Städtchen Chaitén ein paar Jahre zuvor ereilt hatte. Der gleichnamige Vulkan, der mittlerweile wie ein unschuldiger Berg von vielen in der Landschaft stand, brach damals aus. Eine Lawine aus Asche und Schlamm wälzte sich über den Ort hinweg und ergoss sich ins Meer. Manche Häuser wurden mehrere hundert Meter weit ins Meer geschleppt, ebenso wie die Uferstraße, dem einzigen Verbindungsweg zur Außenwelt. Die Stadt war völlig zerstört. Die Regierung beschloss, sie nicht mehr aufzubauen, aber diverse Bewohner wollten sie einfach nicht aufgeben und dieses zähe Völkchen hielt nun die Stellung. Auch im Umland hatte der Vulkanausbruch Verheerungen angerichtet. Wiesen und Wälder wurden unter einer dicken Schicht Vulkanasche begraben, sodass das Vieh und die Wildtiere nichts mehr zu fressen fanden. Das waren ganz grausame Jahre gewesen, von denen sich die Region erst allmählich erholte.

Mit offenem Mund hörte Paul diesen Ausführungen zu. Dem kleinen, schuldigen Berg war eine derartige Zerstörungskraft kaum zuzutrauen. So gelangten sie zum Hotel, das schon eindeutig bessere Zeiten gesehen hatte, aber immerhin waren die Betten trocken. Nachdem sie ihre Zimmer bezogen hatten, gingen Paul und Rudi essen. Danach genehmigten sie sich eine heiße Dusche und einen Mittagsschlaf. Am frühen Abend wachten sie auf und beschlossen, nochmal zur Tankstelle zu gehen, um zu prüfen, ob die Reparatur wirklich notwendig war und irgendwie beschleunigt werden konnte.

„Nein, meine Herren, eine größere Strecke können Sie damit nicht fahren. Und hier in Chaitén sind wir an einem Ende der Welt, das langsam wieder zum Leben erwacht. Die Logistikfirmen haben uns noch nicht so richtig auf dem Radar, deshalb dauert das mit den Ersatzteilen auch so lange."

Diese Nachricht löste unterschiedliche Reaktionen aus. Während Paul entmutigt die Schultern hängen ließ, straffte Rudi diese. Die verfallenen Häuser hatten einen morbiden Charme, der auf Bildern gut zur Geltung käme. Bis zur Dunkelheit war Rudi mit der Kamera beschäftigt und Paul mit dem Handy. Sie gingen in einer Kneipe abendessen, wo sie mit einigen Bewohnern ins Gespräch kamen. Nachdem Rudi ihre Geschichte erzählt hatte, fragte ein junger Mann: „Warum nehmt ihr nicht einfach die Nachtfähre nach Puerto Montt? So verliert ihr keine Zeit."

„Weil sie die sowieso verpassen, du Depp", sagte ein älterer Herr.

„Wie, was für eine Nachtfähre?", wollte Paul aufgeregt wissen. Dann brachen sie überstürzt auf. Die Wahrscheinlichkeit, die Fähre noch zu erreichen war sehr gering, aber ein Versuch war es wert. Im Hotel war die Rezeption nicht besetzt. Paul trommelte nervös mit den Fingern auf der

Theke, bis endlich eine ältere Frau mit einer Lesebrille erschien. Dass die Gäste das Hotel verließen, ohne dort genächtigt zu haben, verwirrte sie. Paul wollte nur zahlen und gehen, doch die Frau verschwand, während sie murmelte, dass sie sich nach dem Nachlass erkundigen müsse.

„Egal, wir zahlen voll", rief Rudi ihr nach, aber sie hörte es nicht mehr.

„Mist! Die haben noch meine Kreditkarte, sonst würden wir einfach abhauen", jammerte Paul. Nach einer Ewigkeit kam die Frau zurück und machte ihnen die Rechnung fertig. Sie rannten zur Tankstelle, sprangen ins Auto und fuhren an den Hafen. Als sie zum Hafentor kamen, hörten sie ein lautes Tuten und sahen die Fähre sich ganz langsam vom Ufer wegbewegen.

„So ein Scheiß! Ich könnte die Alte umbringen", fluchte Paul.

Die alte Frau staunte nicht schlecht, als die Männer wieder im Hotel erschienen. Als Paul in seinem Zimmer war, verdrosch er sein Kopfkissen und weinte dabei.

20

„Meine Zähne nerven mich, aber in diesem elenden Kaff gibt es bestimmt keinen Zahnarzt", klagte Paul beim Frühstück. Er sollte recht behalten, was ihn nicht weiter wunderte. Alles hatte sich gegen ihn verschworen. Während seine Ziele entweder bereits zunichte gemacht waren oder in immer weitere Ferne rückten, blühte sein Reisebegleiter auf seine Kosten förmlich auf. Die ganze Nacht hatte er über den Verlauf der Reise gegrübelt, doch der einzige Verstoß gegen ihr Abkommen war die vermeintliche Reifenpanne am Paine-Massiv gewesen. Oder der Kerl war so raffiniert, dass er selber die anderen Abweichungen nicht bemerkt hatte. Wenn Rudi aber so raffiniert war, warum sollte er am Paine-Massiv plötzlich so plump werden? Er hatte die ganze Zeit überlegt, ob ihn nun Rudi oder das Schicksal übel hinterging, wobei sich die Waage eher zu Rudis Gunsten neigte. Dennoch hatte sich das Hamsterrad in seinem Kopf die ganze Nacht unablässig weitergedreht, sodass er jetzt eher unausgeschlafen am Tisch saß. „Was machen wir jetzt, bis die Fähre geht?", wollte er wissen, während er elend auf den labberigen Toast auf seinem Teller blickte.

„Nun, was mich betrifft, habe ich nicht den mindesten Zweifel, aber wie du das siehst, weiß ich nicht", meinte ein zufriedener Rudi.

„Schon klar. Gibt es wieder was zu fotografieren, oder?"

„Ja, allerdings."

„Hab ich es mir doch gedacht!" Paul schlug mit der Faust in die andere Hand.

„Reg dich ab. Ich habe gestern kein Wort gesagt und bin ohne zu meckern an den tollen Stellen vorbeigebrettert in der besten Absicht, noch bis Vodudahue zu kommen. Wenn die frisch reparierte Karre dann nochmals verreckt und ich dadurch einen Tag gewinne, ist das keine böse Absicht. Sondern Glück. Beziehungsweise Pech für dich."

Paul sagte nichts, aber man sah ihm an, dass er mühsam eine unfeine Explosion unterdrückte. Sie holten das Auto für eine kurze Spritztour ab, nachdem Rudi versichert hatte, dass sie trotz des Ausflugs die Fähre auf jeden Fall erreichen würden und dass er für eventuelle Abschleppkosten aufkäme. Paul schüttelte missbilligend den Kopf. „Wenn wir je die Fähre nicht bekommen, endest du als Hackfleisch."

„Gemach, gemach, junger Mann. Außerdem glaube ich das nicht. Du bist schon mit deinen Zähnen, deinem Handy, deiner Frau und deiner Laune vom Schicksal so hart geschlagen, dass du dir nicht noch zusätzlich einen höchst problematischen Klumpen Hackfleisch aufladen willst."

Paul lief dunkelrot an, sagte aber nichts.

Sie fuhren wieder anderthalb Stunden in die Richtung, aus der sie gestern gekommen waren. Rudi ganz entspannt, Paul ganz angespannt. Schließlich bog Rudi in eine schmale Einfahrt. Nach ein paar Metern erschien ein Gasthaus an einem See, der von Schneebergen umringt war. Pauls erster Impuls war, Erstaunen über diese Schönheit auszudrücken. Aber er nahm sich zusammen, denn es schien ihm taktisch klüger, keine Begeisterung zu äußern. „Hier können wir nachher essen. Ich frage die Leute nach dem Wanderweg. Und zieh dich vernünftig an. Wir machen eine Wanderung durch den Regenwald und gehen dann auf den Yelcho-Gletscher", mahnte Rudi. Paul machte sich fertig und freute sich klammheimlich darüber, dass Rudi nun die unpraktische Kameraausrüstung mitschleppen musste. Bald kam Rudi beschwingt aus dem Gasthaus und sie machten sich auf zum Wanderweg. Unter riesenhaften, mannshohen Rhabarberstauden mit Blättern so groß wie Sonnenschirme betraten sie ihn. Zu seiner Erleichterung stellte Paul fest, dass dieser Regenwald, ganz im Gegensatz zu seinem Namen, trocken war, was ihn doch sehr beruhigte. Rudi hingegen war enttäuscht. Die Nässe machte die Farben intensiver und die Aura geheimnisvoller. Sie kamen gut vorwärts, sodass die Fotopausen kein Problem waren, in denen Rudi die roten Kaskadenblumen vor die Linse nehmen konnte, die wie ein Wasserfall von den Bäumen herunterhingen. Oder die Nalca, dieser gigantische Rhabarber, der sich zwischen die anderen Pflanzen schob und alle gewohnten Größenverhältnisse auf den Kopf stellte. Riesige Farne versuchten, es ihm gleichzutun und entfalteten ihre spiralig eingerollten Wedel.

„Auf, weiter." Rudi scheuchte Paul, der sich in die Betrachtung der Pflanzenwelt vertieft hatte. Erschrocken stellte er fest, dass die Fotopause ihn nicht im Mindesten beeinträchtigt hatte. „Nur keine Hast. Du sagst ja, dass wir massig Zeit haben."

„Eigentlich hast du recht. Dann werde ich mir erst mal ein Zigarettchen gönnen."

Paul verzweifelte an sich. Das Gefühl, dass alles, was er machte, falsch war, hatte sich in den letzten Tagen bei ihm verfestigt und erfuhr steigende Bestätigung. Sie liefen weiter, bis sie an den Fluss kamen. Auf der anderen Seite des Ufers schimmerte weiß der Gletscher.

„Und wie kommen wir jetzt rüber", wollte Paul wissen.

„Im Gasthaus haben die gesagt, dass man über Steine laufen kann. Aber ich seh nichts. Wahrscheinlich führt der Fluss zu viel Wasser." Er suchte einen breiten Uferstreifen ab. An einer Stelle befand sich eine Reihe flacher Steine dicht unter der Wasseroberfläche. Angesichts des Bachsturzes mit Knöchelschmerz vor ein paar Tagen resignierte er. „So ein Mist!", entfuhr es ihm.

Paul freute sich heimlich. Endlich misslang Rudi mal was. Dieser versuchte inzwischen, so gute Bilder wie möglich vom Ufer aus zu machen. Dann packte er enttäuscht wieder ein und sie traten den Rückweg an.

Im Gasthaus ließ Rudi sich ein riesiges Steak bringen und aß dann noch den halben Lachs von

Paul, dessen schmerzendes Zahnfleisch diesem den Appetit verdarb. Während Rudi genüsslich eine volle Gabel Lachs verzehrte, dozierte Paul: „Die Lachse sind hier übrigens ein ziemliches Problem."

Rudi guckte ihn erstaunt an, ohne mit dem Kauen aufzuhören. „Ja. Die haben hier in Chile in den Fjorden riesige Lachsfarmen, und die Fische scheißen echt das ganze Wasser zu."

Rudi hielt mit dem Kauen inne. „Woher weißt du das?"

„Hab ich im Internet gelesen. Ziemlich eklige Sache, das Ganze."

Rudi legte die Gabel ab. „Danke, mein Freund, für dieses erfreuliche Tischgespräch."

„Ich kann doch auch nichts dafür."

„Nein, kannst du nicht." Rudi nahm die Gabel wieder auf und aß weiter. Er ärgerte sich und überlegte fieberhaft, wie er das Ruder wieder übernehmen könne. Dass die Wanderung nicht wie vorgesehen stattfinden konnte, hatte Paul wohl zu gut gefallen. Jetzt musste er sich blitzschnell ein nachmittagsfüllendes Programm ausdenken, damit Paul keine Gelegenheit zur Häme hätte.

„So, und den Nachmittag verbringen wir im Thermalbad", verkündete er, um Paul keinen Raum für eigene Gedanken zu lassen.

Sie fuhren ein kurzes Stück am Río Amarillo entlang, bis sie zu einem einfachen Thermalbad kamen, das mitten im Wald lag.

„Mensch, ist das heiß." Paul zog wieder seinen Fuß aus dem Wasser.

„Ja, die Vulkane heizen gut. Das Wasser dürfte 40 Grad heiß sein."

„Aber das ist doch schlecht für den Kreislauf ..."

„Das behaupten die deutschen Thermalbadbetreiber. In Japan hingegen ist die Brühe bis zu 45 Grad heiß, und du bist doch kein alter Knacker mit Herzbeschwerden."

Doch mit Herzbeschwerden, dachte Paul. *Nur dass diese nicht körperlich bedingt sind.* Vorsichtig stieg er in das Schwimmbecken, und nachdem er paar Minuten im Wasser war, fand er es richtig gut. Er entspannte sich zusehends und dachte nach, wie gut er es doch hatte. Die Leute in Chaitén hatten alles verloren, während sein Leben lediglich einen Schmiss durch einen widerlichen Argentinier bekommen hatte. Es lag an ihm, was er daraus machte, und schließlich hatte er die Entscheidung getroffen, mit diesem elenden Raucher Südamerika zu durchkämmen. Aufgeweicht, gerötet und entspannt verließ er das Bad. Rudi hingegen war relativ schnell wieder verschwunden. Kamera und Zigaretten. Was sonst.

Sie fuhren nach Chaitén zurück. Dort ließen das Auto nochmals prüfen und aßen zu Abend. Dann fuhren sie an den Hafen und warteten auf die Fähre. Als die Ladewand herunterging und die LKW ihre Motoren anstellten, rannte eine Schafherde panisch von Bord, kopflos in den Ort hinein. Zwei Hütehunde liefen hinterher und ver

suchten, Ordnung in den Aufruhr zu bringen.
Bald danach legte die Fähre ab und die Männer bezogen ihre Kabinen.

21

Kalt und neblig war es, als sie in der Frühe anlegten. Fröstelnd suchten sie ein Café auf, wo sie sich ein kräftiges Frühstück mit Eiern, Bratwurst und Kartoffelplätzchen genehmigten. Dann machten sie sich auf den Weg ins Örtchen Pargua, wo die nächste Fähre auf die Insel Chiloé, die Möweninsel, wartete.

„Ach wie schön", meinte Rudi. „Jetzt beginnt die Autobahn." Endlich vernünftige Straßen. Endlich Gas geben. Ich bin die Schotterpisten so was von leid ..."

„Ja, ich auch. Aber wir fahren ja jetzt wieder nach Süden", sagte Paul über die Karte gebeugt. „Ich weiß, dass die letzte Standortbestimmung von Merle Ancud war, aber ich raste aus, wenn sie schon wieder weiter gezogen ist und wir uns nun als Geisterfahrer zu ihrer Reiserichtung bewegen."

Rudi fuhr langsamer. „In zwei Kilometern kommt eine Ausfahrt. Entscheide du."

„Nein. Kann ich nicht. Ich bin in meinem persönlichen Paralleluniversum unterwegs, wo meine bisherigen Verhaltensweisen keinen Bestand haben und wo ich sowieso nur alles falsch machen kann."

„Tja. Aber die Frau in Puyuhuapi hat doch gesagt, dass Merles Stecher etwas in Ancud erledigen musste. Vielleicht sind die zwei noch nicht fertig."

Paul dachte nach. Bisher hatte er übereinstimmend über Merle gehört, dass sie von Ricardos Telefoniererei maßlos genervt war. Er hingegen war von den Fotostopps und den Zigaretten genervt. Er fühlte sich also genau so wie seine Frau. Gleichklang der Seelen. Wenn er seinem Leidensmotiv nachgab, konnte er vielleicht so seine Frau finden? „Gibt es auf Chiloé Fotomotive?"

Rudi lächelte verschmitzt. „Fotomotive, bester Freund, gibt es überall. Sogar in einer Fabrikhalle für Präzisionsbohrer."

Der Kerl konnte es einfach nicht lassen! Paul blieb stumm.

„Also was nun?", bohrte Rudi nach. „Fahren wir weiter?"

„Wir fahren weiter, scheiß drauf."

Nach einer Weile erreichten sie den winzigen Ort, den eine schmale Wasserstraße von der Insel trennte. Auf der gegenüberliegenden Seite konnten sie die bunten Holzhäuschen auf Stelzen erkennen. Bald waren sie auf der Fähre. Rudi ging mit seiner Kamera vor Begeisterung beinahe über Bord, weil im Wasser Schweinswale und Seelöwen miteinander spielten. Kurze Zeit später legten sie auf der anderen Seite an.

In Ancud suchten sie als erstes eine Autowerkstatt auf. Dort musste auf die Ersatzteile nur ein paar Stunden gewartet werden, sodass das Auto bereits am Nachmittag fertig wäre. Die beiden Männer machten sich in ihre Anoraks gehüllt zu Fuß auf den Weg in die Stadt. Auf dem Markt war es noch ziemlich ruhig. Mit Merles Bild auf dem Display liefen sie zu den verschiedenen Ständen und sprachen Verkäufer und Passanten an. Sie ernteten viele Unwägbarkeiten und Unsicherheiten, keine klaren Auskünfte.

„Was für ein Frust." Paul zog ein langes Gesicht. „Vielleicht gibt es hier irgendwo einen gescheiten Kaffee. Es ist ja schon ein Hammer, dass man hier fast überall nur Kaffeepulver kriegt. Und das, wo Brasilien so nah ist." Rudi mochte da nicht widersprechen, wandte aber ein, dass der Markt durchaus einer näheren Besichtigung wert wäre. Das lichte Gebäude aus hellem Holz mit seinen vielen Galerien war sehr ansprechend gestaltet. In Ermangelung eines Kaffees, der ihren Wünschen entsprach, kauften sie sich Cola und gingen an einen Stehtisch, an dem eine Frau mittleren Alters im ärmellosen Kleid Pulverkaffee trank.

„Dürfen wir?"

„Aber ja, gerne." Bereitwillig rückte sie ein wenig zur Seite.

„Na, frieren Sie nicht?", wollte Rudi wissen.

„Frieren? Bald ist Hochsommer."

„Es ist aber verdammt frisch."

„Wärmer wird's hier nicht. Hier ist das Klima rau. Im Herbst, Winter und Frühling regnet es immer, im Sommer nur manchmal. Und da muss ich natürlich jeden regenfreien Tag nutzen, um meine Sommerkleider auszuführen." Sie lachte.

Sie unterhielten sich noch eine Weile über das Wetter, dann zeigten die Männer der Frau Merles Bild.

„Doch, da war was. Mein Sohn hat sich gestern mit seinem Freund getroffen, und der hatte diese Frau dabei. Ich habe mich gewundert, dass er was mit dieser doch etwas älteren Dame hatte, aber heutzutage gibt es ja nichts, was es nicht gibt."

Rudi übersetzte und ließ dabei aus, dass Merle als „ältere Frau" bezeichnet worden war.

Paul schluckte.

„Ja, ja, der Ricardito. Ja, der war gestern mit der Dame hier. Woher kennen Sie denn die Frau?", wollte die Gesprächspartnerin am Tisch wissen. Rudi erzählte die ganze Geschichte.

„Oh mein Gott! Ich möchte vorausschicken, dass seine Eltern ganz anständige Menschen sind. Aber Ricardito, der war schon immer etwas übermütig."

„Wissen Sie vielleicht, wo er jetzt ist?"

„Nein. Aber mein Sohn hat seine Handynummer. Er soll einfach mal kommen und Ihnen erzählen, was er weiß."

Während die Frau ihren Sohn anrief, damit er käme, stieg Pauls Erregung ins Unermessliche. Zum ersten Mal auf dieser Reise ergab sich eine direkte Spur zum Urheber der Reiseroute.

„Mein Sohn kommt gleich. Haben Sie sich schon ein wenig in Ancud umgesehen?", wollte die Frau wissen. Ohne eine Antwort abzuwarten, fuhr sie fort: „Wir Chiloten sind schon ein ganz besonderes Völkchen. Wir sitzen immer im Nassen und im Trüben, doch in unserem Inneren glüht es. Wir sind Weltmeister darin, uns die Dinge zurechtzuspinnen."

Sie erzählte aus dem bunten Universum der Sagengestalten, die aus dem Alltagsleben der Chiloten nicht wegzudenken waren. Vom Trauco, diesem buckligen, hässlichen und bösen Gnom, der sich immer versteckt hält und den man besser nicht aufschreckt, weil seine Blicke töten können. Nichtsdestotrotz übt er einen unwiderstehlichen Reiz auf junge Frauen aus, die er dann verführt. Somit ist er für die unerklärlichen Schwangerschaften verantwortlich, denn die Frauen können nichts dafür, ihm zu verfallen. Oder der Basilisk, der nachts heimlich das Leben seiner Gastgeber aussaugt. Pincoya, eine wunderschöne Nixe, die hauptsächlich ihre Haare kämmt, dabei aber die Fischer schützt und bei guter Laune für einen ausgezeichneten Fang von Fischen und Meeresfrüchten sorgt. Während die Frau mit wachsender Begeisterung das chilotische Universum aus Seepferchen, Einhörnern, Hexen und Zauberern ausbreitete, ertönte aus der Ferne das Knattern eines Mopeds.

„Ah, mein Sohn", unterbrach sie ihre Erzählung.

Der junge Mann kam und grüßte höflich.

„Jorge, denk dir nur, was diese zwei Herren zu erzählen haben." Die Frau schlug die Hände vor der Brust zusammen.

„Kann ich erst mal ein Cola haben?"

Die Mutter seufzte. „Denk an deine Zähne."

Während der junge Mann in gierigen Schlucken aus der Flasche trank, erzählte Rudi ihm die ganze Geschichte.

„Geil", meinte Jorge, zu Paul gewandt. „Sie sind echt seit tausenden von Kilometern unterwegs, um diesem kleinen Wichser ihre Frau abzujagen?"

Paul war völlig irritiert. „Ich denke, das ist ihr Freund. Wieso sagen Sie, er wäre ein Wichser?"

„Man kann doch auch mit einem Wichser befreundet sein, oder?", entgegnete Jorge völlig ernst.

Paul schüttelte irritiert den Kopf. „Na gut. Können Sie ihn aber vielleicht jetzt anrufen und fragen, wo er steckt?"

Jorge zückte sein Handy und führte ein Gespräch. Dann wandte er sich wieder den Leuten am Tisch zu. „Er sagt es mir nicht. Er sagte, er wäre unterwegs. Als ich ihn fragte, wo genau, wollte er wissen, warum ich das wissen will. Ich habe dann lieber nichts mehr gesagt, damit er uns nicht auf die Schliche kommt."

„Können Sie ihn nicht nochmal anrufen und um ein neues Treffen bitten?"

„Okay. Das könnte ich versuchen." Er rief wieder an, doch es war besetzt. Die am Tisch versammelte Mannschaft dachte laut nach, bis die Frau schließlich Paul fragte, warum er nicht einfach seine Frau anrufe.

„Weil ich mein Handy verloren habe."

„Warum kaufen Sie sich nicht einfach ein Neues?", wollte sie wissen.

„Meine Rede, seit er seins verloren hat", warf Rudi ein. „Aber der Mann ist Schwabe, und Schwaben sind geizig. Zumindest dieser."

Paul verstand nicht, was gesprochen wurde, konnte aber erkennen, dass es um ihn ging, und dass es nicht schmeichelhaft war. Er blickte Rudi fragend an. Statt eine Übersetzung anzugeben, meinte er:

„Jetzt kauf dir verdammt noch mal ein Handy und ruf deine Frau an."

„Dafür brauch ich keins zu kaufen, das kann ich auch mit deinem Handy machen. Aber wir waren uns doch aus grundsätzlichen Gründen einig, dass wir das nicht machen wollen."

„Aber die Frau hat recht. Wenn du ein hiesiges Handy kaufst, kennt deine Frau die Nummer nicht. Und wenn sie drangeht, kannst du immer noch überlegen, wie du reagierst."

Paul geriet ins Grübeln. „Jetzt habe ich schon so viel Geld rausgeschmissen, dass es auf ein Handy mehr oder weniger auch nicht ankommt. Also gut, wo ist der nächste Handyladen?"

„Gehen wir ins Geschäft von meinem Freund Javier, der haut Sie auch nicht übers Ohr", forderte Jorge die Männer auf.

Bald darauf war Paul stolzer Besitzer eines neuen Handys, was Rudi spürbar aufatmen ließ. Paul rief seine Frau an, aber ihr Handy war nicht erreichbar.

„Dann gib doch einfach eine Rückrufbitte ein."

Paul drückte brav die Eins.

„Wenn ihr schon hier seid, solltet ihr den Schnurrfelsen kennenlernen", schlug Jorge vor.

„Was für ein Ding?"

197

„Den Schnurrfelsen. Hier haut der Pazifik ja mit voller Wucht rein. Dieser Felsen steht mitten im Meer und schnurrt, wenn der Wind entsprechend stark ist, und das ist ja fast immer der Fall."

„Wir können nicht hinfahren", wehrte Rudi ab, „denn wir haben ja kein Auto."

„Ay, Don Rudi, man hat mir erzählt, dass die Deutschen aus allem ein Problem machen. Dann kommt einfach mein Freund Memo mit seinem Moped und jeder von uns nimmt einen von euch mit."

Jorge griff zum Handy und holte seinen Freund, ehe die Deutschen protestieren konnten. Kurz darauf war sein Freund Memo da. Widerspruch wurde nicht geduldet, und so musste Paul sich zu Jorge und Rudi zu Memo aufs Moped setzen. In einer kurzen, aber rasanten Fahrt fuhren die beiden aus der Stadt heraus und an der Küste entlang. Bald sahen sie den imposanten Felsen an einem makellosen Strand liegen, an den die Wellen mit ungeheurer Wucht anbrandeten.

„Hört ihr es?", fragte Memo.

Doch Paul war in anderen Welten und stierte derartig auf sein Handy, dass die Scheibe zu zerspringen drohte. Trotz dieses unverwandten Blicks klingelte das Handy nicht.

„Im Schnurrfelsen befindet sich ein beachtlicher Schatz, der noch von niemandem gehoben werden konnte", brüllte Jorge gegen den Wind an.

Das wiederum bekam Paul mit, nachdem sein Handy sich trotz schärfster Blicke nicht dazu herabließ, zu klingeln und Merles Rückruf anzuzeigen. Er dachte nach. Ein widerlicher Zwerg, dem Frauen unrettbar verfallen. Ein komisches Tier, das einem heimlich die Lebenskraft aussaugt. Einen Schatz, den man vor sich sieht, aber nicht zu fassen kriegt. Irgendwie passte die Insel zu ihm. Irgendwie war es tröstlich, dass hier allen Leuten so ein Unglück widerfuhr wie ihm. Lange stand er am Strand und schaute auf das endlose, bleigraue Meer mit den weißen Gischtkronen hinaus. Als Rudi ihn nachdrücklich am Arm zog, damit sie weitergingen, hatte er den Eindruck, von sehr weit her aufzutauchen.

„Vielleicht sollten wir an den Strand baden gehen", schlug Jorge vor.

Baden? Pauls Augen weiteten sich vor Entsetzen. „Ich mach höchstens einen Strandspaziergang. Mit Jacke." Die Jungen lachten. Rudi dachte das Gleiche, sagte es aber nicht.

Glücklicherweise wurde der wilde Strand vor ihnen als Bade- und sogar als Spazierstrand verworfen. Die Männer mussten wieder auf die Mopeds, und das Quartett fuhr zurück in die Stadt und durchquerte sie. Bald hielten sie an einem Parkplatz, dessen dichter Randbewuchs ihnen den Blick auf das Meer versperrte. Durch einen dichten Wall aus Thuja folgten sie einem Trampelpfad. Während sie diesen entlangliefen, stierte Paul immer wieder argwöhnisch auf sein Handy, das sich nicht rührte. Dann standen sie vor einem Strand, dessen Meer nicht minder wild zu sein schien, aber der Wind bedeutend schwächer war.

„Doch, doch, die Wellen sind viel flacher", bemerkte Memo. An diesem endlosen, breiten Strand, der durch Felsen unterteilt war, lagen erstaunlich viele Menschen in Badekleidung. Kinder tobten, und selbst die Kleinen gingen mit größter Begeisterung ins eiskalte Wasser. Rudi zog seinen Anorak fester um sich und sie liefen am Strand entlang. Auf einem Felsen saß ein Fischotter und knackte eine Muschel. Reflexartig riss Rudi sein Handy aus der Tasche, um dieses Bild zu bannen. Das erinnerte auch Paul daran, wieder auf sein regloses Telefon zu schauen.

„Vielleicht können wir ja etwas essen gehen?", schlug Memo nach einer Weile vor. Paul zögerte. Wahrscheinlich spekulierten ihre beiden Begleiter auf eine Einladung. Rudi erkannte Pauls Gedanken und stieß ihm den Ellbogen schmerzhaft in die Rippen.

„Ja, eine gute Idee", kam es eine Spur gequält von Paul. Dann schweifte sein Blick über die Strandszenerie vor ihren Augen.

„Was sind denn diese ekligen Bündel, die hier überall herumliegen und die wie riesige, labberige Kauknochen aussehen?"

„Kauknochen?"

„Na ja. Muttis Werner bekommt immer Schweineohren. Die sehen so ähnlich aus, nur viel kleiner."

„Wer ist Werner?"

„Ihr Dackel."

„Wer nennt denn einen Dackel Werner?"

„So hieß mein Vater. Und als der verstorben ist, hat Mutti sich den Dackel gekauft. Aber was ist jetzt dieses komische Zeug?

Werner ist also über den Tod hinaus Muttis Dackel, dachte Rudi. *Hast du Mutti übrigens schon deine neue Handynummer gegeben? Wundern würde es mich nicht.* Dann gab er Antwort: „Das komische Zeug ist Cochoyuyo, eine Art Meeresalgen, die gesammelt und gegessen werden."

„Den Scheiß isst man?"

„Genau. Den Scheiß isst man."

Entsetzt zog Paul die Schultern hoch.

„Mag Don Paul keinen Cochoyuyo?", wollte Jorge wissen.

„Ihr müsst bedenken, dass der Don Paul nicht freiwillig hier ist, sondern vor Heimweh stirbt. Deswegen müsst ihr ein wenig Nachsicht haben", erklärte Rudi. Und zu Paul gewandt: „Pass ein bisschen auf, was du tust. Du solltest die Leute, die dir weiterhelfen können, nicht gegen dich aufbringen."

Paul sagte nichts, streckte aber in seiner Anoraktasche den Mittelfinger heraus.

Mittlerweile waren sie an einem Strandrestaurant angekommen. Die beiden jungen Männer und Rudi bestellten sich Curanto, das sehr sättigende chilotische Nationalgericht aus mehreren Sorten Meeresfrüchten, Fleisch, Huhn, Wurst, Kartoffeln, Kartoffelknödeln und Reibekuchen. Paul hingegen beschränkte sich auf eine Kartoffelsuppe.

Als der Curanto an den Tisch kam, dachte Rudi, dass eine Portion für alle drei gereicht hätte.

Pauls Kartoffelsuppe sah sehr sahnig und cremig aus. In ihr schwamm etwas, was Paul zunächst als weichgekochte Karottenscheiben identifizierte. Bei näherer Betrachtung schien es ihm eher ein Stück rote Nacktschnecke zu sein. Abwartend biss er hinein. Was immer es war, es schmeckte nicht. Es hatte einen starken metallischen Geschmack.

„Was ist das eigentlich?" Misstrauisch wandte er sich an Rudi.

„Seescheide."

„Und was soll das sein?"

„Das ist ein Tier, an dem sich manche Menschen ein Beispiel nehmen sollten. Junge Seescheiden schwimmen im Meer umher und suchen sich ein gutes Plätzchen zum Festmachen. Wenn sie dann Wurzeln geschlagen haben, altern sie nur noch vor sich hin und brauchen ihr Gehirn eigentlich nicht mehr, weshalb sie es praktischerweise verdauen. Ist doch geil, oder?"

Paul zerbiss gerade ganz vorsichtig und argwöhnisch die nächste Seescheide, antwortete dennoch mit halbvollem Mund.

„Na ja. Schmecken tun sie nicht wirklich, auch wenn sie schön orange aussehen."

„Ja, das ist wegen dem Vanadium."

„Vanadium?!" Paul griff blitzschnell nach seiner Serviette und spuckte hinein. „Vanadium? Das nehme ich für die Herstellung meiner Bohrer um sie zu härten! Das ist ein Schwermetall. Bist du sicher, dass diese hirnlosen Viecher nicht giftig sind?" Entsetzt starrte er auf den Teller vor sich. Die beiden jungen Männer kicherten.

Rudi rollte genervt mit den Augen und bat den Kellner um ein zusätzliches Besteck. Er drückte es Paul in die Hand. „Iss. Für dich gibt es hier mehr als genug Kartoffeln in jeder Form." Dankbar nahm Paul diese Aufforderung an.

Als er erleichtert einen Kartoffelknödel aß, meldete sich sein Handy. Vor Schreck ließ er die Gabel fallen. Eine SMS, die er nicht verstand.

„Ach, nur Werbung", meinte Rudi.

Enttäuscht steckte Paul das Handy weg. Am Ende würde er noch wegen der Ankündigung eines günstigeren Tarifs einen Herzinfarkt bekommen.

Sie machten sich auf den Rückweg und kamen dabei an zahlreichen Gärten vorbei, in denen riesige Hortensiensträucher in allen Farben wuchsen. Das Auto war inzwischen repariert. Diesmal richtig, wie beide Männer hofften. Sie verabschiedeten sich von ihren Begleitern und verblieben nach längeren Beratschlagungen so, dass Jorge sich sofort melden würde, wenn er Nachricht von dem flüchtigen Pärchen hatte. Nachdem sie die Karte studiert hatten, kamen sie überein, dass das Pärchen am ehesten nach Norden unterwegs sein würde und dort wiederum Puerto Varas der wahrscheinlichste Aufenthaltsort wäre. Dieses Städtchen am Llanquihuesee war einst von deutschen Siedlern gegründet worden, weswegen es sehr wahrscheinlich war, dass man eine Deutsche dort hinführen würde.

Die beiden Männer fuhren zurück aufs Festland. Diesmal tauchten auf der Überfahrt mit der Fähre keine Tiere auf, obwohl Rudi viel Zeit darauf verwendet hatte, seine Kamera gut zu positionieren. Ohne weiteren Aufenthalt fuhren sie nach Puerto Varas, wo sie Hotelzimmer bezogen. Paul saß noch lange auf dem Bett, zog die Stirn in Falten, stierte auf sein Handy, bis ihm die Augen tränten und dachte darüber nach, wie sehr sein Leben sich in den letzten Wochen verändert hatte und ob er überhaupt noch der Alte sein würde, wenn er zurückkehrte.

22

Paul wurde von seinem Handy geweckt. Doch es war nicht Merle, sondern seine Töchter, die sich nun zum ersten Mal über ihre Elternlosigkeit beschwerten und ihm vorrechneten, wie lange sie schon bei den Großeltern ausharren mussten. Die Großeltern mischten sich auch ins Gespräch ein und machten ihr hohes Alter geltend, das es ihnen zunehmend schwer machte, zwei Teenagermädchen weiterhin angemessen zu erziehen.

„Warum beschwert ihr euch bei mir? Beschwert euch lieber bei eurer Tochter. Sie ist hauptsächlich für die Erziehung zuständig und sie ist auch schuld daran, dass ich nicht zu Hause bin."

„Was glaubst du, wie viele SMS wir ihr schon geschickt haben und wie oft wir versucht haben, sie telefonisch zu erreichen, aber ihr Handy ist normalerweise aus. Alle paar Tage ein paar Bilder und ein paar Liebesgrüße ... so langsam machen wir uns Sorgen. Ja. Bleib da, bis du sie hast. Bring sie zurück!"

Der Tag fing wirklich gut an. Bis auf die widersprüchlichen Forderungen aus Oberrems, sowohl zurückzukehren als auch zu bleiben, blieb sein Handy stumm.

Paul zog die Vorhänge zurück und blieb mit offenem Mund stehen. Gestern waren sie bei Dunkelheit angekommen, sodass er nichts hatte sehen können. Nun bei Tageslicht konnte er den See erkennen, an dessen Ufer sich ein perfekter Vulkan mit einer weißen Schneekuppe erhob. Er schaute sich um. Wenn man sich den Vulkan wegdachte, konnte man sich fast am Bodensee wähnen. Es sah hier wirklich sehr deutsch aus. Er ging ins Nebenzimmer zu Rudi, der schon wieder vom Zimmer aus eifrig fotografierte.

„Von hier oben hat man wirklich einen schönen Blick", begrüßte ihn Paul.

„Na klar, weshalb meinst du, dass ich Zimmer in der obersten Etage genommen habe?"

Auf die Idee, dass sie nicht durch Zufall hier oben gelandet waren, war Paul gar nicht gekommen. Rudi nahm die Kamera mit in den Frühstückssaal, der ebenfalls ein grandioses Panorama offenbarte.

Paul kaute sehr unglücklich auf dem Frühstücksbrötchen herum, das ihm im Gegensatz zu der Kulinarik vom Vortag hervorragend mundete. „Ich muss zum Zahnarzt. Irgendwas geht immer kaputt. Das Auto, ich ..." Unglücklich ließ er von seinem Wurstbrötchen ab und holte sich eine Portion Rührei.

Der Zahnarzt runzelte die Stirn. „Sie sollten Ihre Brücke vielleicht zwei Tage weglassen. Ich weiß, das ist hart, aber sonst heilt diese Stelle nicht."

Paul ließ die Schultern sacken. Warum gerade jetzt, wo es endlich wieder etwas Gutes zu essen gab?

„Ich kann Ihnen natürlich auch eine Betäubungssalbe verschreiben", meinte der Arzt, als er die verdächtig feuchten Augen seines Patienten sah. Paul ließ sich alles mitgeben, was ihm Linderung verschaffen konnte und packte seine Brücke seufzend in die Jackentasche, damit er sie schnell einsetzen könne, falls Merle ihm doch noch irgendwie begegnen sollte.

Wie üblich liefen sie durch Puerto Varas und fragten an allen einschlägigen Touristenstellen, ob jemand Merle gesehen habe, aber in einer Gegend mit vielen Deutschstämmigen konnte keiner eine genaue Auskunft geben, da ihr Aussehen hier nicht weiter auffiel.

„Mist. Was machen wir jetzt?", jammerte Paul, als sie in einem Straßencafé am See saßen.

„Wir können hier sitzen und warten. Oder die Gegend erkunden."

„Warum wundert mich das jetzt kein bisschen?"

„Vielleicht, weil es das einzig Sinnvolle ist, was wir jetzt tun können?"

Paul seufzte tief und riskierte einen Blick auf sein regloses Handy.

Rudi wollte auch auf sein Handy schauen und fasste in seine Jackentasche. „Wo ist mein Handy?" Zunehmend hektisch tastete er alle seine Taschen ab. „Mist! Ich muss es irgendwo liegengelassen haben." Sie verließen eilig das Café und klapperten die zuvor aufgesuchten Stellen in umgekehrter Reihenfolge ab. Das Handy blieb verschwunden.

„Hammer", meinte Paul.

„Ach eigentlich nicht. Chile ist ein armes Land, und so ein Handy ist ein echter Wertgegenstand, den jemand einfach zu gerne haben wollte."

„Und was machst du jetzt?"

„Unverzüglich ein neues kaufen, was sonst?"

„Aber jetzt haben wir kein Bild mehr von Merle. Und die Kontakte und so ..."

„Du hast ja selber ein Handy. Kümmer dich drum."

Paul schnaubte. „In Deutschland ist es jetzt zu spät. Da kann ich nicht anrufen."

„Tja. Shit happens. Und pass gut auf dein Handy auf. Nicht, dass es auch noch wegkommt."

Ein Grunzlaut war die einzige Antwort von Paul, der sein Handy nun so fest umklammerte, dass seine Fingerknöchel weiß wurden.

Nachdem Rudi sein neues Handy gekauft hatte, wobei er es sich nicht verkneifen konnte, Paul darauf hinzuweisen, wie einfach das Leben sein konnte, machten sie sich auf den Weg. Sie fuhren am Südufer des Sees entlang, das intensiv landwirtschaftlich genutzt wurde.

„Offensichtlich taugt dieser See im Gegensatz zu den argentinischen Seen für die Bewässerung."

„Ja, aber allzuviel hat die Bevölkerung nicht davon."

„Wieso nicht?"

„Ich weiß nicht, ob dir aufgefallen ist, wie schlecht das Angebot an Obst und Gemüse auf den Märkten ist."

Nein, es war Paul nicht aufgefallen. Darauf hatte er niemals geachtet.

„Die Qualität der chilenischen Agrarprodukte ist super, aber die beste Qualität wird in die Industrieländer exportiert. Die zweitbeste Qualität wird in die Nachbarländer exportiert. Und das unverkäufliche Zeug bleibt im Land."

„Oh." Betreten schwieg Paul.

Bald kamen sie an eine Weggabelung, die nach rechts wieder in die Wildnis führte. Links von ihnen befand sich nun der steile Hang des Vulkans Osorno, rechts von ihnen der wild schäumende Fluss Petrohué. An einer idyllischen Stelle erfolgte der obligatorische Fotostopp. Eisblaues, wild schäumendes Wasser bahnte sich seinen Weg durch bizarre Lavaformationen und formte Becken, Wasserfälle und Stromschnellen. Paul beschloss gerade eben, das alles auch schön zu finden, als ihn eine Stechmücke stach. Er war sehr genervt. Kaum war das Wetter schön, geschahen solche Dinge. Auch Rudi wurde von diesen Mücken umschwirrt, doch er war derartig mit seiner Kamera beschäftigt, dass er das nicht mal zur Kenntnis nahm. Paul stellte fest, dass er neidisch auf Rudi war. Rudi hatte etwas, in das er sich fast überall leicht und schnell versenken konnte, sodass er das Elend um sich herum vergaß, der Glückspilz. Während ihn selber Pflichten und Kleinklein davon abhielten, das Leben zu genießen. Eigentlich wäre es Zeit, mal wieder nach dem Handy zu gucken. Aber vielleicht sollte er einfach den Augenblick genießen. Zudem war das sowieso eine Gegend, wo es kein Netz gab. Er straffte sich und warf den Kopf in den Nacken. Jawohl! Er würde jetzt einfach mal an nichts denken und das Leben genießen.

Nachdem sie wieder im Auto saßen, meinte Rudi: „Ein paar Kilometer von hier befindet sich der Allerheiligensee. Sein Wasser schimmert smaragdgrün und man kann von dort aus einige Schneeberge einschließlich des Vulkans hervorragend sehen. Ich beeile mich auch."

„Ja gerne, lass dir ruhig Zeit."

Rudi erstarrte. „Was hast du gesagt?"

„Dass du dir Zeit lassen sollst. Die ganze Hektik hat uns bisher nichts genützt und mich nur reizbar gemacht. Ich bin entschlossen, die Schönheit der Orte wahrzunehmen, zu denen du mich führst."

Rudi guckte groß und nickte anerkennend.

Bald waren sie am See und ließen sich über denselben rudern.

„Das Wasser ist ja wirklich irre grün. Woher kommt das?", wollte Paul wissen.

„Das liegt am darin gelösten Kupfer."

„Hm. Die Werkstoffe für Bohrer rufen in der Natur wohl die tollsten Farben hervor. Wie das Wasser dieses Sees oder das Fleisch dieser widerlichen Viecher, die ihr Hirn verdauen."

Paul streckte sich entspannt aus. Er würde es sich einfach gutgehen lassen.

„Wir haben so ein wahnsinniges Glück. Der Vulkan verhüllt sich fast immer im Nebel. Dass wir ausgerechnet an einem der wenigen Tage hier sind, wo das nicht der Fall ist …"

Pauls erster Reflex auf diese Aussage war zu denken, dass im Nebel die Reise sehr viel schneller verlaufen wäre und sie vielleicht schon endlich durch wären. Dann aber versuchte er wieder, sich an dem fabelhaften Panorama zu erfreuen, denn dass sie mehrfach in Schlechtwettergegenden gutes Wetter gehabt hatten, war Rudi nicht anzulasten. Zumindest nicht mit anerkannten wissenschaftlichen Methoden.

Sie legten wieder an und gingen in nahegelegenes Hotel essen. Auf der Tafel draußen stand groß das Wort „Kuchen."

„Das kann ja wohl nicht sein, dass so viele deutsche Touristen hier vorbeikommen, dass die extra Kuchen auf die Tafel schreiben." Paul schüttelte ungläubig den Kopf.

„Nein, es hat damit in der Tat nichts zu tun. Kuchen heißt auf Chilenisch Kuchen."

„Echt?"

„Ja, echt."

Paul bestellte sich zwei Stück Streuselkuchen, die er auch gut ohne Zähne verzehren konnte. Der Kuchen war natürlich nicht so gut wie Muttis Kuchen und auch nicht wie der von der Bäckerei Dickenherr, aber immerhin. Sich die Linke vor den Mund haltend, mampfte er genüsslich das Backwerk.

Gemütlich fuhren sie zurück. Jetzt, nachdem Paul freigiebiger mit der Zeit war, legte Rudi erheblich mehr Fotostopps ein und Paul überlegte sich, ob es ein Fehler gewesen war, Rudi seine neue Philosophie anzuvertrauen.

Als sie wieder in die Nähe von Puerto Varas kamen, meldete sich Pauls Handy. Erschrocken fuhr er hoch. Eine SMS von Jorge, die er nicht verstand.

„Huch, Merle und ihr Stecher interessieren sich wohl nicht für Puerto Varas. Sie sind auf dem Weg nach Valdivia. Aber sag mal, die SMS ist schon um 10:30 Uhr gekommen. Da waren wir noch im Netzbereich. Hast du nicht regelmäßig geguckt?", wollte Rudi wissen.

Paul wurde fast schlecht. Vielleicht waren sie da in der Nähe des Flusses gewesen, wo er wegen des wilden Rauschens das Klingeln nicht gehört hatte. Hätte er seinem Impuls nachgegeben, nachzugucken, hätte er vielleicht beizeiten die Nachricht gesehen. So waren viele wertvolle Stunden verstrichen. Er war ein Experte darin, sich immer selber ein Bein zu stellen. Es war wie ein böser Spuk. Er machte die richtigen Dinge zum falschen Zeitpunkt. Oder die falschen Dinge zum richtigen Zeitpunkt. Es war richtig böse. Er haute sich die Faust auf den Kopf.

„Ich tauge nicht für dieses Leben."

„Ich weiß nicht, wie du darauf kommst, aber ein anderes gibt es nicht."

„Ach Scheiße. Fahren wir halt nach Waldidingsbums."

„Gut. Vielleicht übertreibst du's bloß. Gestern hast du ja gar nichts außer dem Handy wahrgenommen, und heute nimmst du das Handy nicht wahr. Wie wäre es, wenn du zu jeder vollen Stunde guckst und in den restlichen 59:30 Minuten das Leben genießt?"

Paul seufzte tief und sackte zusammen. Rudi hatte recht. Ausgerechnet Rudi. Er griff nach der Karte.

„Meine Güte! Nach Waldidings ... äh Valdivia ist es ja verdammt weit."

„Du vergisst, dass wir auf der Autobahn fahren. Das ist keine große Sache. Wir kommen auf jeden Fall heute noch an."

Ja, die Zivilisation hatte sie wieder. Seit Ushuaia waren sie in einer Parallelwelt unterwegs, und nun traten wieder gewohnte Verhältnisse ein. Paul dachte nach. Eigentlich war es ungemein interessant und erlebnisreich gewesen.

„Eigentlich war die Wildnis toll. Wenn ich meine Merle dabeigehabt hätte, wäre das eine richtig schöne Reise gewesen.

„Dann solltest du vielleicht, wenn du deine Merle wiederhast, eine schöne, weite Reise mit ihr machen."

„Du spinnst. Diesen Zeitverlust kann ich in meinem ganzen Leben nicht aufholen."

Rudi sagte nichts, verspürte aber Mitleid mit Merle.

Sie kamen zügig voran. „Sag mal, hier ist es plötzlich so warm", murmelte Paul, während er seinen Anorak auszog und ihn auf den Rücksitz warf.

„Ja. Auf dieser Höhe fängt der Bergzug an der Küste an, der den Wind und die Wucht des Pazifiks abhält. Da merkst du mal, wie warm es sein kann, wenn man den Wind abschaltet."

„Ja. Echt heftig. Hier ist es ja richtig heiß."

Sie verließen die Autobahn und fuhren am Fluss entlang des Regenwaldes nach Valdivia. Verwöhnt durch das schnelle Fortkommen auf der Autobahn, stöhnten sie ein wenig, wie langsam es nun wieder ging. Es wurde schon Abend, als sie dort ankamen. Sie mieteten sich in einem Hotel ein und bestellten in der Altstadt die berühmte Aalsuppe. Paul ließ sich erklären, woraus sie bestand. Aal, Wurzeln, Kartoffeln, Weißwein und reichlich frischer Koriander. Er verzog das Gesicht.

„Mensch Paul! Statt dass du dich freust, dass du die örtliche Spezialität auch ohne Zähne essen kannst, verziehst du das Gesicht. Keine Seescheiden, keine Kauknochen, keine Bohrermaterialien. Was willst du denn noch?"

„Kannst du denen sagen, sie sollen bei mir keinen Koriander reintun? Das Zeug ist ja absolut ekelhaft. Ich verstehe nicht, wie eine ganze Nation so versessen darauf sein kann."

Bald gab es Suppe mit und ohne Koriander, dazu reichlich kalten Weißwein aus der Region.

Paul schaute wieder auf sein Handy. Nichts. Auch kein Rückruf von Merle. Er rief ihr Handy noch mal an, aber es war aus.

23

Der erste Griff des Tages galt dem Handy, bei dem Paul den Eindruck hatte, es würde seine Aufgaben nicht richtig erledigen. Immerhin funktionierte die Leitung zu Frau Häberle, von der er sich über die geschäftlichen Dinge ins Bild setzen ließ. Franziska mailte ihm Merles Bild von einem riesigen Seelöwen hinter Gittern, vor denen sich Auslagen mit Fisch befanden. Aufgeregt machte Paul sich fertig und rannte dann rüber zu Rudi, dem er das Bild zeigte.

„Damit kann ich nichts mit anfangen. Da müssen wir die Einheimischen fragen."

„Das ist auf dem Fischmarkt", sagte die Serviererin, die ihnen das Frühstück brachte. Eilig brachen sie auf. Bis sie allerdings einen Parkplatz gefunden hatten, verging viel Zeit. „Das Leben wird nicht besser, nur anders", stöhnte Paul.

Schließlich gelangten sie auf den Markt, der direkt am Fluss lag. Die Seite zum Fluss hin war mit dicken Stahlstreben vergittert. Ein riesiger Seelöwe schmiss sich daran und sperrte das Maul auf. Prompt landeten irgendwelche Fischabfälle punktgenau darin. Die Männer erfuhren von den Fischhändlern, dass am Fluss eine Seelöwenkolonie lebte, deren stärkste Exemplare immer um den Vorzugsplatz kämpften, wo einem mundgerechte Fischteile ins Maul flogen. Der Seelöwe war beeindruckend groß, seine nasse Mähne formte einen imposanten Kranz um seinen Hals. Beide

Männer freuten sich, dass zwischen ihnen und dem Tier ein starkes Gitter war. Wahrscheinlich aufgrund schmerzlicher Erfahrungen wohlerzogene Möwen und Kormorane warteten artig darauf, dass sie Happen von den Fischhändlern zugeworfen bekamen, die mit großer Schnelligkeit und Geschicklichkeit die Fische küchenfertig zubereiteten. In großen Holzzubern kämpften Krebse mit zusammengebundenen Zangen verzweifelt darum, ihrer aussichtslosen Lage zu entkommen. Dicke Bündel der essbaren Braunalgen waren daneben gestapelt. Rudi fotografierte, was das Zeug hielt. Ein Verkäufer fand Vergnügen daran und legte Muster aus Fischköpfen, während die Möwen zappelig von einem Bein aufs andere traten.

„Das ist aber total makaber", fand Paul.

„Der Fisch kommt halt nicht als zugeschnittenes Filet auf die Welt."

„Trotzdem."

Ein Krebs plumpste aus dem Zuber und blieb kopfüber liegen, während er vergeblich mit aller Kraft versuchte, wieder auf die Beine zu kommen. Paul wich zurück und ging ein wenig weiter. Er staunte, welch grässliche Kreaturen das Meer hervorbrachte und blickte Rudi leidend an.

„Weißt du was?", meinte dieser. „Geh raus und nimm die nächste Straße links. Das ist die Fußgängerzone. Da setzt du dich in ein schönes Straßencafé, kümmerst dich um dein Handy und wartest auf mich." Diese Idee schien Paul akzeptabel. Er spazierte die Calle Libertad entlang, deren hohe, alte Häuser trotz ihrer Farbenfreude streng wirkten. Er setzte sich in ein Café und bestellte sich ein Cola, weil das mit Sicherheit keine Komplikationen nach sich ziehen würde. Gerade, als er sein Handy aus der Tasche holte, klingelte es. Eine SMS von Jorge, die Paul abermals nicht verstand. Verdammt! Vielleicht war das eine wichtige Info, und Rudi war nicht da. Die Nummer von Rudis neuem Handy hatte er nicht. Er ärgerte sich wahnsinnig, dass er nicht daran gedacht hatte, sich diese Nummer zu besorgen. Hatte Rudi wenigstens seine Nummer? Wahrscheinlich nicht. *Immer sind es die kleinen Dinge*, dachte er. Er überlegte, ob er zum Markt zurückgehen und Paul suchen sollte. Aber am Ende würde das genauso schieflaufen wie in Coyhaique und er müsste wieder eine Nacht allein im Auto verbringen, womöglich noch im Parkverbot. Er trommelte nervös auf dem Tisch herum und bestellte sich das nächste Cola. Als er beim vierten Cola war, kam endlich Rudi.

„Rudi! Guck, was ich für eine SMS bekommen habe."

„Ah, Bonnie und Clyde sind auf dem Weg nach Pucón."

„Wo ist das? Ist das weit?"

„Weiß ich nicht. Guck halt in Google Maps nach."

„Als erstes sollten wir vielleicht unsere Handynummern tauschen. Dann hätte ich dich schon längst angerufen."

Was ein Glück, dass wir das nicht getan haben, dachte sich Rudi. *Die ganzen schönen Bilder, die mir entgangen wären.* Sie tauschten ihre Nummern, dann eilten sie zum Auto.

„Ich schätze, wir sind in zwei Stunden da." Rudi stellte den Rückspiegel richtig ein, dann fuhr er los.

Als sie über die Autobahn bretterten, fiel Paul dankbar auf, dass es dort keinerlei Fotomotive gab. Vielleicht würde sein Leben ab jetzt besser werden. Am frühen Nachmittag erreichten sie den beliebten Badeort Pucón am Villarrica-See. Auch hier sorgte ein schneebedeckter, perfekt geformter Vulkan für eine beeindruckende Naturkulisse.

Während Paul sofort alle Anwesenden befragen wollte, ob sie Merle gesehen hätten, bestand Rudi zunächst darauf, etwas zu essen.

„Ich dreh dir den Hals um, wenn wir wegen deines Essens Merle verpassen."

„Wolltest du nicht gelassener werden und die Dinge einfach auf dich zukommen lassen, statt permanent falsche Entscheidungen zu treffen?"

„Wenn ich permanent falsche Entscheidungen treffe, dann wäre es doch jetzt auch eine falsche Entscheidung, dich essen zu lassen."

„Was heißt „dich"? Hast du etwa keinen Hunger?"

„Du vergisst mein kaputtes Zahnfleisch. Entweder habe ich Hunger oder Schmerzen. Pest oder Cholera. Den Ranzen mit Leckereien füllen, bis es mir so richtig gut geht, kann ich mir nicht erlauben."

„Okay. Dann hilft nur noch Rauchen. Rauchen unterdrückt Hungergefühle. Möchtest du eine?"

Paul schüttelte angeekelt den Kopf. „Ich sehe: ich habe die Wahl zwischen Pest, Cholera und Arschfurunkel."

Rudi pfiff anerkennend durch die Zähne. „Arschfurunkel. So schlimm findest du Rauchen?"

Inzwischen hatten sie eine Terrasse am See erreicht. „Guck mal den Eisbecher, den der Mann dort hat. Nichts zu kauen und kühlend. Das sollte doch für dich passen."

Paul schnaubte verächtlich, nahm aber Platz.

Während Rudi genüsslich sein Steak verzehrte und feststellen konnte, dass auch Paul mit seinem Eis einigermaßen glücklich war, fiel sein Blick auf einige Aufsteller am See, auf denen verschiedene Aktivitäten angepriesen wurden. Darunter befand sich ein Rundflug über den Vulkan Villarrica mit Blick in die rotglühende Magmakammer. Das konnte er sich nicht entgehen lassen! Das würde er machen. Auf jeden Fall. Am liebsten einvernehmlich, ansonsten kriegerisch.

„Weißt du was, Paul? Die bieten hier Rundflüge über den Vulkan in kleinen Flugzeugen an. Vielleicht können wir den Piloten bitten, den Ort von oben abzurastern. Dann sehen wir gleich, ob Merle hier ist."

„Für wie doof hältst du mich? Du willst doch nur fotografieren, und der Depp von der Alb soll zahlen. Nein, Freundchen. Erstens lass ich mich nicht verarschen, und zweitens betrete ich garantiert nicht bei Bewusstsein so eine winzige Konservendose. Mir reicht der Gedanke völlig, nach Deutschland zurückfliegen zu müssen."

„Na gut. Dann bleib unten und frag die Leute. Ich fliege. Ich werde mich aber um meine Kameras kümmern müssen und werde keine Gelegenheit haben, nach grünen Autos Ausschau zu halten. Und davon, dass du zahlst, war keine Rede. Ganz so arm bin ich ja inzwischen nicht mehr. Die letzten drei Wochen habe ich ordentlich verdient."

Es stimmte. Diesem verdammten Fotografen schuldete er mittlerweile eine ansehnliche Summe Geld, die dieser bisher aber noch nicht eingefordert hatte. Außerdem hatte er recht. Von der Luft aus wäre die Suche sehr effektiv.

„Also. Du zahlst den Flug und überlässt mir die Einnahmen eines Tages als Schmerzensgeld, wenn ich mal wieder nur der Dackel war. Sollten wir Merle finden, werde ich mich allerdings sehr erkenntlich zeigen. Es wird sich also auch für dich lohnen, nach grünen Geländewagen zu schauen."

Rudi rief die auf dem Aufsteller angegebene Nummer an, und nach kurzer Zeit fuhren beide Männer auf den Flugplatz. Der Pilot, ein älterer, stattlicher Herr, stand mit einer Zigarette an seinem Flugzeug und schrieb eine SMS. Als dieses Bild in Pauls Bewusstsein sickerte, meinte er: „Nein. Ich fliege nicht mit. Das ist ja Selbstmord. Der mit Zigarette. Ich glaube, ich spinn. Das ist bestimmt verboten."

Rudi sprach mit dem Piloten. Dieser breitete die Arme aus. „Sehe ich aus, als wollte ich sterben?"

„Rudi, du immer noch unreifes Arfloch, was haft du dem erzählt?" Pauls Gesicht wurde schlagartig dunkelrot. Vor lauter Wut vergaß er, seinen Mund zu bedecken und seine Worte sorgfältig zu artikulieren. Jetzt guckte der Pilot in sein purpurnes Gesicht und seinen zahnlosen Mund. Schlimmer konnte es eigentlich nicht mehr kommen. Er hatte sowieso nichts mehr zu verlieren. Also stieg Paul ins Flugzeug, das von innen fast so aussah wie der VW Käfer, den sein Vater gehabt hatte, als er noch ein kleiner Junge war. Er nahm auf dem Rücksitz Platz und Rudi platzierte seine Fototasche neben ihm. Der Pilot und Rudi saßen vorne. Das Flugzeug hob ab, aber Rudi traute sich nicht, hinauszugucken. Eigentlich völlig lächerlich, dass dieser VW Käfer mit Flügeln sich in der Luft halten konnte. Bald hatte das Flugzeug seine Flughöhe erreicht. Paul riskierte einen Blick. Sie waren jetzt überm See. Nur Wasser. Der Pilot unterhielt sich mit Rudi. Dann nahm er sein Handy und schrieb bedächtig eine SMS. Vor ihnen lag der Vulkan. Das Spielchen mit dem Handy machte dem Piloten offensichtlich Spaß. Der Vulkan war schon verdammt nahe und der Pilot sah immer noch keine Veranlassung, nach vorne zu schauen. Irgendwann hielt Paul es nicht mehr aus. „Rudi, sag dem, der soll sich auf den Flug konzentrieren und nicht auf sein Handy."

„Haben Sie Angst?" Der Pilot drehte sich um und sah Paul direkt ins Gesicht.

„Keine Sorge. Ich habe die Lage im Griff." Er tippte weiter auf seinem Handy herum. Gleich würde das Flugzeug in den Berg krachen. Paul schloss die Augen.

„Wahnsinn!" Rudi feuerte geradezu mit der Kamera. Der Pilot legte das Flugzeug auf die Seite. Paul fühlte die Nähe des Todes. Es war nun egal. Deshalb öffnete er die Augen und blickte in rotglühendes Magma in einem kreisrunden Krater, dessen Ränder schneebedeckt waren. So ein Monster hatte die Stadt Chaitén zerstört und er flog drüber. Er hielt den Atem an. Der Pilot richtete das Flugzeug wieder auf, aber nur, um es jetzt auf die andere Seite zu legen. Paul stand kurz vor der Ohnmacht. Dieses schauerliche Tun endete erst, als Rudi dem Piloten sagte, dass er nun genug fotografiert habe.

Als etwas an seinem Knie rüttelte, erwachte Paul aus seiner Duldungsstarre.

„Paul, jetzt musst du die Augen offenhalten. Wir sind gleich wieder über Pucón, und der Pilot wird im Tiefflug in konzentrischen Kreisen über den Ort fliegen."

Rasant verlor das Flugzeug an Höhe und Paul hatte ein Kitzeln in der Magengrube. Das Flugzeug neigte sich abermals auf die Seite und Paul hatte einen freien Blick über Pucón, sofern er die Augen richtig öffnete.

„Da, da ift ein grüner Geländewagen!"

„Tatsächlich."

Rudi sprach mit dem Piloten, der daraufhin das Flugzeug gefährlich in die Nähe des Bodens brachte. Besagtes Auto stand auf einem Hotelparkplatz, der sich in einer Sackgasse befand. Ja, das konnte das Auto sein. Dass es bei einem Hotel geparkt war, passte. Paul war so aufgeregt, dass er seine Flugangst vergaß und nichts dagegen hatte, dass der Pilot im Hotel anrief und sich nach den Gästen erkundigte.

„Sie sind es, mein Freund!" Der Pilot drehte sich um und haute Paul auf den Oberschenkel.

„Wahnfinn, Wahnfinn! Ich bin endlich am Fiel. Ich kann es noch gar nicht glauben!"

„Sagte ich doch", warf Rudi ein. „Und vielleicht solltest du, allen Schmerzen zum Trotz, deine Brücke einsetzen. Mit Zähnen siehst du viel cooler aus, auch wenn es wehtut."

Hektisch kramte Paul nach seiner Brücke und verzog das Gesicht vor Schmerz, als er sie einsetzte. Der Weg zum Flughafen kam Paul unendlich lang vor. Dass sie bald darauf wohlbehalten landeten, nahm er nicht dankbar zur Kenntnis, sondern stürzte aus dem Flugzeug und eilte zum Auto.

„Komm", drängte er Rudi. „Du kannst doch noch nachher mit dem Piloten reden."

„Weißt du was? Der Pilot kommt mit. Ich brauche ja jemanden, der mich dirigiert."

Sie mussten den ganzen Ort durchqueren. Ein paarmal mussten sie warten, während Paul sich die Haare raufte. Der Pilot drehte sich zu ihm um. „Are you fine now?" Paul gab keine Antwort. Er zitterte am ganzen Leib. „Poor guy", meinte der Pilot und tätschelte ihn. Sie erreichten die Sackgasse, wo sich das Hotel befand. Pauls Herz klopfte zum Zerspringen. Hektisch strich er seine Haare und seine Kleidung zurecht. Rudi stoppte am

Hotel. Das grüne Auto war noch da. Er betrat die Rezeption.

Dann kam er wieder. „Deine Merle und ihr Stecher sitzen auf der Terrasse."

Paul stieg so schnell aus, dass er beinahe über die eigenen Füße fiel. Er hastete durch die Lobby und trat auf die Freifläche. Da saß sie ... Ricardo lachte und schäkerte in sein Telefon, sie saß etwas verloren daneben. Er räusperte sich. Dann trat er vor sie.

„Hallo Merle, mei Schneckle."

Merle schaute auf und traute ihren Augen nicht.

„Du?"

„Ja. Ich bin gekommen, um dich zu holen."

Ricardo stand auf. „Lassen Sie meine Freundin in Ruhe."

„Und Sie, Sie verdammter Lump Sie, lassen Sie meine Frau in Ruhe."

Nun stand auch Merle auf. „Ricardo! Lass ihn!"

Ricardo machte ein paar Schritte auf Paul zu, bis er direkt vor ihm stand. Er drohte Paul. Obwohl es überhaupt nicht seine Art war, schlug dieser zu und verpasste Ricardo eine Backpfeife. Ricardo schlug zurück. Paul spuckte Blut und Zähne aus.

„Ricardo, bist du vollkommen verrückt geworden?" Merles Stimme überschlug sich und auch sie fing an, auf Ricardo einzuschlagen.

Rudi und der Pilot trennten die Streithähne voneinander.

Ricardo fluchte vor sich hin, während er mit Rückwärtsschritten die Szenerie verließ.

„Du blutest! Der hat dir die Zähne ausgeschlagen!" Merle war hysterisch und besorgt. „Ogottogott."

Paul musste sich mühsam ein Lächeln verkneifen. Nie im Leben würde er je jemandem verraten, dass er sich extra die nutzlosen Zähne hatte ausschlagen lassen, denn die Möglichkeit, als Gewaltopfer dazustehen, anstatt die missliche Lage mit seinen Zähnen erklären zu müssen, war einfach zu verlockend.

Merle ließ sich auf einen Gartenstuhl plumpsen.

„Paul, Bärle, wie kommst du denn hier her?"

„If kann nift reden."

„Ja, ja, ich weiß."

„Feh auf, bitte."

Merle stand auf. Paul umarmte sie ganz zart, sie umarmte zurück. „If liebe dif."

„Ja, ich auch."

Sie weinten beide. Über Merles Rücken liefen Blut und Tränen und benetzten den Rückenausschnitt ihres Kleides.

Rudi fotografierte. Der Pilot trat mit einem Papiertaschentuch an das Paar heran und tupfte behutsam Merles Rücken ab.

Merle setzte sich wieder und strahlte Paul mit feuchten Augen an.

„Ich finde es irre, dass du da bist. Ich kann es immer noch nicht glauben. Wie kommst du denn nun hier her?"

„Daf muf Rudi erzählen."

„Sofort. Ich muss mich erst darum kümmern, dass jemanden den Piloten abholt."

Merle stand wieder auf und schmiegte sich an Paul. „Du Armer. Tut es weh?"

Paul nickte.

Sie setzten sich beide auf eine Bank. Ganz behutsam näherten sich ihre Hände einander an, bis schließlich die eine in der anderen lag.

Rudi kam wieder. „Wo ist eigentlich Ricardo?"

„Ja. Stimmt. Wo ist er? Nicht, dass er nochmal zuschlägt."

Rudi verschwand wieder und kehrte nach einigen Minuten zurück.

„Ricardo ist abgereist."

„Diefer Lump! Nachher gehen wir mit deinen Bildern zur Polifei."

„Ja, nachher. Jetzt will ich erst mal wissen, wie ihr mich gefunden habt."

Rudi bestellte eine Flasche Rotwein. „Bei der Hitze würde Weißwein besser passen, aber der Rotwein wird deine Wunden desinfizieren", wandte sich Rudi an Paul.

Dann erzählte er. Manches stellte er aus Pauls Sicht nicht richtig dar, aber nachdem Pauls Zähne irgendwo auf dem Rasen verstreut waren, besaß Rudi immerhin genug Feingefühl, den ursprünglichen Zahnverlust und die daraus resultierenden Probleme nicht zu erwähnen.

„Wahnsinn, Bärle." Merle drückte Pauls Hand. Paul fühlte sich unwohl. Musste Merle ihn unbedingt in Rudis Gegenwart Bärle nennen?

Inzwischen war es dunkel geworden. Das Personal klapperte schon laut und vernehmlich. Sie verließen die Terrasse.

Paul ging zu Merle aufs Zimmer.

„Fo, und jetft erfähl du", forderte er sie auf.

„Ach, ich weiß gar nicht, wo ich anfangen soll."

Und dann erzählte sie, teilweise stockend, teilweise weinend, wie ihr die Routine in ihrem Leben einfach zu viel geworden sei. Wie sie was erleben wollte. Wie dieser feurige Praktikant in der Lage schien, alle ihre Sehnsüchte zu stillen.

„Aber hast du nicht an uns gedacht?"

„Pausenlos. Mein Gewissen war von der ersten Sekunde an schrecklich schlecht. Aber irgendwie konnte ich nicht anders."

„Warum hast du mir nie was davon erzählt?"

„Ich habe dir immer alles erzählt, aber irgendwie hat es dich nicht erreicht."

Betroffen schwieg Paul und wischte sich die Tränen aus dem Gesicht.

Der Tag war sehr aufregend und anstrengend gewesen. Es war Zeit, ins Bett zu gehen.

„Was machen wir jetzt?", wollte Merle höchst unsicher wissen.

„Ich kann dich sowieso nicht küssen. Außerdem – du hast ja mit Ricardo geschlafen – also so spurlos stecke ich das nicht weg. Ich muss das alles erst mal verdauen."

„Ja, ich auch. Ich muss erst mal mit mir selber ins Reine kommen."

Jeder kroch unter seine eigene Bettdecke. Sie hielten Händchen und schliefen ein.

24

Merles Haare kitzelten ihn in der Nase. Paul schlug die Augen auf. Er brauchte einen Augenblick, um die Lage wahrzunehmen. Dann überflutete ihn ein fassungsloses Glücksgefühl.

„Fneckle, if freu mich fo."

„Ja Bärle, ich auch. Aber jetzt brauchen wir erst mal einen Arzt für dich."

„Sag bitte nicht Bärle zu mir, wenn der Rudi da ist."

Sie machten sich fertig und gingen strahlender Laune zum Frühstück. In der Lobby stand ein ernst dreinblickender Rudi.

„Das Hotel möchte uns loswerden. Die Schlägerei gestern. Holt euer Zeug, wir frühstücken woanders."

„Euer Auto sieht ja wild aus. Ist es überhaupt fahrtüchtig?", erkundigte sich Merle.

„Keine Sorge. In letzter Zeit war es andauernd in der Werkstatt."

Das beruhigte Merle kein bisschen. Zusammen mit Paul nahm sie auf der Rückbank Platz.

Sie suchten sich ein schönes Restaurant am See, wo Paul mal wieder zu den Rühreiern greifen musste, die ihm längst zu den Ohren herauskamen. Aber das durfte er sich nicht anmerken lassen.

„Ich habe auf die Karte geguckt. Wenn wir ordentlich Gas geben, können wir es heute noch bis Santiago schaffen. Morgen früh kann ich dann zum Zahnarzt, sodass wir noch am gleichen Abend nach Deutschland zurückkönnen."

Merle drehte den Kopf nach links und blickte in die Leere.

Sie brachen auf.

Irgendwie hatte Rudi den Eindruck, dass Merle geknickt war. „Na Merle, freust du dich nicht auf die Heimat und die Kinder?"

„Doch, schon."

„Das klingt aber nicht sehr begeistert ..."

„Ach, egal."

Eine Weile herrschte Schweigen im Auto.

„Mensch, wir müssen den Kindern sagen, dass wir wieder zusammen sind", meinte Paul. Schnell holte er sein Handy raus, setzte ein geheimnisvolles Mona-Lisa-Lächeln auf, drückte die ebenfalls lächelnde Merle an sich und machte ein Selfie, das sie nach Hause schickten.

Minuten später klingelte das Telefon, und Merle sprudelte nur so.

Dann herrschte wieder Stille im Wagen.

„Merle", fragte Rudi nach, „was hat dir denn auf dieser Reise am meisten gefallen?"

Merle bekam einen träumerischen Blick. „Ach, wenn ich nicht während der ganzen Reise so zerrissen gewesen wäre, hätte ich gesagt: der Himmel über der Pampa. Dass man die Sterne überhaupt so sehen kann ... so strahlend, so nah, das war schon einzigartig."

„Und wie sieht's bei dir aus, Paul?"

„Ich habe die Reise nicht gemacht, weil ich Gefallen an irgendwas finden, sondern weil ich meine Frau zurückhaben wollte. Das hat ja wirklich lang genug gedauert. Ich will nur nach Hause und ein echtes Kellerbier aus meiner Lieblingsbrauerei trinken."

Merle wandte den Kopf ab. Ihr Blick war leer. Irgendwie schien sie enttäuscht zu sein.

Die Landschaft änderte sich. Links und rechts der Autobahn wuchsen Eukalyptusbäume in Reih und Glied. Minderwertige Baumplantagen, die den Boden auslaugten und unbrauchbar machten. In den Lichtungen standen die sehr einfachen bis elenden Hütten der hier heimischen Mapuche-Indianer. Im Wagen herrschte wieder eine unangenehme Stille. Bald kam eine Raststätte in Sicht.

„Ich muss pinkeln", meldete sich Rudi.

„Dann geh ich auch mal", äußerte sich Paul. Rudi stellte das Auto ab und beide Herren gingen auf die Toilette. Rudi öffnete seinen Hosenladen. Paul stand neben ihm und machte sich ebenfalls an seiner Hose zu schaffen.

„Du bist ein Vollpfosten in Hochpotenz. Ich bin fassungslos", bekundete Rudi.

„Ich?"

„Ja, du. Oder habe ich mich missverständlich geäußert?"

„Was habe ich jetzt schon wieder getan?"

„Hast du nicht gesehen, wie enttäuscht Merle war, als du gesagt hast, dass du dich am meisten nach Heimatbier sehnst?"

„Entschuldige mal. Du weißt selber, was ich auf mich genommen habe, um meine Frau zu finden."

„Ja. Du durchmisst die halbe Welt ohne Zähne, ohne Telefon und voller Selbstmitleid. Dann findest du sie und knüppelst ihr wie ein Höhlenbewohner eins über und schleppst sie an den Haaren in deinen Bau."

„Du spinnst!" Paul war richtig erbost. Er bedauerte es außerordentlich, dass er mit Pinkeln fertig war, sonst hätte er Rudi angepinkelt. Verdient hatte er es bei seinen Unverschämtheiten auf jeden Fall.

„Dann frag sie doch, wie es ihr geht. Frag sie doch, warum sie sich mit so einem komischen Stecher einlässt, statt mit ihrem Mann das zu erleben, was ihr Freude macht."

„Die kann doch selber reden."

„Vielleicht hat sie aber ein schlechtes Gewissen und traut sich nicht, wichtige Bedürfnisse anzumelden."

„Meinst du?"

„Ja. Hast du vorhin nicht ihr Gesicht gesehen?"

„Nein."

„Du bereitest dem nächsten Stecher eine geteerte Autobahn zu deiner Frau."

„Also jetzt reicht's!"

„Mir ist das sowieso egal. Ich erzähle dir nur, was mir aufgefallen ist und dir wohl nicht."

Abermals bedauerte Paul, dass er nicht mehr in der Lage war, Rudi anzupinkeln. Beide Männer machten sich fertig und verließen die Toilette.

„Ihr habt aber lange gepinkelt", staunte Merle.

Paul saß schweigend im Auto, aber sein Kopf arbeitete auf Hochtouren. Was um alles in der

Welt wollte seine Frau? Alles, was er jetzt mit ihr hätte besprechen können, hätte er gern unter vier Augen gemacht. Ohne Rudi. Aber das ging nicht, also schwieg er. Es war unangenehm still. Dann wollte Rudi wissen, was Ricardo Merle erzählt hatte, wohin die Reise ginge.

Merle erzählte, dass sie gar nicht danach gefragt habe. Sie war ihm einfach gefolgt. Er sagte dann, dass er Freunde besuchen müsse, um ein Geschäft aufzubauen. In Ushuaia habe es ihr sehr gut gefallen, obwohl es zu kalt gewesen wäre. Es war so ganz anders als alles, was sie zuvor im Leben gesehen hatte. Doch dann fing Ricardo an zu telefonieren und hörte nicht mehr auf. Sie war meistens das fünfte Rad am Wagen, wenn er sich mit seinen Kumpels traf. An Kneipentischen flossen reichlich Wein, Bier und Pisco Sour, während sie schweigend und verloren danebensaß. Wenn sie zum nächsten Ort fuhren, zeigte er ihr kurz die wichtigsten Sehenswürdigkeiten. Dann traf er sich mit Leuten bis spät in die Nacht. In der Nacht stürzte sich Ricardo ohne Umstände auf sie und fand sich toll, was sie zunehmend abstieß. Doch das erzählte sie nicht.

„Aber Schneckle, du hast doch immer die Bilder geschickt. Und die Liebesgrüße. Du machtest einen glücklichen Eindruck", brach Paul sein Schweigen.

„Was blieb mir auch anderes übrig?"

„Du hättest das Ganze abbrechen können."

„Ja, aber irgendwie konnte ich das nicht. Ich weiß nicht, wie ich es sagen soll. Ich hatte Angst, wie du reagieren würdest. Und die Kinder. Und meine Eltern. Und die Oberremser. Das wollte ich immer weiter rauszögern. Einerseits wollte ich sofort mit der Sache aufhören, andererseits nie. Das war für mich ein ganz elender Zwischenzustand, den ich mit Würde zu ertragen versuchte."

„Aber du hast doch immer gesagt, dass du bald wiederkommst."

„Ja. Ricardo wollte mit mir auf Umwegen nach Mendoza fahren. Dort wollte er noch was erledigen, dann wären wir zwei wieder nach Deutschland geflogen." Merle fing an zu weinen. „Ich weiß auch nicht, wie ich mich selber in so ein Elend reinreiten konnte." Sie strich Paul über den Oberarm. „Nicht in meinen kühnsten Träumen hätte ich mir vorgestellt, dass du mich holen kommst und mich einfach so zurücknimmst. Das habe ich gar nicht verdient." Sie schniefte.

Paul dachte nach. Ja, was er jetzt machte, war alles andere als selbstverständlich. Aber vielleicht trug er tatsächlich irgendwelche Pinguingene in sich und musste seine Frau wiederhaben, um selber weiterleben zu können.

„Was mich nur wundert", fragte er, „ist wie das Bürschle die ganze Reise finanziert hat."

Merle schlug die Augen nieder.

Entgeistert schaute Paul sie an. „Nein!"

„Es wird noch schwer genug sein, meinen Eltern zu erklären, dass der Bausparvertrag weg ist." Merle knetete ein Papiertaschentuch und riss es in kleine Fetzen.

Paul schluckte. Sein Adamsapfel trat weit hervor.

Rudi bemühte sich, ein ernstes Gesicht zu machen, obwohl er die Situation irgendwie witzig fand. Diese Merle war voll cool.

In der Nähe der Stadt Chillán aßen sie zu Mittag. Paul musste mit einem Avocadosalat zufrieden sein, weil man dafür keine Zähne brauchte. Vor der Raststätte sammelten sich Leute mit Transparenten, die in aufgeheizter Stimmung Busse bestiegen. Teilweise skandierten sie Parolen und beklagten ihre Rechtlosigkeit. Rudi fand schnell heraus, dass das Mapuche-Indianer auf dem Weg nach Temuco waren. Sie wollten gegen den Landraub von Seiten der Regierung protestieren. Die Stimmung war sehr aufgeheizt und Rudi freute sich, dass sie in die entgegengesetzte Richtung fuhren. Nach dem Essen gingen sie nochmal auf die Toilette.

„Was hast du vorhin gemeint mit dem Stecher und der breiten Autobahn?" Paul war sichtlich erregt.

„Ich kenne mich mit Ehefrauen kein bisschen aus. Ich habe lediglich Merles Gesicht gesehen, und wenn ich eine Frau an meiner Seite halten wollte, dann würde ich dafür sorgen, dass sie nicht so gucken muss."

„Und was soll ich jetzt tun?"

„Das fragst du mich?"

„Scheiße, ja. Wen sollte ich denn sonst fragen?"

„Ich würde in so einer Situation meiner Frau jetzt ein paar Tage gemeinsamen Urlaub anbieten. Und zwar dort, wo sie es will."

„Ach, Nachtigall ... Du willst mich nur zu einem weiteren Reiseabschnitt überreden."

„Ich fasse es nicht! Halbdackel. Doppelter Halbdackel. Unser Deal ist gestern zu Ende gegangen, falls dir das noch nicht aufgefallen ist. Du schuldest mir wegen des Autos noch die Fahrt nach Santiago und ein Ticket nach Deutschland. Sonst nichts. Ich habe keinen Grund, dir irgendwas anzudrehen. Im Übrigen kannst du jetzt mal ein bisschen fahren."

Rudi hatte recht. Der Deal war zu Ende. Das war Paul noch gar nicht aufgefallen.

„Unglaublich, was Männer sich zurechtpinkeln", wurden sie von Merle empfangen.

Rudi streckte sich auf der Rückbank aus und schlief ein.

„Merle, findest du, dass ich dich verstehe?"

„Nicht immer."

„Wie?" Paul fuhr beinahe auf das Auto vor ihm auf.

„Nein. Habe ich dir schon gestern gesagt. Ich habe das Gefühl, dass manche Dinge, die ich sage, bei dir gar nicht ankommen."

„Was zum Beispiel?"

Merle zuckte mit den Schultern. „Mir fällt jetzt gerade kein konkretes Beispiel ein."

„Na gut. Dir ist doch die Familie wichtig, oder?"

„Ja, natürlich. Und wie!"

„Und die Firma doch auch."

„Selbstverständlich."

„Und unsere schöne Heimat doch auch, oder?"

„Logo."

„Dann sind dir die gleichen Dinge wichtig wie mir."

„Ja."

„Dann verstehe ich dich nicht."

„Wie?" Merle guckte fragend.

„Na ja. Dass du mit diesem Lump abgehauen bist."

Merle schwieg eine Weile.

„Also, ich versuche es noch einmal", sagte sie. „Ich kann den Urlaub in Tirol nicht ab."

„Wieso? Es ist schön da, und es ist nicht weit."

„Ich glaube dir gerne, dass es dir gefällt. Aber mich ödet es so richtig an."

Paul schien verwirrt. „Warum hast du mir das nie gesagt?"

„Ich habe es dir immer gesagt."

„Nein."

„Doch."

„Nein!"

„Doch!"

Rudi schreckte von der Rückbank hoch. „Ist was?"

„Nein."

„Doch. Jetzt unter Zeugen. Rudi, hör bitte gut zu. Ich hasse Tirol! Ich liebe meinen Mann, meine Familie, unsere Firma und unsere Heimat. Aber manchmal wünsche ich mir, den Urlaub woanders zu verbringen. Etwas Neues zu sehen, was nichts mit meinem Alltag gemein hat."

„Siehste?", sagte Rudi.

Paul überlegte fieberhaft. Wann hatten Merle und Rudi Gelegenheit gehabt, etwas gemeinsam auszuhecken? Ihm fiel keine Gelegenheit ein. Dann merkte er, dass die Pause zu lang war, um zu parieren. Also schwieg er und ärgerte sich.

„So, Merle. Und jetzt lass doch deinen Göttergatten wiederholen, was du gesagt hast", meinte Rudi. „Danach wissen wir, ob er dich verstanden hat."

Paul schwieg weiter.

„Also, eigentlich finde ich Rudis Idee nicht schlecht. Wir könnten in wesentlichen Dingen immer den anderen wiederholen lassen, was der eine gesagt hat. Möglicherweise ist das der Schlüssel zum Verständnis."

Paul schwieg beharrlich weiter.

Merle tippte ganz leicht an Pauls Ellbogen. „Ich wollte nur fragen, ob du verstanden hast, was ich vorher gesagt habe."

Paul gab einen Knurrlaut von sich, ehe er sich zu einer Antwort bequemte. „Tirol ist dir nicht gut genug."

Merles Gesichtszüge sackten nach unten.

„Das klingt so, als würdest du mich für eingebildet halten und nicht, als würdest du akzeptieren, dass ich da andere Bedürfnisse als du habe."

„Also gut. Dann sag halt, wo du hinwillst und fertig!"

„Nein. Ich will ja auch, dass du zu deinem Recht kommst."

„Mein „Recht" ist Tirol. Und jetzt?"

Merle, die vor Kurzem noch so dankbar gewesen war, dass ihr Mann sie aus einer Situation gerettet hatte, in die sie sich völlig verrannt hatte, überlegte, ob sie nicht doch genug Grund gehabt hatte, woanders nach ihrer Erfüllung zu suchen. Das Ergebnis war zwar Mist, aber der Versuch vielleicht legitim. Sie versuchte ruhig zu bleiben und senkte den Blick.

„Und wenn wir jedes zweite Mal nach Tirol fahren und ich dazwischen das Urlaubsziel bestimmen darf?"

Paul schnaubte. Insgeheim musste er zugeben, dass das fair klang. Und dass es ihm nicht behagte.

„Nun, ich habe auf dieser Reise nichts als Ärger gehabt. Auf so was lege ich nicht so viel Wert."

„Ich war ja auch nicht dabei", warf Merle schlagfertig ein."

„Mann, du hast auf dieser Reise so viel gesehen und erlebt, dass man glatt ein Buch darüber schreiben könnte. Aber du erinnerst dich nur an die düsteren Stunden", mischte Rudi sich ein.

Paul schnaubte abermals.

„Ich habe bis jetzt 5237 Bilder gemacht. Und jedes erzählt eine Geschichte", fuhr Rudi fort.

Bald machten sie neuerlich Pause an einer Raststätte und verschwanden wieder auf den Toiletten. Abermals standen Paul und Rudi zusammen am Pissoir. „Weißt du was?", fing Rudi an, „du hast damals beim Paine-Massiv zu mir gesagt, dass ich ein unreifes Arschloch wäre. Das hat mich sehr getroffen. Vor allem, weil es wahr war. Seitdem habe ich mich ziemlich gut benommen, dafür dass ich so einen Miesepeter im Schlepptau hatte. Und heute muss ich dir sagen, dass du ein unreifes Arschloch bist."

Als sie herauskamen, hielt Merle einen giftgrünen Becher mit Trinkhalm in der Hand. „Hier gibt's Smoothies zu kaufen. Genial für dich, Bärle. Gemüse zum Trinken."

Paul zog am Trinkhalm und dachte bei sich: *Babykost für Erwachsene. Und keiner merkt's.*

Sie fuhren weiter. Bevor das Gefühl eines bohrenden Gesprächsbedarfs aufkommen konnte, schauten sie sich Rudis Bilder an und erzählten sich gegenseitig Anekdoten aus den letzten drei Wochen. Man ahnte schon die Nähe der Hauptstadt. Es wurde immer hektischer, der Verkehr lief stockend. Sie quälten sich durch einen zähen Städtebrei in die Innenstadt und gingen müde ins Hotel.

Merle schlief schon. Paul schaute seine Frau an. Wunderschön. Wie ein Dornröschen. So sanft, so weich, so gut duftend. So begehrenswert. Sehr begehrenswert. Eigentlich sollte er sie wie der Prinz wachküssen und lieben, auch weil er schon seit längerem unter einem Triebstau litt, der ihm erst so richtig bewusst wurde, als seine Frau unschuldig hingegossen im Bett lag. Aber konnte ein

Mann ohne Zähne überhaupt ein Prinz sein? Wäre er nicht vielmehr ein ekliger Frosch, von dem jede Prinzessin sich voller Entsetzen abwenden würde? Konnte er es riskieren, seine Frau ohne Zähne wachzuküssen oder würde sie dann gleich nach dem nächsten Argentinier Ausschau halten? Paul grübelte und grübelte, während seine Lust immer stärker wurde. Wer konnte ihm helfen? Den Gedanken an Rudi verwarf er, bevor er ihn fertig gedacht hatte. Wen konnte er fragen? In Deutschland graute bereits der Morgen. Mutti? Nein. Er hatte zwar viel Vertrauen zu ihr, aber es gab entschiedene Grenzen. Was tun? Er fragte das Internet. Eine Antwort fand er aber nicht wirklich, doch beim Stöbern stieß er auf das Forum einer großen Frauenzeitschrift. Er meldete sich mit dem Nickname „zahnlosertiger" an und schickte seine Frage los.

Kurz darauf kam die erste Antwort von Bine38:

Uaah! Das wäre für mich ein absolutes NoGo. Ich frage mich, wie man überhaupt draufsein muss, um so eine Frage zu stellen.

Minuten später meldete sich DieEinsame:

Wenn man sich wirklich liebt, ist das sowas von egal. Man kann doch Liebe nicht an fehlenden Zähnen festmachen.

Paul las diese Aussage mit feuchten Augen. Da trudelte schon die nächste Antwort von Nikkii ein:

In welchem Bundesland sind eigentlich Ferien, das die Trolle schon wieder unterwegs sind?

Kas_Sandra schrieb dazu:

nur weil dir die frage nicht past jemand gleich trollereien zu unterstellen ist eine unverschämt-heit!!![1]

Es entspann sich eine sehr lebhafte Diskussion darüber, ob „zahnlosertiger" nun ein Troll sei oder nicht.
Mist! Aus dem Forum bekommt man keine vernünftige Antwort, dachte Paul. Er verschwand im Bad, um sich Druckerleichterung zu verschaffen, bevor er höchst unzufrieden in den Schlaf fiel.

25

„So, wir müssen mal Tacheles reden", sagte Rudi, während Paul lustlos in seinem Rührei herumstocherte. „Ich habe mich schon nach dem besten Zahnarzt der Stadt erkundigt und bringe dich nachher hin. Danach kläre ich einige organisatorische Dinge. Wahrscheinlich bist du dann vom Zahnarzt so fertig, dass du deine Ruhe willst und ich deiner liebsten Merle Santiago zeigen würde, wenn sie es möchte."

Merle lächelte erfreut.

„Die Flüge. Ich fliege jetzt nicht nach Deutschland zurück. Ich werde erst noch ein paar Tage in der Atacama-Wüste verbringen und fliege erst am Dienstag heim. Soll ich für euch Tickets für den Flug besorgen oder wollt ihr die Gelegenheit nutzen, fern von Tirol ein paar Tage gemeinsam Urlaub zu machen?"

„Ich muss in die Firma. So schnell wie möglich. Unbedingt."

Merles Züge verdüsterten sich.

„Merle, wir lassen Paul nach Hause fliegen und du kommst mit mir in die Wüste." Rudi strahlte Merle an und zwinkerte ihr zu.

Paul pumpte entsetzt seinen Oberkörper auf und atmete schwer.

„Aber wenn Paul es sich anders überlegt, nehmen wir ihn gerne mit."

Merle lächelte zaghaft. „Wo ist das und was gibt es denn da?"

Rudi erzählte von der trockensten Wüste der Welt, die sich zwei Flugstunden nördlich von Santiago befand. Es gab dort Vulkane, Gebirge, Salzseen, Geysire und die klarste Luft der Welt. Siebzig Prozent aller astronomischen Einrichtungen befinden sich in dieser Wüste. „Der Himmel ist nirgendwo besser zu sehen. Wenn er dir in der Pampa so gut gefallen hat, wirst du hier eine deutliche Steigerung erleben."

Merles Augen leuchteten.

Dieses Leuchten, beschloss Paul, *muss mir gehören.*

„Also gut, wir fahren mit." Er haute mit der Faust auf den Tisch.

Merle drückte ihm einen Kuss auf die Wange. „Ich hoffe nur, dass die Kinder uns das nicht übel nehmen." Sie schickte eine Nachricht mit den Reiseplänen nach Hause.

Julia antwortete sofort:

Cooooooooooooooooooool <3 <3 <3

Merle strahlte nun über das ganze Gesicht und Paul stellte fest, wie schön Zähne doch sein können. In gewisser Weise freute er sich auf den Zahnarzt. Rudi buchte einen Flug für alle drei am späten Nachmittag nach Calama.

Der Zahnarzt runzelte die Stirn. „Wenn das gut werden soll, wird das sehr zeitaufwendig. Dann muss der Señor den ganzen Tag in der Praxis verbringen und mit langen Wartezeiten rechnen."

Paul schreckte das nur wenig. Beim Zahnarzt war er sicher. Lauter erprobte Abläufe in erprobter Umgebung. Dazu kämen höchstens beherrschbare Schmerzen und ein Kieferkrampf. Danach könnte er wieder die Frau seines Lebens küssen, die an seine Seite zurückgekehrt war. Er tätschelte Merles Wange und wünschte ihr einen schönen Tag.

Rudi hastete mit Merle raus. Viel Zeit blieb nicht, die Stadt zu erkunden. Es war brütend heiß. Rudi fluchte innerlich über seine schwere Fototasche. Auf der Plaza de Armas setzten sie sich auf eine Bank. Auf dem weitläufigen, von Araukarien und Palmen begrenzten Platz herrschte eine fast dörfliche Atmosphäre. An den Tischen spielten Leute Domino und Karten, wenngleich die meisten von ihnen irgendwo saßen oder umherschlenderten und mit ihren Smartphones spielten.

„Also, wenn Buenos Aires Paris gleicht, dann gleicht Santiago London", meinte Rudi.

„Ach, London .... da würde ich mal so gern hinfahren, aber der Paul will nicht." Merle hatte einen verträumten Gesichtsausdruck.

„Dann droh ihm doch einfach mit einem kernigen, jungen Mann."

„Oh nein! Der verdammte Kerl hat mich nur ausgenutzt. Und dem Paul das Gebiss zertrümmert!"

„So muss aber nicht jeder sein, und als Drohkulisse taugt das, selbst wenn du es nicht umsetzen willst."

Merle dachte nach, während ihre Augen feucht wurden. „Ja. Ich muss mich erst mal an den Gedanken gewöhnen, dass ich mein altes Leben wiederhabe und sogar noch ein bisschen mehr. Dir vielen Dank, dass du die Reise in die Wüste durchgesetzt hast. Das finde ich so was von klasse ...."

„Dein altes Leben hast du nicht wieder."

„Wieso nicht?"

„Du hast ein ähnliches Leben wieder. Aber das, was ihr beide die letzten drei Wochen erlebt habt, hat bei euch beiden Spuren hinterlassen. Es wird so ähnlich wie früher sein, aber vielleicht sogar ein bisschen besser."

„Du redest so klug."

Rudi wurde rot bis unter die Haarwurzeln. Dass jemand seine Worte als klug empfand, machte ihn schwindlig.

„Weißt du übrigens, wohin dein Paul wollte, als wir im Herzen Buenos Aires waren?"

„Nein." Merle blickte Rudi neugierig an.

„Ins Starbucks."

Merle lachte. „Das sieht ihm ähnlich."

Sie gingen weiter. Rudi fotografierte das große, gewollt zerbrochene Mapuche-Denkmal. Sie schauten sich die Kathedrale an, in der es erstaunlich kühl war.

„Du könntest dir ja einen Job außerhalb der Firma suchen", sagte Rudi, als sie durch enge Straßen nach Süden liefen. „Vielleicht hättest du da Möglichkeiten, zu reisen und was zu erleben", meinte er, während er dachte: *ohne auf deinen alten Sack angewiesen zu sein.*

Merle gab lange keine Antwort. „Daran habe ich überhaupt nicht gedacht. Irgendwie bin ich so mit der Firma verwachsen ..." sagte sie nach einer Weile. „Ich staune", sprach sie weiter, „was du so alles sagst. Als hättest du Partnerschaftscoach gelernt."

Rudi wurde abermals rot.

„Warum hast du eigentlich keine Frau?", wollte Merle unvermittelt wissen.

Auf einen tiefen Stöhnlaut folgte: „Ich weiß nicht. Wahrscheinlich ein zu großes Freiheitsbedürfnis."

„Ah ja. Aber wo wohnst du eigentlich?"

„Gemeldet bin ich in Mittenwalde."

„In Mittenwald?"

„Nein, Mittenwalde. Ein winziges Kaff im Süden von Berlin. Ich hatte zuerst eine voll geile Wohnung in der Prenzlauer Allee, aber dann gingen die Mieten dort so hoch, dass ich nicht bleiben konnte. Eine Bekannte hatte eine leerstehende Einliegerwohnung in Mittenwalde, und tja ... Aber es ist egal, weil ich sowieso fast nie da bin."

„Wieso, wo bist du denn, wenn du nicht gerade in Südamerika bist?"

„Na, zum Beispiel in Oberrems. Oder sonst wo, wo ich einen Auftrag bekomme. Ich lebe dann eine Weile in einer Pension, zieh mein Ding durch und fahre wieder nach Mittenwalde in der Hoffnung, dass ich bald wieder einen Auftrag bekomme."

„Das hört sich ja nicht so toll an. Und wenn du deine eigenen Vorschläge beherzigst und eine andere Arbeit anpeilst?"

„Geile Idee. Aber ich kann nur fotografieren. Und ich rauche. Und bin über vierzig. Ich werde weiter kämpfen müssen, und dieser Kampf wird jeden Tag schwerer. Diese Reise wird als absolutes Highlight in meine Annalen eingehen."

„Das glaube ich dir. Was wird aber aus deiner Zukunft? Deiner Rente?"

„Rente?" Rudi lachte bitter. „Ich denke einfach nicht darüber nach, sonst werde ich verrückt. Ja, je älter ich werde, desto neidischer werde ich auf Beamte. Oder auf Schwaben."

Sie liefen mittlerweile durch enge Straßen mit Kopfsteinpflaster. Vor einem imposanten Haus mit einem kunstvoll geschnitzten Tor blieben sie stehen.

„Schön ist es hier", meinte Merle.

„Gell, es sieht schön aus. Ist es aber nicht. Diese Straße ist Horror, und dieses prächtige Haus ein Folterkeller. Guck mal auf den Boden. Dann siehst du die Stolpersteine mit den Namen aller Leute, die hier während der Militärdiktatur zu Tode gefoltert wurden." Rudi fokussierte seine Kamera auf eine der Metallplaketten im Pflaster: „Carlos Alberto Cuevas Moya, 21 Jahre, Kommunistische Partei."

Betreten stand Merle daneben und sagte während der ganzen Zeit kein Wort.

„So, jetzt gehen wir wieder über zu fröhlicheren Themen", sagte Rudi eine Spur zu forsch, eine Spur zu laut. Merle schwieg noch immer.

Bald standen sie am Fuß eines Hügels, den sie nun erklommen.

„Himmel, was ist es heiß hier", jammerte Merle. „Ich hoffe, es gibt bald was zu trinken zu kaufen, sonst kippe ich um."

„Ja, das haut richtig rein", stöhnte Rudi.

Sie erfrischten sich an einem Springbrunnen, der von Palmen gesäumt wurde. Nachdem sie sich ein wenig ausgeruht hatten, nahmen sie den letzten Abschnitt zur Kapelle auf dem Gipfel in Angriff.

Endlich waren sie oben auf dem Hügel, von dem man einen Blick über die ganze Stadt hatte.

„Ganz schön dunstig", meinte Merle.

„Das ist Smog."

„Oh!"

Sie schauten auf eine moderne Stadt voller Wolkenkratzer herab. Die schneebedeckten Anden im Hintergrund waren in der graubraunen Luft nur schemenhaft auszumachen.

„Erstaunlich", meinte Merle. In Buenos Aires war die Luft viel besser, dabei dürften beide Städte doch gleich groß sein."

„Buenos Aires heißt „Gute Lüfte", und tatsächlich wird diese Stadt permanent von frischen Luftströmungen durchgepustet, sodass dort die Luft immer sauber ist. Hier passiert das Gegenteil. Die Luft sackt ab, die Winde wehen darüber hinweg."

Bald gingen sie wieder hinunter und wandten sich dem Künstlerviertel Bellavista zu, das durch seine sehr bunten Häuser gekennzeichnet war. Auf den Terrassen der zahlreichen Cafés saßen Leute, die lebhaft miteinander diskutierten. Auf einer sehr ansprechenden Terrasse nahmen die beiden Deutschen Platz. Merle probierte Rinderzunge mit Avocadomus, Rudi Meeresfrüchte mit Kartoffeln.

„Ich muss noch mal auf die Sache mit deiner Rente zurückkommen. Sich einfach keine Gedanken darüber zu machen, das bringt's doch nicht."

„Ja, da hast du völlig recht. Aber was soll ich tun? Das Leben ist kompliziert. Du hast dir Gedanken gemacht und bist ins Schleudern geraten. Zum Glück hat sich bei dir alles irgendwie gefügt. Aber was sollte sich bei mir fügen? Ich mache weiter, bis es nicht mehr geht." Rudi sah sehr bedrückt aus, während er sich eine Zigarette anzündete.

„Dann genieß wenigstens die Zeit, solange du noch hier bist."

„Ja. Ja genau, das sollte ich tun. Am liebsten würde ich sofort mit meiner Kamera rumrennen, denn viele Häuser sind mit Bildern, Graffitis und politischen Bekenntnissen versehen. Aber du musst dich ja auch ein bisschen ausruhen."

„Ich sitze hier wunderbar. Geh einfach, ich bleibe hier sitzen und passe auf deine Fototasche auf, während du fotografierst."

Manchmal ist so eine Frau verdammt praktisch, dachte Rudi, während er mit einem „Danke" entschwand.

Musst du arg leiden, Bärle?

Merle drückte auf die „Senden"-Taste ihres Smartphones.

Ich habe eine Maulsperre, aber sonst geht's mir gut, was machst du?

kam nach wenigen Minuten zurück.

Bei Kaffee und Kuchen unterhielt sich Merle per Kurznachricht mit ihrem Mann.
„Wahnsinn! In diesen Straßen könnte ich Wochen verbringen." Rudi war von seiner fotografischen Ausbeute begeistert. „Ich wäre gerne noch geblieben, aber die Zeit wird uns knapp."
„Ja, der Paul ist auch schon fertig", begrüßte ihn Merle.
Sie holten Paul ab, der sie hungrig und durstig, aber mit einem strahlenden Lächeln begrüßte. Während er wartete, hatte er eine ganze Serie Selfies von seinen neuen Zähnen gemacht.
Sie holten ihr Gepäck und machten sich auf den Weg zum Flughafen. Paul rief sich immer wieder ins Gedächtnis, dass er nicht nur einen Flug in einem lächerlich kleinen Fluggerät überstanden hatte, sondern dass dieser Flug sogar sein

Weg ins Glück war. Mannhaft stieg er in das Flugzeug, betont lässig nahm er Platz.

Die Landschaft unter ihnen wurde immer vegetationsärmer und nach einer Stunde hatten sie beinahe das Gefühl, über den Mond zu fliegen. Ockerfarbenes Gestein mit weißen Einsprengseln. Die heftige Bergbauaktivität hatte Spuren in der Erde hinterlassen, die von Weitem wie Wunden aussahen. „Da holen die das ganze Zeug aus der Erde, aus dem deine Bohrer gemacht sind", warf Rudi ein.

"Wieso, was holen die denn da raus?"

„Gold, Silber, Kupfer, Salpeter, Lithium"

„Na, das hilft den Bohrern nicht so wirklich weiter."

Das Flugzeug landete in Calama. Von dort nahmen sie ein Taxi nach San Pedro de Atacama. Nackter, ockerfarbener Fels. Windstille. Einzig die Straße, die zu beiden Seiten mit Plastikabfällen garniert war, ließ sie spüren, dass sie auf der Erde waren und die Zivilisation nicht weit weg sein konnte. In der Ferne tauchte aus Erdspalten heißer Dampf empor. Am Horizont erhoben sich Berge, die durch ihr wechselndes Farbenspiel beeindruckten.

Schließlich waren sie in der Oase San Pedro, die sich in verschiedene Ayllus, genossenschaftliche Dorfgemeinschaften, aufteilte. Vor einer kleinen Pension stiegen sie aus. Ein Tor aus ockerfarbenem Stein führte hinein. Rechts befanden sich eine große Terrasse und Wirtschaftsräume und geradeaus mehrere kleine Bungalows mit

Lehmdächern. Hinter den Bungalows schlängelte sich ein Weg entlang, der zu mehreren Gebäuden führte. Ein Mann mit Hut und Zigarre kam, was Paul sofort missfiel.

„Guten Abend, ich bin Don Jacinto und heiße Sie auf meinem Gut herzlich willkommen."

Sie bezogen ihre Zimmer. Vor dem Abendessen rasierte Paul sich sehr sorgfältig und duschte gründlich. Jetzt, mit seinen neuen Zähnen, konnte er endlich seine Prinzessin verführen.

Zum Abendessen gab es Maiseintopf mit Huhn. Don Jacintos Tochter, Lucinda, servierte. Mittlerweile waren die Sterne aufgegangen. Der Blick nach oben war überwältigend. Obwohl der Himmel tiefschwarz war, wurde es nicht richtig dunkel. Zu hell strahlten die zahllosen Sterne. Sie schienen so dicht zu sein, dass kaum noch Platz für den Himmel war. Merle blickte fasziniert nach oben, während Paul fasziniert Merle betrachtete und hoffte, dass sie sich bald am Abendhimmel sattgesehen haben würde.

26

Es schnaubte und es wieherte zum Fenster hinein. Lucinda lief mit zwei Pferden am Bungalow vorbei. Rudi sah die Konturen von Lucinda und den zwei Pferden durch den Vorhang. Mühsam richtete er sich auf und stieg in seine Kleidung. Er hatte eine schlechte Nacht gehabt. Als Paul und Merle herumturtelten, war ihm so richtig bewusst geworden, dass er allein ins Bett gehen musste. Statt zu schlafen hatte er dann über seine beruflichen Aussichten und seinen Ruhestand nachgedacht, obwohl er sonst immer ganz gut darin war, die Gedanken darüber zu verdrängen. Nun, die Gedanken, die er in der Nacht hatte, waren nicht sonderlich erfreulich gewesen. Er schlappte zur Tür. In der Nähe des Eingangstors stand Lucinda und striegelte ein Pferd.

„Guten Morgen, Señorita Lucinda. Na, am Striegeln?"

„Na ja, einer muss es tun. Bis vor einer Woche war James noch hier. Er hat sich um die Pferde und die Ausritte gekümmert, aber jetzt ist er weg, und wir müssen sehen, wie wir zurechtkommen."

„Stört es Sie, wenn ich rauche?"

„Mich nicht, aber vielleicht die Pferde. Ruhig, Whitney." Sie klopfte dem schwarz-weiß gescheckten Pferd auf den Hals. Seufzend ließ Rudi seine Zigaretten stecken.

„Haben Sie denn gut geschlafen, Señor?"

„Danke. Zu wenig. Ich hatte noch zu tun."

„Zu tun? Ich denke, Sie machen Urlaub?"

„Ich bin in erster Linie Fotograf, und da habe ich immer etwas zu tun."

„Oh, dann kann ich Ihnen ein paar schöne Stellen zeigen. Sie sollten sich für einen Ausritt melden."

Während Rudi sich mit Lucinda unterhielt, erwachten Merle und Paul. Im Gegensatz zu Rudi hatten sie hervorragend geschlafen, und vorm Schlafen nicht über die Zukunft gegrübelt, sondern sich leiblichen Freuden gewidmet, die nach dieser langen Zeit und in dieser fremden Umgebung so gar nichts mehr mit Kässpätzle gemeinsam hatten, deren Käse endlose Fäden zog.

„Weißt du was? Wir erzählen einfach deinen Eltern, dass ich das Geld vom Bausparvertrag für die Firma genommen habe." Paul küsste Merles Scheitel.

„Echt? Das würdest du für mich tun?"

„Ja, mei Schneckle."

Sie küsste ihn und sie wälzten sich wieder eine Runde durch die Laken.

Als sie am Frühstückstisch erschienen, hatte Rudi schon mindestens drei Zigaretten geraucht, wie der Aschenbecher verriet. Jetzt erst fiel Paul auf, wie verbraucht sein Reisegenosse doch aussah.

Lucinda tischte Eier und Wurst auf. „Was halten Sie von einem Reitausflug zum Tal des Mondes?", wollte sie wissen, während sie die zischenden, brutzelnden Eier aus einer riesigen, schwarzen Eisenpfanne auf die Teller gab.

„Reiten?!" Paul wehrte entsetzt ab. „Das können wir nicht."

„Das ist nicht schlimm. Das ist unser Anfängerausflug. Sie bekommen Lastpferde, die ich am Zügel führe", beschwichtigte Lucinda.

„Ach, warum nicht. Vielleicht kann ich es noch. Ich könnte es jedenfalls mal wieder probieren", meinte Rudi hingegen.

„Zum Tal des Mondes ist es nicht so weit, und die Pferde müssen bewegt werden. Ich schlage vor, dass wir am frühen Nachmittag losreiten, dann können wir den Sonnenuntergang dort erleben", unterbreitete ihnen Lucinda.

„Oh, das hört sich aber romantisch an", meinte Merle. Paul seufzte nahezu unhörbar. So buchten sie einen Ritt für drei Uhr.

Zunächst begaben sie sich in den Ort, auf den Kirchplatz, wo Palmen und Pfefferbäume wuchsen und der von zahlreichen, strahlend weißen Gebäuden umgeben war. Die weiße Lehmkirche mit ihrem Dach aus Kaktusholz war schmucklos und nüchtern, jedoch von einem reichverzierten Mäuerchen umgeben.

„Wahnsinn. Wenn es hier regnet, löst sich ja die Kirche auf", bemerkte Paul.

„Nun, eigentlich regnet es hier so gut wie nie. Doch jetzt, mit dem Klimawandel, kommt es immer öfter zu sturzbachartigen Regenfällen. Das ist schon blöd, denn die Häuser halten dem Regen tatsächlich nicht stand", dozierte Rudi.

„Das muss ja nach jedem Regen einen wahnsinnigen Dreck geben", meinte Merle.

Sie gingen weiter durch diesen Ort mit seinen weißen und ockerfarbigen Häuschen. Der Ort lebte in überwältigender Weise vom Tourismus. Kaum ein Haus hatte damit nichts zu tun.

„Ganz schön teuer, alles." Paul nahm alle Preise kritisch unter die Lupe.

„Ganz schön abgelegen, alles", setze Rudi nach.

„Das war die Pampa auch, wenn nicht sogar schlimmer. Aber da war es billiger."

Daraufhin wusste Rudi nicht, was er sagen sollte, weil es stimmte. Sie setzten sich in ein Café, wo Merle mit ihrem Smartphone die Familie beglückte und Paul das Büro. Rudi hingegen schaute seine Bilder durch, da er ja niemanden und nichts zum Beglücken hatte. Zum Mittagessen ließen sie sich die Humitas schmecken, süßlicher Maisbrei, der mit Gewürzen in ein Maisblatt gerollt und in Dampf gegart wurde, bis er einen festen Teig bildete. Dann wurde es langsam Zeit, zurückzugehen, um den Ritt zu beginnen. Paul überlegte lebhaft, wie er sich davor drücken könne, aber ihm fiel nichts ein.

Als sie an der Pension ankamen, wurden sie schon von Lucinda erwartet. Whitney Houston, Jennifer Lopez, John Lennon, Kylie Minogue und Sting standen gesattelt bereit. Rudi probierte ein wenig, ob John Lennon ihm gehorchte, und war mit dem Ergebnis sehr zufrieden. Paul fühlte sich sehr unbehaglich bei dem Gedanken, dass es für das Pferd keinen Unterschied machen würde, ob es ihn transportierte oder einen Sack Getreide und setzte sich missmutig in den Sattel. John Lennon und Whitney Houston waren also Pferde, die mit ihrer Last in Kontakt waren. Sting und Jennifer hingegen trugen ihre Menschen genauso gleichmütig wie Kylie Rudis Fotoausrüstung.

„Eure Pferde haben ja eigentümliche Namen. Vor- und Nachnamen sozusagen", begann Rudi das Gespräch.

„Ja, natürlich. Menschen haben doch auch Vor- und Nachnamen. Obwohl – so ganz stimmt das nicht. Madonna und Sting haben keine Nachnamen. Aber wie all diese Künstler, sind auch unsere Pferde große Stars." Lucinda und Rudi versanken bald in ein Gespräch über Pferde, über Namen und über die Welt im Allgemeinen. Das Quartett ritt aus dem Ort hinaus und ließ bald die letzten Tamarugo-Bäume mit ihren mächtigen und tiefen Wurzeln hinter sich zurück. Die Landschaft war weit und erstaunlich zerklüftet. Kleinere Bergketten erhoben sich in der Ferne, verschiedene Vulkane, allen voran der perfekt kegelförmige Licancabur setzten Akzente. Die Pferde trotteten brav einen ihnen mit Sicherheit bestens bekannten Weg entlang.

„Die laufen ja so langsam, da hätten wir glatt wandern können", meinte Paul, dem das Reittier immer noch ein wenig suspekt war.

„Vertu dich mal nicht. Wir sind hier auf zweitausendfünfhundert Metern Höhe, da gerätst du auch bei Alltagsaktivitäten ganz leicht aus der Puste", erwiderte Rudi.

Merle schwieg, tätschelte den Hals ihres Pferdes und beobachtete die Umgebung sorgfältig.

Als Paul anfangen wollte, über die Unbequemlichkeit des Sattels zu jammern, tauchten hinter einer Wegbiegung bizarre Felsformationen auf: riesige Dünen, steil aufragende Felsen, Tafelberge. Sie kamen an der Salzformation der Drei Marien vorbei. Drei knorrige Stelen ragten in den Himmel.

„Wie eine Marie sehen die wirklich nicht aus. Da finde ich die Steinernen Jungfrauen im Eselsburger Tal aber schöner", meinte Paul.

„Aber wie Frauen sehen die Steinernen Jungfrauen auch nicht aus", entgegnete Merle. Rudi sagte nichts, denn er war wieder in seine Fotografiererei versunken. Sie stiegen ab und ließen die Umgebung auf sich wirken. Die Sonne sank langsam. Lange Schatten zeichneten Muster auf die Erde. Die Wüste und der Himmel leuchteten in allen nur denkbaren Farben. Die Wüste changierte mit einer Unmenge an Zwischentönen von orange nach dunkelpurpur, der Himmel von hellblau, rot und violett zu tintenblau.

Paul wurde nervös. „Wir sollten zurückreiten, sonst kommen wir noch in die Dunkelheit."

„In die Dunkelheit kommen wir sowieso. Hier dauert die Dämmerung nicht lange, und die Nacht kommt früh. Mach dich mal locker und genieß die einmalige Stimmung", gab Rudi zurück.

„Ja, es ist total romantisch hier!", äußerte sich Merle mit viel Begeisterung in der Stimme. Eher resigniert als genießerisch schwieg Paul und beobachtete, wie die ersten Sterne aufgingen.

„So schön! Diese Farben! Diese Weite! Dieser Himmel!" Merle war ganz ekstatisch.

Irgendwann stiegen sie wieder auf die Pferde.

„Wie kommen wir nach Hause? Die Pferde haben doch keine Scheinwerfer", warf Paul ein.

„Hier wird es nie richtig dunkel. Guck doch einfach mal nach oben." Rudi deutete mit dem Zeigefinger auf den Himmel. Die Milchstraße zog sich als helles, knotiges Band über das sternenübersäte Firmament. Für einen Augenblick schienen nichts als der Himmel und die Ewigkeit zu existieren.

„Boah!", stieß Merle beeindruckt aus.

„Ja. Hier sieht man sehr schön, warum die Milchstraße auch das „Rückgrat der Nacht" heißt.

„Und das reicht den Pferden?"

„Die? Die kennen jeden Stein. Nicht wahr, Lucinda? Den Heimweg finden sie blind. Guck dir lieber weiterhin den Himmel an, statt dir Sorgen um den Gaul zu machen."

Und so ritten sie durch die Nacht. Lucinda blickte nach vorne, die anderen hatten den Kopf in den Nacken gelegt und guckten in die Sterne.

Nachdem sie heil angekommen waren, saßen sie auf der Terrasse, aßen eine Kleinigkeit und tranken Bier. Rudi stand auf. „Ich gehe jetzt Lucinda fragen, ob ich noch vorm Morgengrauen mit ihr losreiten kann. Die Landschaft heute war so genial, die muss ich auch bei Sonnenaufgang fotografieren."

Merle stand ebenfalls auf, weil sie ihren Stuhl neben den von Paul stellen wollte.

„Oh, verdammt! Auf dem Pferd fühlte es sich nach nichts an, aber jetzt tut mir alles weh."

Paul versuchte auch, sich aus dem Stuhl zu erheben. „Du liebe Scheiße! Wie konnte das passieren? Warum hat uns keiner gewarnt?"

Unter größten Qualen beschloss er, gleich ins Bett zu gehen, um sich nicht mehr als nötig bewegen zu müssen, da er ohnehin müde war. Leise jammernd machte er sich auf den Weg zum Bungalow. Nachdem er sich unter Stöhnen gewaschen und seine neuen Zähne geputzt hatte, sank er ins Bett. Merle sank neben ihn. „Der Rudi ist ja ein arg netter Kerl. Du hast wirklich Glück gehabt, dass du die Reise mit ihm machen konntest."

Pauls Herz setzte einen Schlag lang aus. Auch wenn es ihm schwerfiel, richtete er sich auf.

„Was um alles in der Welt ist an Rudi nett? Der Kerl ist eine Nervensäge. Und er raucht."

„Ich weiß. Wenn jemand raucht, dann ist er bei dir von vornherein unten durch. Und nett ist er, weil er auf einen eingeht und Neues zeigt. Den Himmel heute – mit dir alleine hätte ich ihn nicht gesehen."

„Ich bin halt nicht so der Reisetyp."

„Darum geht es nicht. Der Rudi nimmt Kleinigkeiten, Stimmungen wahr, die an dir vorbeigehen."

Paul schluckte. „Du kannst nicht erfolgreich eine Firma führen, wenn du auf jeden Pups eingehst. Du musst Prioritäten setzen und dein Ding durchziehen."

„Ja, Bärle. Aber jetzt bist du ja nicht in der Firma."

Paul schloss entsetzt die Augen. War die Liebesnacht gestern nur ein kurzes Intermezzo gewesen? Eines war sicher: Das würde, wie so viele Nächte zuvor, eine Verzweiflungsnacht werden.

27

Das Aufstehen am nächsten Morgen war ja noch schlimmer als das Zubettgehen am Abend zuvor. Paul konnte sich kaum rühren. So musste man sich fühlen, wenn man die Hundert überschritten hatte. Auch Merle klagte.

„Mit mir hättest du vielleicht nicht diesen Sonnenuntergang gehabt, aber auch nicht diese Schmerzen. Das solltest du auch bedenken."

„Hä?"

„Du hast mir doch erzählt, dass der *arg nette* Rudi dir die Schönheiten der Gegend so gut nahebringt."

Merle erinnerte sich. „Ach so. Aber wieso reagierst du so angefressen, nur weil ich Rudi nett finde?"

„Ich habe diesen Typen und seine verdammten Zigaretten drei Wochen lang ausgehalten. Ein paarmal hat er mich komplett verarscht. Und einen Bausparvertrag wird er mich auch kosten, das ist sicher."

„Hach, entschuldige. Ich wusste nicht, dass es dich kränkt, wenn man andere Leute als nett empfindet. Ich finde es eben einfach gut, dass er uns auf Dinge hinweist, die wir so nie erfahren hätten."

Paul schwante, dass er noch viel Klärungsbedarf mit Merle hatte. Die Frau aus den Fängen eines Argentiniers befreien und das alte Leben weiterleben, das ging wohl nicht. Diese Erkenntnis versetzte ihn in Aufruhr.

Don Jacinto war allein auf dem Hof. Rudi war schon längst mit Lucinda unterwegs. Vielleicht würde er den ganzen Tag wegbleiben, wenn keiner ihn zur Eile drängte? Pfeifles konnten sich nicht mit Don Jacinto unterhalten und beschränkten sich daher auf freundliches Kopfnicken. Doch dann kam Don Jacinto mit der großen Eisenpfanne aus der Küche und servierte ihnen ein kräftiges Frühstück. Da der Hof schön war und jede Bewegung wehtat, blieben Pfeifles einfach sitzen und unterhielten sich über ihre Ehe, ihre Träume und ihre Erwartungen.

Rudi war schon um vier Uhr morgens aufgestanden und hatte seine Winterkleidung aus Ushuaia angelegt. So warm es tagsüber wurde, so frostig wurde es nachts. Auch sein Hintern und seine Beine hatten den Ritt nicht unbeschadet überstanden, aber gute Bilder zu machen war schon immer etwas schmerzhaft. Mannhaft schwang er sich auf John Lennon und ritt mit Lucinda zusammen dem Tageslicht entgegen. Rudi fühlte sich sehr wohl, endlich einmal allein unterwegs sein zu können. Obwohl er nicht so allein war. Eine schöne Frau war bei ihm. Lucinda war zwar klein, hatte aber die richtigen Kurven an den richtigen Stellen. Ihr glattes, schwarzes Haar war sehr dicht und ihre dunkelbraunen Augen riesig. Wie er in völliger Einsamkeit mit ihr durch die Morgendämmerung ritt, wurde ihm bewusst, wie lange er schon auf körperliche Freuden mit Frauen verzichtet hatte. Er wandte seinen ganzen Charme auf und ließ Lucinda erzählen. Doch bald merkte er, dass Lucinda nicht verführbar war. Sie litt. Sie war jetzt nur zu ihrem Vater gefahren, um zu vergessen. Sie hatte die letzten Jahre mit Miguel, ihrer großen Liebe, in Santiago gelebt und wollte eigentlich bald dorthin zurück. Sie war nur in ihr Elternhaus zurückgekehrt, um die hässliche Trennung von Miguel zu verarbeiten. Die Ruhe der Wüste tat ihr gut, aber hier hatte sie keine Perspektiven. Eigentlich hätte sie schon längst abreisen wollen, doch dass sie immer noch hier war, lag daran, dass James gegangen war. Ausgerechnet jetzt. So sah sie sich nun gezwungen, ihren Vater zu unterstützen. Sie erzählte von James, der die Touristen betreut hatte und mit ihnen zu mehrtägigen Ausritten aufgebrochen war. James, der immer eine Frau fürs Leben suchte, aber in der Einsamkeit von San Pedro keine fand. Alles, was er an Liebe geben konnte, gab er den Pferden. Übers Internet hatte er nun eine vielversprechende Bekanntschaft in Arizona gemacht. Doch statt sie erst ein wenig kennenzulernen, hatte James sofort mit wehenden Fahnen alle Zelte abgebrochen und war verschwunden. Nun versuchte eine gebrochene Lucinda, die Lücke zu füllen, doch mehrtägige Ausritte mit Touristen traute sie sich nicht zu, außerdem war ihr Englisch nicht gut genug. Rudi überlegte, ob er Lucinda auf seine Art trösten sollte, doch das war ihm dann doch zu heikel und er beschloss, lieber die Kurven seiner Kamera zu streicheln, mit denen er jetzt geradezu lustvoll fotografierte. Der Sonnenaufgang blieb ganz klar hinter dem Sonnenuntergang zurück. Außerdem war es kalt. Verdammt kalt. Ein Fläschchen Pisco Sour wäre jetzt wirklich wertvoll gewesen.

Kurz vor Mittag hörte man vorm Tor Hufgeklapper. Das Tor öffnete sich, und Lucinda stieg völlig elegant und souverän vom Pferd, während man Rudi ansah, dass er die Zähne gewaltig zusammenbiss. Pfeifles saßen immer noch am Frühstückstisch und unterhielten sich über sich. Merle hatte Paul gezwungen, alles was sie sagte, zu wiederholen. Und umgekehrt. Sie wiederholte alles, was Paul sagte. Es war schon erstaunlich, was dieses Vorgehen alles an Missverständnissen, an falschen Glaubenssätzen und vermeintlichen Selbstverständlichkeiten zutage förderte. Dennoch fühlte sich Merle immer noch nicht richtig verstanden, und Paul verstand nicht, warum Merle sich nicht verstanden fühlte.

Nach dem Mittagessen schlug Lucinda vor, dass sie im Pick-up zum Salzsee Salar de Tara fahren sollten. Zum ersten Mal auf der Reise freute Paul sich auf den Ausflug, denn die Gespräche mit seiner Frau waren doch sehr anstrengend gewesen. Lucinda fuhr das Auto, Rudi nahm wie selbstverständlich den Beifahrersitz ein. *Typisch*, dachte sich Paul, *immer habe ich die Arschkarte. Wenn nicht der Rudi dort sitzen würde, dann die Merle. Ich müsste so oder so auf der Pritsche Platz nehmen*. Mühsam erklommen Merle und er den hinteren Teil des Wagens und versuchten eher schlecht als recht, es sich dort gemütlich zu machen.

Bald öffnete sich der Blick auf den Salzsee. Ein breiter, weißer Rand umgab ihn. Flamingos stakten darin herum und senkten ihre Köpfe in die Sole. Struppiges Bartgras wuchs um das Ufer, und in der Ferne sah man Lamas grasen.

„Das sieht ja hier so ähnlich aus wie in der Pampa. Weißt du noch, Rudi, wie das in der Nähe der Gletscher war?", beschwor Paul die gemeinsamen Reiseerinnerungen.

„Ja klar. Aber hier ist es anders. Kein Wind! Und der Licancabur. So ein perfekter Vulkan."

„Na ja. Solange er nicht spuckt."

„Sowieso."

Rudi fotografierte. Lucinda guckte immer wieder auf Rudis Display und war fasziniert, wie er es schaffte, das Wesentliche einzufangen.

„Ist doch toll hier, Bärle, findest du nicht?"

„Ja, mei Schneckle, es ist super hier."

Die gewaltige Landschaft hatte auch die Spannungen zwischen Pfeifles kurzzeitig vergessen lassen.

Irgendwann fing Rudi an, hektisch in seiner Fototasche zu wühlen.

„Das gibt's doch nicht. Ich werde irre!" Er warf ein Stück Schaumgummi aus seiner Tasche heraus.

„Was ist denn los?"

„Mein Chip ist voll und ich habe meine Ersatzchips nicht dabei. Wie kann man nur so blöd sein? Ich fasse es nicht!"

„Soll ich ein paar Bilder mit meinem Handy machen?"

„Danke, nein. Ich wollte noch den Sonnenuntergang mitkriegen, der bestimmt auch genial wäre. Aber ich bin fertig. Wir können gehen, sobald ihr genug habt."

Bald darauf fuhren sie wieder zurück. Merle beorderte Paul auf die Sitzgruppe vor ihrem Bungalow, wo sie noch Klärungsbedarf mit ihm hatte. Lucinda verschwand mit den Pferden und Rudi nahm an einem Tisch auf der Terrasse Platz, um seine Fotoausbeute zu sichten.

„Tolle Bilder. Die sehen richtig professionell aus." Don Jacinto kam an Rudis Tisch.

„Vielen Dank, Don Jacinto. Ich hoffe, dass die Bilder professionell aussehen, ich bin schließlich Fotograf."

„Ja, Don Rudi. Aber Sie sind ein besonders guter Fotograf."

Es klopfte am Tor. „Muss aufmachen. Der Pferdehändler." Don Jacinto ging zum Tor und öffnete es. Der Pferdehändler trat ein. Beiläufig bekam Rudi ihr Gespräch mit. Erst unterhielten sie sich über das Wetter, dann über das nächste Volksfest, danach über den Wassermangel und die Politik. Don Jacinto holte seine Dominosteine heraus und sie spielten eine Partie. Dann bot Don Jacinto Rudi an, eine Partie mitzuspielen. Schließlich verabschiedeten sich der Pferdehändler und Don Jacinto sehr freundlich. „Alles klar, Don Pedro?"

„Natürlich. Alles klar, Don Jacinto."

Seufzend schloss Don Jacinto das Tor.

„Aber, Don Jacinto, wie soll ich das verstehen? Sie haben doch kein einziges Wort über Pferde gesprochen und behaupten nun, dass alles klar wäre?", wollte Rudi wissen.

„Ja, natürlich ist alles klar."

„Das verstehe ich nicht."

„Junger Mann, das, worauf es ankommt, ist die Chemie. Wenn die stimmt, ergibt sich der Rest von selbst. Dann muss man über so was Banales wie Preise, Fristen und Ähnliches nicht diskutieren."

Rudi riss die Augen auf.

„Ich glaube, so eine Vorgehensweise seid ihr in Deutschland nicht gewöhnt, oder?"

„Nein, ganz und gar nicht. Ich höre zum ersten Mal davon."

„Ja, er wird mir Bryan Adams und Beyoncé Knowles abnehmen. Leider."

„Warum leider?"

„Ich liebe meine Tiere und ich hätte sie gern behalten. Aber James, meine treue Seele, hat uns verlassen. Und wer könnte schon seine Stelle einnehmen? Hier in die Einsamkeit will doch keiner kommen. Wenigstens ist Lucinda da. Obwohl sie auch irgendwann gehen wird. Schließlich will sie einen Mann haben und eine Familie gründen. Wobei ich dem nächsten Mann, der ihr wehtut, höchstpersönlich jeden einzelnen Knochen im

Leib breche. Aber wenn sie weg ist? Dann bin ich alter Mann ganz alleine da." Don Jacintos Augen wurden feucht. „Ich weiß nicht, was mir die Zukunft noch bringt. Aber ich bin nicht sehr zuversichtlich."

Rudi trank mit ihm noch ein wenig Pisco Sour, damit Don Jacinto vergaß, dass er nicht so zuversichtlich war. Außerdem verdrängte das auch seine mangelnde Zuversichtlichkeit für eine Weile.

Lucinda kam und tischte das Abendessen auf. Pfeifles kamen herangeschlappt, als hätten sie Zentner an Wackersteinen geschleppt.

„Lucinda schlägt vor, dass wir morgen früh um vier zu den Geysiren von El Tatio fahren. Es muss so früh sein. Zieht euch richtig warm an und nehmt euer Badezeug mit", eröffnete Rudi das Gespräch.

„Im Urlaub um vier aufstehen, ist das nicht ein bisschen heftig?", wollte Paul wissen.

„Losgehen, lieber Paul, losgehen. Aufstehen um halb vier. Natürlich ist es heftig, aber ein unvergessliches Erlebnis ist dir sicher."

Ein Telefongespräch holte Paul vom Tisch weg.

„Weißt du, Rudi", bemerkte Merle, „wir haben heute das getan, was du vorgeschlagen hast. Dass immer einer das wiederholt, was der andere gesagt hat. Das war richtig toll. Für diesen Tipp möchte ich dir danken. Aber zwischendrin hatte ich manchmal das Gefühl, dass Paul wie ein Automat das wiederholt, was ich sage, ohne es zu verstehen. Weißt du dir da vielleicht einen Rat?"

„Hm. Du könntest ihn doch einfach bitten, in anderen, eigenen Worten zu wiederholen, was du gesagt hast."

Paul kam wieder an den Tisch, an dem Merle und Rudi sich sehr vertraut miteinander unterhielten. Zu vertraut, wie Paul fand. Hatte Merle etwa Intimitäten ausgeplaudert? Dieser verdammte Rudi war nun wirklich so nützlich wie ein Arschfurunkel. Auf dem Spaziergang durch den Ort gestern hatte Paul ein stattliches Hotel gesehen, wo alles auf Englisch angeboten wurde. Vielleicht sollte er mit Merle da hingehen und Rudi Rudi sein lassen.

„Na, habt ihr über das Wetter geredet?" Schlecht gelaunt und misstrauisch nahm er Platz.

„Nein. Über die Faszination des Sternenhimmels. Obwohl das natürlich im weitesten Sinne mit dem Wetter zu tun hat." Rudi machte eine theatralische Geste und Paul streckte unterm Tisch den Mittelfinger aus.

Schweigend aßen sie fertig. Rudi verschwand dann ziemlich schnell Richtung Bungalow.

„Schneckle, ich versuche gerade, dich zu verstehen, aber offensichtlich versteht dieser Rudi dich besser als ich. Was mache ich falsch?"

„Was ist jetzt schon wieder mit dir los? Es geht nicht um falsch oder nicht falsch. Ich muss mich einfach mit jemand anders austauschen. Du konntest ja drei Wochen lang mit ihm reden, während kein Mensch mit mir geredet hat."

„Ja gut. Aber ausgerechnet mit dem?"

„Siehst du hier noch jemand anders, der in Frage käme? Und außerdem finde ich ihn nun mal nett."

Paul hielt sich den Kopf und stützte die Ellbogen auf. Er hatte sich so gefreut, seine Frau wiederzufinden. Ja, er wollte seine Frau zurückhaben. Dass er sie verstehen wollte, stand nicht auf seiner Agenda.

„Dich mit mir auszutauschen reicht dir wohl nicht?"

„Ich brauch andere Gesichtspunkte, den Blick von außen."

Paul atmete tief durch. Was will das Weib als solches? Wer um alles in der Welt verstand die Frauen. Ihm fiel nur eine schwäbische Hausgerätefirma ein, die vorgab, zu wissen, was Frauen wünschen. Wobei Merle sich ganz gewiss keine Waschmaschine wünschte.

„Ach Schneckle, ihr Frauen seid kompliziert."

„Findest du?"

28

Am nächsten Morgen um vier brachen sie auf. Lucinda und Merle schweigend im Führerhaus, die zwei Männer dick eingepackt auf der Pritsche. Durch die Kälte mussten sie zusammenrücken.

„Kannst du vielleicht deine Zigarette ausmachen, wenn wir so dicht aufeinanderhocken?"

„Musst du immer stänkern?"

„Du magst meine Frau, nicht wahr?"

„Mögen ist zuviel gesagt. Sie tut mir leid."

„Weshalb denn das?"

Rudi zuckte mit den Schultern, was man aber angesichts der dicken Decken, die ihn umgaben, gar nicht erkennen konnte.

Paul vermied es, nachzufassen. Er ahnte, dass ihm die Antwort nicht gefallen würde.

Auf halbem Weg hielt Lucinda und verteilte Tabletten gegen Höhenkrankheit, denn gleich würden sie über 4.000 Meter steigen. Weiter ging es bergauf, doch außer ein wenig Herzklopfen hatte keiner Beschwerden. Am Krater des Vulkans Soquete stellte Lucinda das Auto ab und wies Rudi einen Platz an, um seine Fotoausrüstung aufzubauen. Bibbernd standen die vier da und warteten vor einer riesigen Senke. Die Sonne ging hinter den Bergen auf. Die über Nacht zugefrorenen Erdspalten tauten auf und ihr weißer Dampf stieg bläulich in den noch dunklen Himmel. Schemenhaft zeichneten sich die Körper der anderen Besucher wie Wesen aus einer anderen Welt ab. Wasser blubberte und schoss in Fontänen nach oben.

Ein nicht enden wollendes Feuerwerk aus Wasser und Dampf. Im immer klarer werdenden Licht traten die Schneegipfel der Anden zutage. Als die Sonne am Himmel stand und es taghell wurde, kochte Lucinda in einem heißen Wasserloch Eier, die sie mitgebracht hatte. Eine metallene Feldflasche mit Kaffee hatte sie schon geraume Zeit vorher ins Becken getan, sodass es zum Frühstück Eier mit richtig heißem Kaffee gab. Paul fiel auf, dass Rudi über mehrere Stunden freiwillig nicht geraucht hatte. Es kam wohl nur auf die Größe des Reizes an. Sein Reiz war somit sehr klein. Inzwischen war ihnen allen kalt. Es kostete sie große Überwindung, sich auszuziehen, doch als sie in das natürliche Becken mit Thermalwasser stiegen, erwachten ihre Lebensgeister wieder. Merle streckte sich aus und ließ sich genüsslich treiben. „Das war jetzt so ein richtig toller Morgen, auch wenn es überall nach faulen Eiern stinkt. Hier könnte ich jetzt ewig bleiben. Bärle, lass dich doch auch einfach treiben."

Paul schoss an Merles Ohr und raunte ihr zu: „Nenn mich nicht Bärle, wenn der Rudi in der Nähe ist."

„Ist gut, Bärle."

Lucinda stand noch etwas wackelig am Beckenrand. Sie wollte sich die Haare nicht nass machen und ging deshalb ganz vorsichtig rein. Paul streckte den Arm aus und bot ihr Halt, um gut ins Wasser zu kommen. Rudi sah das und es gab ihm einen Stich. Warum hatte er nicht daran gedacht?

„Ach Bärle, das heute Morgen hat mir brutal gut gefallen. Ich bin wirklich froh, dass wir hierher gefahren sind."

Paul gefiel es besser, als er gedacht hatte, und er kämpfte mit sich selbst, ob er das alles hier nicht richtig gut finden sollte. Dann tauchte er ganz ein und blieb unter Wasser, bis ihm die dünne Höhenluft ausging. Er tauchte langsam auf, riss den Mund weit auf und füllte seine Lungen mit Andenluft. Ja, es war toll hier.

„Ja, mei Schneckle, es ist echt super hier. Aber ich möchte gern wissen, was du gestern mit dem Rudi besprochen hast."

„Du, darüber wollte ich sowieso noch mit dir reden. Du hast ja gemerkt, was dabei rauskommt, wenn man die Worte des anderen wiederholt. Doch manchmal hatte ich den Eindruck, du hast was wiederholt, ohne es zu verstehen. Und da habe ich den Rudi um Rat gefragt."

„Was hat er gesagt?" Paul, der eben noch ganz entspannt im Wasser geschwebt hatte, richtete sich angespannt auf.

„Dass wir, wenn wir vermuten, dass der andere einfach etwas wiederholt, wir ihn darum bitten, den Sinn in anderen Worten wiederzugeben."

Paul gab einen leisen Schmerzlaut von sich. Das hörte sich kompliziert an. Sehr kompliziert. Blubbernd wie ein Walross tauchte er wieder ab, um nach einer Weile nach Luft japsend aufzutauchen. Dabei traf ihn blitzartig eine Erkenntnis. Von allen anderen um ihn herum, die ruhig atmeten, konnte keiner sich vorstellen, wie groß sein

Verlangen nach Luft war. Vielleicht ging es Merle in mehrfacher Hinsicht so?

„Schneckle, wenn du mich auf Bestellung anfertigen lassen könntest, was würdest du anders machen?"

„Hach!" Merle betrachtete ihn von oben bis unten. „Lockerer, entspannter würde ich dich wollen. Nicht so tugendhaft. Du bist wie deine Mutter." Paul erstarrte. Wenn seine Kumpels vom Stammtisch sich maximal abschätzig über ihre Frauen äußern wollten, verglichen sie sie immer mit deren Müttern. So zu sein wie die eigene Mutter war irgendwie nicht gut. Allerdings hatte er noch nie gehört, dass ein Mann mit seiner Mutter verglichen wurde. Doch Mutti war eine harte, disziplinierte Frau, die keinen Widerspruch duldete. Eigentlich hatte er selber immer das getan, was Mutti wollte. Bis Rudi dem vor wenigen Wochen ein nachhaltiges Ende setzte. Es wäre so einfach gewesen, aber er hatte sich nicht getraut. Ihm wurde ganz anders als er sich überlegte, dass Merle vielleicht manches ändern wollte und sich einfach nicht traute. Vielleicht war Rudi zwar ein Raucher, aber doch kein Arschfurunkel. Vielleicht schuldete er ihm Dank, trotz der Zigaretten und der Unkosten.

„Bärle, was denkst du?"

„Dass der Rudi kein Arschfurunkel ist."

„Bitte was?"

Lucinda mahnte sanft, aber unnachgiebig zum Aufbruch. Paul brauchte Zeit für sich, deshalb bat er Rudi, auch in das Führerhaus zu gehen. Das ließ Rudi sich nicht zweimal sagen. Zusammengedrängt saßen sie zu dritt auf der Bank, Rudi in der Mitte. Es war ein schönes Gefühl, von zwei warmen und weichen Wesen umgeben zu sein und er bedauerte es, dass er sich an keines von ihnen wohlig anschmiegen konnte. Paul mummelte sich ein, streckte sich auf der Pritsche aus und guckte auf den Himmel. So endlos und blau ... Nein, wie Mutti wollte er nicht sein. Wie Mutti! Konnte er anders sein? Er wusste es nicht. Er hatte es noch nie probiert.

Zum Mittagessen gingen sie in ein Restaurant, das Lucinda ihnen empfohlen hatte, und aßen einen hervorragenden Eintopf mit Gemüse und Fleisch.

„Was ist das für ein Fleisch?", wollte Merle wissen.

Rudi wusste es auch nicht und fragte nach. „Lama."

„Oh."

Paul wollte den Löffel fallen lassen, aber dann fiel ihm ein, dass er ja ein neuer Mensch werden wollte. Der Eintopf schmeckte, Lama hin oder her. „Ja, und morgen geht es wieder nach Hause. Ich freue mich. Und ein bisschen Angst habe ich auch. So lange war ich noch nie von der Firma weg."

„Ich freue mich auch. Ich war auch noch nie so lange von den Kindern getrennt. Obwohl ich keine Angst habe. Die Kinder freuen sich für uns. Ein bisschen mulmig ist mir wegen meiner Eltern. Die werden schimpfen, dass sie ihre Enkel so lange versorgen mussten – und dass der Bausparvertrag weg ist", warf Merle ein.

„Und ich freue mich gar nicht", meinte Rudi, während er diskret versuchte, eine Fleischfaser zwischen seinen Zähnen zu entfernen. „Eigentlich müsste ich hier viel länger bleiben. Die Weite, dieses Licht! Für mich war die Reise sensationell und ich wünschte, sie würde nie aufhören."

„Na, dann bleib doch einfach." Pauls Aussage überraschte Rudi.

„Wie, einfach bleiben. Wie stellst du dir das vor?"

„Also ich weiß ja, dass ihr mich für einen gefühllosen Trampel haltet. Und einen Meckerfritzen. Vielleicht gar nicht zu Unrecht. So weit bin ich schon." Paul hob seinen rechten Zeigefinger. „Aber bin ich wohl der Einzige, dem klar ist, dass die auf dem Hof, dich, Rudi, wollen?"

Rudi riss die Augen auf und vergaß die Fleischfaser. „Hä?"

„Hör mal, du selber hast mir erzählt, dass die ganz unglücklich sind, weil der John oder James oder ... auf jeden Fall, weil dieser Ami weg ist. Dass sie Pferde verkaufen müssen, die sie nicht verkaufen wollen. Dass sie auf dem Zahnfleisch kriechen, weil sie nicht gut Englisch können. Und weil sie jemanden brauchen, der mehrtägige Reitausflüge leitet. Weswegen meinst du, dass die dir das erzählen?"

„Weil ... weil." Rudi hielt sich an der Tischkante fest. „Ich dachte, die erzählen mir das einfach

277

so. Weil das ihr Leben ist. Und du meinst, die haben das mit Absicht ...?"

Rudi saß mit aufgerissenen Augen am Tisch. „Donnerwetter! Meinst du, ich kann den alten Jacinto fragen, ob ich hier anheuern darf?"

„Ich wette, Don Jacinto wartet auf deine Frage." Merle nickte zustimmend.

„Und", legte Paul nach, „ich wette, Lucinda wäre es auch nicht gerade unangenehm, wenn du bleibst."

„Äh ..."

„Ich glaube, du gefällst ihr."

„Aber Don Jacinto hat gesagt, dass er dem nächsten Mann, der ihr wehtut, alle Knochen bricht."

„Na und? Du musst ihr ja nicht wehtun."

Rudi war es leicht schwindlig. Er hatte nie danach gesucht, erst recht nicht auf dieser Reise, aber plötzlich schien ein gemachtes Nest vor ihm zu liegen, das extra für ihn vorbereitet war. Eine Arbeit. Eine Heimat. Und eine Frau. Vielleicht. Er musste an die Pferde in der Pampa denken. Die glücklichen Pferde, die nicht wussten, dass sie glücklich waren. Sie waren es einfach. Wusste er es am Ende auch nicht?

„Meine Fresse. Da fällt mir gar nichts mehr ein. Meine Fresse!" Rudi schüttelte ungläubig den Kopf.

Sie liefen zur Pension zurück. Merle ging in jeden Kunsthandwerksladen und bewunderte die Waren ausgiebig. Rudi drehte durch vor Nervosität und Neugier, traute sich aber nicht, einfach vorauszugehen. Nach einer Zeit, die er als quälend lang empfand, kamen sie endlich an. Rudi suchte sofort nach Don Jacinto, den er in einem Schuppen bei den Pferdeställen fand.

„Don Jacinto, ich wollte Sie fragen", er knetete nervös seine Hände, „ob ich vielleicht vorläufig hier bleiben kann. Ich könnte Reitausflüge begleiten. Ich spreche ja auch Englisch und Deutsch."

„Es ist gut, dass du fragst, Junge." Don Jacinto legte einen Arm auf Rudis Schulter. „Guck mal, ich bin schon am Überlegen, wie wir Stings Lastensattel umbauen können, damit wir deine Fotoausrüstung optimal darin unterbringen. Wenn ich hier noch eine Schlaufe anbringe, passt dein Stativ perfekt rein."

Rudi starrte völlig perplex und ungläubig auf die Schlaufe, die nun am Sattel befestigt werden sollte.

„Aber, aber wieso haben Sie gewusst ...?"

„Junge, halte mich bloß nicht für blöd. Wir haben doch gestern Domino miteinander gespielt. Und da war mir alles klar."

„Wahnsinn. Wissen Sie vielleicht noch etwas, was ich noch nicht weiß?"

„Ich kann dir nur raten, Distanz zu meiner Tochter zu halten, sofern du keine ernsten Absichten hast."

Rudi rauschte das Blut in den Ohren. „Ja, Don Jacinto."

„Was besprecht ihr denn hier?" Lucinda stand in der Tür.

„Don Rudi will hier bleiben und macht James'
Arbeit."

„Ach, echt?" Ein Leuchten huschte über Lucin-
das Gesicht.

„Ja, aber jetzt muss ich erst mal auf mein Zimmer." Rudi ging in seinen Bungalow und ließ sich
auf das Bett plumpsen. Es passte perfekt. Fast zu
perfekt. Er wartete, bis sich seine Atmung und
sein Puls beruhigt hatten. Dann suchte er Paul,
der mit Merle in ein tiefschürfendes Gespräch
vertieft war.

„Rudi, im Moment passt es sehr schlecht."

„Paul, morgen trennen sich unsere Wege und
ich habe eine existenzielle Frage."

„Aha", meinte Merle. „Dann will dich der alte
Jacinto tatsächlich behalten. Paul, da musst du
ran."

Paul rappelte sich hoch und lief schwerfällig
mit Rudi in Richtung Pferdeställe.

„Sag mal, Paul, wie schafft ein Mann es, einer
Frau nicht wehzutun?"

„Das fragst du ausgerechnet mich?", Pauls
Stimme wurde vor Aufregung laut.

„Na ja. Es hat ja immerhin anderthalb Jahr-
zehnte gedauert, bis es bei euch geknallt hat. Ich
denke da in Monaten."

„In dem Fall würde ich sie nicht ... also das Bett
mit ihr teilen, wenn es mir nicht ernst ist."

„Aber wie kann ich rauskriegen, ob es mir ernst
ist, wenn ich sie nicht gef..., also wenn ich nicht
mit ihr geschlafen habe?"

„Keinen blassen Schimmer."

„Wie ...? Wie war das denn bei euch?"

„Das kannst du nicht vergleichen. Ich habe Merle gesehen und wusste, dass ich sie heiraten wollte. Ich bin da wie so ein Pinguin. Wie es einer macht, der anders drauf ist ... keine Ahnung." Paul hob abwehrend die Hände.

„Scheiße! Danke jedenfalls."

„Klar, Mann. Frauen sind nicht einfach."

Rudi zog die Schultern ein und zusammen gingen sie wieder auf die Terrasse. Während Paul zu seiner Frau zurückkehrte und mit ihr gemeinsam versuchte, Scherben möglichst passend zusammenzufügen und überlegte, dass das viel schwerer war, als dem feinsten Bohrer den letzten Schliff zu geben, kamen Lucinda und ihr Vater auf Rudi zu.

„Rudi, wir wollen dich gerne hier behalten. Doch bevor du dich entscheidest, solltest du wissen, was dich hier erwartet." Lucinda machte eine einladende Handbewegung Richtung Pferdeställe und so lief Rudi dorthin zurück, wo er gerade hergekommen war. Don Jacinto stellte ihm die Pferde vor. Das lief perfekt. Alle Pferde ließen sich von Rudi bereitwillig die samtigen Nüstern streicheln, was Don Jacinto und seine Tochter sehr wohlwollend und erfreut zur Kenntnis nahmen.

Rudi fiel auf, dass Don Jacinto recht hatte. Wenn die Chemie stimmte, spielten die Details keine Rolle. Weder im Pferdestall, noch im Schuppen, noch im Büro warteten Arbeiten, die Rudi abschreckten. Im Büro stand sogar ein Aschenbecher, wie er erfreut bemerkte. Ihm wurde wieder etwas schwindlig. War es die Höhenluft? Oder war es dieses plötzliche neue, verheißungsvolle Leben? Er musste sogar an Paul denken. Wie musste dieser sich gefühlt haben, als er von einem Augenblick auf den anderen sein gewohntes Leben zurückließ, um zusammen mit Rudi seinem Glück nachzujagen? Wie musste Merle sich gefühlt haben, als sie ein bequemes, gutes Leben zurückließ, ohne zu wissen, ob sie es bei ihrer Rückkehr wiederfinden würde? Rudi trat der Schweiß auf die Stirn. Leicht zitternd schlug er in Don Jacintos Hand ein. Dann lehnte er sich an der Bürowand an.

Pfeifles und Rudi gingen zusammen im Ort abendessen. „Ich übergebe den Staffelstab für Südamerika feierlich an dich." Merle strahlte Rudi an. „Ich mag so romantische Sachen."

„Moment mal", sagte Rudi. „Das ist erst mal ein solider Arbeitsplatz. Das ist zwar sehr beruhigend, aber nicht romantisch."

„Gefällt dir denn Lucinda nicht?"

„Ehrlich gesagt weiß ich das noch nicht. Sie ist eine ganz patente Frau. Aber mein Herz war mindestens ein Jahrzehnt lang vollkommen verrammelt. Ich muss es erst mal freilegen und reingucken."

„Oh!" Merle rollte mit den Augen. „Das ist ja noch viel romantischer als ich dachte."

„Findest du?" Rudi neigte den Kopf fragend zur Seite.

„Ja. Zwei kaputte Herzen heilen sich gegenseitig. Und vielleicht finden sie zusammen. Mein Gott, was ist das schön!"

„Nun, das wird wohl nichts, denn Lucinda muss irgendwann in die Stadt zurück, weil sie hier keine Perspektiven hat."

„Aber wenn sie einen Mann hätte, hätte sie ja eine Perspektive. Ihr könntet ja ein Unternehmen gründen, das Touristen an tollen Schauplätzen professionell fotografiert." Merle hielt den Kopf schräg und zwinkerte.

Die Idee schien Rudi zu gefallen.

„Darf ich vielleicht als Firmenchef stören", mischte Paul sich ein. „Bei mir liegt ein angefangener Katalog über Präzisionsbohrer, der nun nicht fertig wird. Und ich habe einen Schaden dadurch, dass ich das alte Material nicht verwenden kann und einen neuen Auftrag vergeben muss. Ich würde mir erlauben, den Schaden von der Summe abzuziehen, die ich dir noch schulde."

„Ach, weißt du was, Paul? Du schuldest mir gar nichts. Du hast mir schon so genug Gutes getan."

„Doch, doch. So kannst du nicht argumentieren. Wenn du ein Ehrenmann bist, musst du korrekt sein. Ich werde es auf Heller und Pfennig, oder genauer auf Euro und Cent ausrechnen."

Nach dem Abendessen saßen sie auf der heimischen Terrasse, jedes Paar an einem Tisch, jedes ins Gespräch vertieft. Don Jacinto tauchte auf, mit seinem Akkordeon im Arm. Er setzte sich in eine

Ecke und spielte leise vor sich hin, doch je leidenschaftlicher sein Spiel wurde, umso lauter wurde es. Die Musik erreichte die Tische.

„Lucinda, was für ein schöner Tango. Darf ich bitten?" Rudi forderte sie formvollendet zum Tanz auf. Sie willigte ein. Nach einer Weile kamen Merle und Paul dazu. Don Jacinto spielte von Liebe, Sorgen, Melancholie. Von Streit und Versöhnung. Von Zweifeln und Kampf. Er spielte das Spiel des Lebens. Die Paare ließen sich in die Musik fallen. Sie schritten zögerlich aufeinander zu, entfernten sich voneinander. Schmiegten sich aneinander und warfen mit zackigen Bewegungen ihre Arme und Beine um sich. Doch irgendwann hatten sie die Melancholie, die Sorgen, den Streit, die Zweifel und den Kampf abgetanzt. Nur die Liebe war noch übrig. Es ging um zwei Paare und viel Verheißung. Ganz beiläufig, nahezu unmerklich, nahm Don Jacinto die augenblickliche Stimmung auf und fügte neue Rhythmen hinzu, flocht neue Noten in sein Spiel. Ohne dass jemand es bewusst wahrgenommen hätte, wiegten sich beide Paare ohne es zu merken auf einmal im Walzerschritt. Sie umarmten sich und blieben beieinander. Sie bewegten sich in wogenden Schritten. Sie drehten sich zusammen im Kreis unter dem Sternenzelt der Wüste Atacama. Dort, wo der Himmel der Erde am nächsten ist.

Weitere Bücher von der Autorin:

Butterschmalz zum Frühstück
Reisereportagen aus Asien

310 Seiten

Herstellung und Verlag:
BoD – Books on Demand,
Norderstedt
ISBN 978-3-7347-5494-4

Die fünfbeinige Kuh
Eine Reise durch Nordindien

167 Seiten

Herstellung und Verlag:
BoD – Books on Demand,
Norderstedt
ISBN 978-3-7347-7139-2